Klarant Verlag

AF238647

Elke Nansen ist das Pseudonym einer Autorin, die den Norden und Ostfriesland liebt. Die Nordsee, die unendliche friesische Weite, das platte Land mit seinen ganz speziellen Charakteren – diese Region hat ihren eigenen rauen Charme, hier kann Elke Nansen ihrer Fantasie freien Lauf lassen. Und so schreiben sich die spannendsten Geschichten manchmal wie von selbst … Besonders angetan haben es der Autorin die ostfriesischen Inseln, die sie alle schon besucht hat. Als leidenschaftliche Taucherin liebt Elke Nansen die See und das Wasser. 8 Jahre hat sie im niedersächsischen Städtchen Verden an der Aller gelebt.

Elke Nansen

Tödliches Campen

Ostfrieslandkrimi

Klarant Verlag

Prolog

Trotz des Schalldämpfers erschien ihm der Schuss viel zu laut. Daher sah er sich erst einmal vorsichtig um, bevor er sein Ziel näher begutachtete. Hier draußen war um diese Uhrzeit kein Mensch, noch nicht einmal die Füchse sagten sich in dieser Einsamkeit gute Nacht. Er kannte die Stelle, dennoch war er heute ungemein nervös. Schon oft hatte er hier geübt und niemals war ihm jemand über den Weg gelaufen. Er fixierte den Hartgummiball, den er genau auf Kopfhöhe angebracht hatte.

»Scheiße«, fluchte er, als er sah, dass die Kugel wieder in den Baum anstatt in diesen Ersatzschädel eingedrungen war. Er musste einfach präziser werden. Eigentlich war er das auch, denn niemand beherrschte diese Art von Schießen besser als er. Man konnte ihn als eine Art Pionier auf dem Gebiet bezeichnen. Es gab vielleicht zehn Menschen auf der Welt, mal abgesehen vom Militär, die solch einen Schuss aus der Höhe und dem Winkel erfolgreich durchführen konnten. Wie auch, vor ein paar Jahren hätte niemand geglaubt, dass so etwas überhaupt einmal möglich sein könnte.

Er konzentrierte sich wieder, atmete tief durch und brachte das Visier in die richtige Position, dann drückte er ab. Sofort sah er den Erfolg. Die Kugel war genau mittig in den Gummiball eingetreten. »Jetzt noch ein paar Mal bitte genauso«, redete er sich leise gut zu, schwenkte das Visier absichtlich weg und visierte erneut. Auch der nächste Schuss war ein Volltreffer. »So und nicht anders!«, meinte er zufrieden und schoss konzentriert das ganze Magazin leer.

Bald ging es ums Ganze. Er wusste, er hatte nur den einen Schuss, und wenn der nicht tödlich war, wäre alles vorbei. Nur eine Verletzung konnte er sich nicht leisten, dieser Mensch durfte einfach nicht mehr weiterleben. Mensch?, dachte er und schraubte vorsichtig das Equipment auseinander. Nein, der war kein Mensch, der war ein Monster. Gewalttätig, gemein, hinterlistig und brandgefährlich waren die einzigen Charaktereigenschaften, die ihm bei dem Mann einfielen. Die Welt wäre ein wenig besser ohne ihn, daher konnte er mit dem mulmigen Gefühl leben, das sich immer wieder auf seine Seele legte.

Nicht mehr lang und dann wäre das Leben wieder in den richtigen Bahnen, dann würde alles seinen Lauf nehmen. Nicht nur er wäre aus dem Schneider, auch alle Menschen, an denen sein Herz hing, besonders dieser eine Mensch. Die ganze finanzielle Sorge wäre dann auch mit einem Schlag vorüber. Doch das war nebensächlich, er würde töten, um einen anderen damit zu retten.

Das war Notwehr, oder?, fragte er sich zum tausendsten Male.

Kapitel 1

Der Frühling hatte Ostfriesland nun gänzlich erreicht und die kalten, nassen Stürme waren milderen Brisen gewichen. Da die Blüte in diesem Jahr plötzlich geschossen war, erstrahlte die Natur Anfang April farbenfroh. Kriminalhauptkommissar Richard Faber war wieder einmal auf seinem Weg vom Heimatrevier Emden nach Oldenburg. Dieses Mal ging es nicht um die wöchentlichen Gespräche. Faber führte sie momentan regelmäßig mit seinem Vorgesetzten, um in ein paar Monaten dessen Posten zu übernehmen. An diesem Montagmorgen jedoch würde er zwei neue Kolleginnen kennenlernen, die hoffentlich in sein Team des Kriminal- und Ermittlungsdienstes in Emden passten.

Letztes Jahr war bei einem extrem harten Fall einer seiner Kriminalmeister, Johannes Leitmann, ums Leben gekommen. Der gerade mal sechsundzwanzigjährige, äußerst sympathische Mann starb bei einem Undercover-Einsatz. Seine Partnerin KM Frauke Petersen, die alles aus nächster Nähe miterleben musste, hatte sich nie ganz von dem Verlust erholt. So war sie dann im Februar zu KHK Richard Faber gekommen und hatte um ein Sabbatjahr gebeten. Es war ein Schritt, um ihr eigenes persönliches Trauma zu bearbeiten. Frauke hatte ihrem Chef erzählt, dass sie ein wenig gespart hatte und erst einmal reisen wollte. Sie hatte vor, sich ein wenig von der Welt anzusehen, um Klarheit darüber zu bekommen, wie es beruflich weitergehen sollte. Daher war der KED Emden momentan personell unterbesetzt. Faber hoffte, dass kein größerer Fall reinkommen würde, bis er die beiden mit den zwei neuen Kommissarinnen ersetzen konnte. Wenigstens waren die ersten drei Monate des neuen Jahres relativ ruhig gewesen, sodass man alle Anforderungen auch mit abgespecktem Team erfüllen konnte.

Richard Faber hatte sich die Personalakten der beiden Kommissarinnen bereits durchgelesen. Sie waren vor drei Jahren als einzige weibliche Beamte in den KED Wilhelmshaven berufen worden. Davor, stationiert in Hannover, waren ihre Beurteilungen makellos und beide waren auf dem besten Weg gewesen, zu Kriminalhauptkommissarinnen befördert zu werden. Doch mit Antritt ihrer Stellen in Wilhelmshaven wurden ihre beruflichen Bewertungen von Jahr zu Jahr schlechter. Bis sich dann Anfang 2019 beide Frauen an das Polizeipräsidium Oldenburg gewandt und eine

Beschwerde wegen Diskriminierung und Mobbing eingereicht hatten.

Ob es dabei nur um ihre Kollegen ging oder ob auch der Chef des Kriminal- und Ermittlungsdienstes in Wilhelmshaven damit zu tun hatte, war immer noch nicht ganz klar. Es ging jedoch nicht nur um Geschlechterdiskriminierung. Erschwerend kam hinzu, dass KK Laurien Heiligenstadt verheiratet war mit Marlene Heiligenstadt. Eine gleichgeschlechtliche Ehe, die bei vielen der männlichen Polizisten leider immer noch für viel Unsicherheit sorgte und damit abgelehnt wurde. Die zweite Kommissarin, Sonja Withuus, war ledig und Faber ging davon aus, dass sie heterosexuell war. Dennoch wurde sie ebenfalls Opfer von den täglichen heimtückischen Gemeinheiten der Kollegen, und das nur, weil sie Lauriens berufliche Partnerin war. Der Chef des KED Wilhelmshaven hatte sich nicht gerade mit Ruhm bekleckert bei dem Versuch, die angespannte Situation der beiden Mitarbeiterinnen zu entschärfen. Auf jeden Fall lief die Untersuchung noch.

Leider ist Homosexualität bei vielen der männlichen Kollegen wieder ein Reizthema geworden, dachte Faber und fuhr auf den Parkplatz der Polizeidirektion am Theodor-Tantzen-Platz. Immer öfter entdeckte man auch, dass Polizisten Unterstützer von ultra-rechten Vereinigungen und Parteien waren. Fabers Verlobte hatte ihm einmal erklärt, dass es damit zu tun habe, dass immer noch zu viele Menschen mit einem übertriebenen Machtwunsch zur Polizei gingen. Und eines war Faber da klar geworden: dass das reine Streben nach Macht, egal in welcher Lebenssituation, falsch war. Denn es zog immer die bizarrsten Auswüchse von Unterdrückung nach sich.

Eigentlich war es dringend notwendig, vor allem die jungen Kollegen bei der Polizei in dieser Hinsicht weiterzubilden. Nur so konnte man verhindern, dass Mobbing, Diskriminierung und auch allgemeine Vorurteile eine Chance hatten. Doch viele Bundesländer hatten bereits Probleme, die Überstunden der Polizei zu vergüten. Wo sollten in solch einer Situation das Geld und die Zeit herkommen, auch noch diese Art von Fortbildungen zu ermöglichen? Und wer wollte sich in Hinsicht Toleranz schon fortbilden? Selbst der in den meisten Bundesländern gesetzlich zugestandene Bildungsurlaub wurde in Deutschland nur von etwa zwei Prozent der Arbeitnehmer in Anspruch genommen.

Der Kriminalhauptkommissar schüttelte die negativen Gedanken ab, er wollte positiv in das Bewerbungsgespräch gehen. Immerhin wollte der Polizeipräsident die Mobbinguntersuchung so schnell wie möglich ad acta legen. In dem Fall, dass Faber die beiden Beamtinnen für eine gute Besetzung hielt, könnten die zwei Kriminalkommissarinnen in Emden anfangen. Und das, obwohl die Organisation in Emden eigentlich nur zwei offene Positionen für Kriminalmeister hatte. Aber es war von oben abgesegnet worden. Daher setzte er seine Hoffnungen darauf, dass die beiden Damen irgendwie passen würden.

»Ah, prima! Da sind Sie ja, KHK Faber«, sagte sein Chef erfreut, als Richard um kurz nach neun in dessen Büro kam. Der Erste Kriminalhauptkommissar Sinus Miedler saß an dem kleinen, runden Besprechungstisch, zusammen mit zwei Frauen in Zivil. Faber erkannte sie sofort von ihren Fotos aus den Personalakten. Anscheinend hatte Sinus Miedler bereits die Zeit genutzt, um mit den beiden Bewerberinnen zu sprechen. »Sie kommen gerade richtig, denn ich muss rüber zum Kriminalrat. Sie können sich jetzt ausführlich mit den beiden Kolleginnen unterhalten«, meinte er, stand auf und gab beiden Frauen mit einer netten Abschiedsfloskel die Hand. Miedler klopfte Richard kurz auf die Schulter und schon war er verschwunden.

Faber blickte etwas erstaunt auf die mittlerweile wieder geschlossene Tür und zog dann erst einmal seinen Mantel aus. Er ging auf die beiden Frauen zu und schüttelte der größeren, muskulöseren Blondine die Hand. »Es freut mich, KK Withuus!« Dann schüttelte er auch die Hand der zarten, kleineren Kollegin mit den braunen Locken. »Kriminalkommissarin Heiligenstadt«, meinte er und bat beide, sich wieder zu setzen. Er ging zu Miedlers persönlicher Kaffeemaschine, die der EKHK auf eigene Kosten in sein Büro gestellt hatte, und braute einen doppelten Espresso. »Kann ich Ihnen auch noch einen Kaffee machen oder sind Sie versorgt?«, fragte er. Beide lehnten ab, weil ihre Tassen noch voll waren.

Sie unterhielten sich eine Weile über Allgemeinplätze, bis Faber sie aufforderte, etwas über ihren Werdegang zu erzählen. Faber hatte konzentriert zugehört. Er war einigermaßen beeindruckt von der beruflichen Entwicklung der beiden, als sie etwa eine Stunde später geendet hatten. Kommissarin Withuus war neben ihrem Beruf eine begeisterte Kampfsportlerin und nahm an überregionalen

9

Karatewettkämpfen der Polizei teil. Schon zweimal hatte sie es in der Disziplin zur bundesdeutschen Polizeivizemeisterin geschafft. Vom körperlichen Erscheinungsbild genau das Gegenteil, hatte Laurien Heiligenstadt vor ihrer Polizeiausbildung ein Jurastudium abgeschlossen. Daher war sie Expertin, was das Strafgesetzbuch anging.

Richard war erfreut, das alles zu hören, und sich bereits klar darüber, wie gut die beiden in sein Team passen würden. »Ich habe den Eindruck, Sie beide wären die ideale Besetzung in Emden«, sagte er dann auch.

»KHK Faber, ich will nicht um den heißen Brei herumreden«, warf Frau Heiligenstadt dann ein. »Als ich in Wilhelmshaven anfing, hielt ich es nicht für nötig, mich zu erklären. Doch wie auch Sie bereits wissen, ist das für mich und auch für Sonja reichlich schiefgelaufen«, sagte sie mit harter Stimme. »Sie sind natürlich im Bilde über meine persönliche Situation. Vor allem über die Mobbingvorwürfe, die wir gegen unsere Kollegen in Wilhelmshaven erhoben haben, oder?«

»Natürlich, das bin ich, KK Heiligenstadt«, erwiderte Faber neutral. Er verstand, warum sie sich dieses Mal absichern wollte, und wartete, dass sie weiterredete.

»Da ich mit einer Frau verheiratet bin, musste sich sogar meine berufliche Partnerin Beschimpfungen wie Kampflesbe und Schlimmeres anhören«, erklärte sie. »Darum frage ich Sie und bitte seien Sie ehrlich, KHK Faber: Denken Sie, Ihr Team in Emden kann damit umgehen, dass ich in einer gleichgeschlechtlichen Ehe lebe?«

Unwillkürlich musste Faber lächeln, als er an sein Team dachte. Seine beiden eingefleischten ostfriesischen Polizeimeister waren Torben Husman und Friedhelm Steiner. Die beiden waren schon immer auf dem Revier in Emden und würden dort auch pensioniert werden. Ganz typisch für die meisten Ostfriesen hatten sie das Herz auf dem richtigen Fleck und scherten sich in ihren Einstellungen nicht um sogenannte gesellschaftliche Normen. Hauptsache war, wie es menschlich um jemanden stand. Hatten sie einen Menschen mit einer sogenannten »anständigen Aard« vor sich, dann war es ihnen reichlich egal, ob jemand eine andere Hautfarbe hatte oder welcher Gott angebetet wurde. Vor allem aber spielte es überhaupt keine Rolle, ob die Person in einer gleichgeschlechtlichen Beziehung lebte.

Tamme Hehler oder der Wikinger, wie er genannt wurde, konnte man noch als Neuzugang bezeichnen. Der Kriminalkommissar war im Herbst 2018 dazugestoßen, nachdem er in einem Fall seine EDV- und Ermittlungskenntnisse zur Verfügung gestellt hatte. Gerne war der ein Meter neunzig große und einhundertzwanzig Kilo schwere Mann von Oldenburg nach Emden umgesiedelt. Mit diesen körperlichen Attributen ausgestattet, konnte man den Wikinger nicht übersehen. Auch sein längeres, rötliches Haar, das er zu einem Pferdeschwanz gebunden trug, und sein lauter Bariton machten seinem Spitznamen alle Ehre. Tamme hatte ein Organ, mit dem er Fenster zum Klirren brachte und Kriminelle strammstehen ließ. Doch eigentlich hatte der Wikinger ein herzliches ostfriesisches Gemüt und war für Richard Faber mittlerweile ein Freund geworden. Auch er würde die beiden in sein Herz schließen, ohne mit der Wimper zu zucken.

Die Konstellation mit Kommissarin Rike Waatstedt war etwas spezieller. Als Richard Faber sich vor knapp zwei Jahren von Frankfurt am Main nach Ostfriesland hatte versetzen lassen, war sein Privatleben ein Albtraum gewesen. Daher hatte man ihm die Leitung des KED Emden angeboten, denn er wollte damals nur so weit wie möglich weg von Hessen. Für ihn war es ziemlich egal gewesen, wohin es ihn verschlug. So verhinderte er ungewollt die Beförderung von Frau Waatstedt zur Leiterin des KED Emden. Als er dann auch noch die Alte Schule in Klein Hauen kaufte, um sie zu renovieren, ahnte er nicht, was er da angezettelt hatte. Denn seine direkte Nachbarin war Kommissarin Rike Waatstedt, die mit ihrem Großvater dort zusammenlebte. Das machte die Sache nicht besser. Rike hätte ihm damals am liebsten den Hals umgedreht.

So waren sie am Anfang wie Katze und Hund miteinander umgegangen. Allerdings dauerte es nicht lange und es entwickelte sich eine innige Freundschaft. Und aus der Freundschaft war mittlerweile Liebe geworden. Im Winter hatte Richard dann um Rikes Hand angehalten, nachdem er ihre Beziehung bei seinem Chef in Oldenburg offengelegt hatte. Nur mit der Hochzeit wollten sie sich Zeit lassen.

»Machen Sie sich mal keine Gedanken über das Team, Sie werden dort herzlich willkommen sein«, erwiderte er endlich. »Und meine Kommissarin Frau Waatstedt wird etwas mehr Frauenpower bei uns gerne sehen«, fügte Richard an und schmunzelte. »Sie hält Frauen im Allgemeinen für die klügere Spezies und ganz generell gebe ich

11

ihr da recht. Außerdem, bevor ich es vergesse, Kommissarin Rike Waatstedt ist meine Verlobte, wir leben zusammen.«

»Mhm«, machte KK Withuus. »Und Ihr Team hat damit kein Problem, dass Sie Ihre Kommissarin beruflich vielleicht bevorzugen?«

»Überhaupt nicht, das Team hat sich sehr für uns gefreut. Und von Bevorzugung kann keine Rede sein. Eher das Gegenteil«, erklärte er und sah beide intensiv an. »Was meinen Sie, KK Withuus, KK Heiligenstadt, möchten Sie nach Emden übersiedeln?«, fragte er, wartete aber keine Antwort ab und fügte an: »Mir ist nur eines wichtig bei meinen Mitarbeitern, dass Sie gerne im Team arbeiten und gute, anständige Polizisten sind. Alles andere sollte mich nichts angehen. Trotzdem freue mich natürlich schon darauf, bei einem Fest oder einem entsprechenden Anlass Ihre Frau kennenzulernen«, meinte er an Frau Heiligenstadt gewandt. »Natürlich auch Ihren Partner, KK Withuus.«

»Hört sich so weit gut an«, erwiderte KK Heiligenstadt und lächelte das erste Mal, seit sie sich unterhielten.

»Wissen Sie, ich habe viele Jahre in Frankfurt am Main gearbeitet. Ich hätte dort nicht für mein Team die Hand ins Feuer legen können. Bei uns in Emden sind wir aber mehr als nur Kollegen. Mein KED ist eher eine Familie. Daher kann ich mit Sicherheit sagen, dass man Sie respektieren und mit offenen Armen empfangen wird. Natürlich müssen Sie dem Team genauso offen und respektabel gegenübertreten. Und glauben Sie mir, wir sind ein Verein von besonderen Charakteren«, versicherte er ihnen abschließend. In dem Moment verzog auch Kriminalkommissarin Withuus ihren Mund zu einem Grinsen.

***

»Waatstedt«, meldete sich Rike und nahm den internen Anruf des Wachhabenden vom Empfang an. Die Kriminalkommissarin saß an diesem späten Montagnachmittag an ihrem Schreibtisch im Emder Großraumbüro. Eigentlich wartete sie nur noch darauf, dass Faber endlich wieder aus Oldenburg zurückkam, um dann mit ihm gemeinsam nach Hause zu fahren. Der heutige Tag hatte aus reiner, öder Administration bestanden. Sie hatte noch ausstehende Berichte geschrieben und endlich die Datenbanken mit den notwendigen

Informationen gefüttert. Wenn sie sich mehr als sechs Stunden mit solcher Arbeit beschäftigen musste, bekam sie automatisch schlechte Laune. Richard war wegen ihrer momentanen Unterbesetzung zwar heilfroh, dass nicht viel los war, doch ihr stand eher der Sinn nach einem handfesten Fall. Sie gehörte einfach nicht ins Büro, sie musste raus und hinein in eine solide Ermittlung.

»Kommissarin Waatstedt, ich habe hier eine Frau Bergemann, die dringend mit jemandem des Kriminal- und Ermittlungsdienstes reden möchte. KHK Faber geht nicht ans Telefon. Hätten Sie Zeit oder soll ich die Dame bitten, einen Termin mit Ihnen auszumachen?«, fragte der junge Beamte von unten.

»Hat sie gesagt, worum es geht?«, fragte Rike, denn es kam schon vor, dass irgendwelche Witzbolde versuchten, die Zeit der Kripobeamten zu stehlen.

»Sie behauptet, ihr Mann wäre ermordet worden und sie muss mit einem Kommissar sprechen«, erwiderte der Polizist recht skeptisch. »Dat klung a bietje putzig«, fügte er leise auf Platt hinzu. Was so viel bedeuten sollte wie: Das klang etwas eigenartig.

»Wat?«, fragte Rike perplex, meinte dann aber auf Hochdeutsch: »Ich komm runter und hole die Frau ab. Bin gleich da.« Sie stand auf und sah zu Tamme, der momentan telefonierte. Natürlich merkte der Wikinger sofort, dass Rike etwas von ihm wollte. Er hielt den Hörer mit einer Hand zu, dann kräuselte er fragend die Stirn. »Hast du Zeit für ein Gespräch? Es geht angeblich um Mord«, flüsterte sie ihm zu.

Tamme schüttelte den Kopf und erwiderte sehr leise: »Ich muss gleich weg, wegen der Messerstecherei. Aber ich habe Faber gesehen, der ist vor zwei Minuten zurückgekommen, is nach achtern.« Dann wandte er sich wieder seinem Gespräch zu.

Rike ging sofort Richtung Waschräume. Da Torben und Friedhelm schon weg waren und Tamme im Großraumbüro, konnte sie eigentlich keinen anderen auf der Herrentoilette überraschen. Sie zog die Tür auf und rief: »Faber, bist du hier drin?«

»Gotts verdori, Rike«, hörte sie ihn fluchen. »Ich bin auf dem Klo!«

»Ach wirklich?«, fragte sie ironisch. »Jetzt mach dir nicht gleich ins Hemd«, sagte sie dann in ihrer typischen Art. »Wollte nur fragen, ob du gleich bei einer Besprechung mit dabei bist. Unten ist eine Frau, die behauptet, etwas von einem Mord zu wissen.«

»Von mir aus, wir können in mein Büro gehen. Mein Schreibtisch ist leer«, antwortete er, besann sich dann aber wieder der Situation. »Kannst du mich jetzt in Ruhe lassen?«

Sie zog die Tür zu. »Oh, was stellen wir uns heute mal wieder an«, murmelte Rike, als sie die Treppe aus dem zweiten Stock nach unten lief. Sie blickte durch die Glasscheibe auf die Besucherstühle. Dort saß eine sehr elegant gekleidete Frau. Ihr ganzes Erscheinungsbild deutete auf ein gewisses Vermögen und Geschmack hin. Das war bestimmt nicht die Standarddurchgedrehte, die zur Polizei kam und von Morden und Geistern sprechen wollte. Der wachhabende Beamte betätigte den Summer, als er die Kommissarin sah. Rike drückte die Tür auf, durch die man nicht so einfach kam, wenn man nicht hierhergehörte.

»Frau Kommissarin?«, fragte die Dame sofort und stand auf. Sie kam auf Rike zu und hielt ihr die Hand hin. Erst jetzt sah Rike, dass die Augen der Frau trotz des perfekten Make-ups rot waren und sich dunkle Ringe darunter abzeichneten. »Ich bin Frau Bergemann, Ilka Bergemann. Es geht um meinen Mann, er wurde ermordet«, brachte sie es gleich auf den Punkt.

»Dann kommen Sie erst einmal mit«, erwiderte Rike neutral. »Mein Name ist Rike Waatstedt, ich bin hier Kommissarin beim Kriminal- und Ermittlungsdienst und Hauptkommissar Faber wartet auch schon auf uns.«

Rike ließ Frau Bergemann vor sich die Treppe hochgehen. Es war eine Angewohnheit, die wohl jeder Polizist irgendwann verinnerlichte. Denn so hatte man eine günstigere Position, Menschen zu beobachten und zu reagieren, falls ein Angriff erfolgte. Besser niemanden im Rücken haben.

Ilka Bergemann trug eine dunkle, eng anliegende Hose, die Rike an Reiterhosen erinnerte. Darüber ein Paar hellbraune Stiefel. Ihre braune Wildlederjacke war ein Traum und hatte bestimmt auch traumhaft viel Geld gekostet. Denn die stammte wahrscheinlich von einem teuren Designer, genau wie die Gucci-Handtasche der Frau.

Faber war wieder in seinem Büro, und nachdem sie sich vorgestellt hatten, bat er die Besucherin, Platz zu nehmen. »Dann erzählen Sie mal, Frau Bergemann«, forderte er die Frau auf, die jetzt neben Rike saß.

»Herr Faber, Frau Waatstedt, versuchen Sie bitte alles, was ich Ihnen jetzt erzähle, so unvoreingenommen wie möglich zu betrachten. Es mag sich vielleicht verrückt anhören, aber ich bin keine hysterische Ehefrau, die sich so etwas ausdenkt«, beschwor sie die beiden Kommissare regelrecht.

»Schon gut, Frau Bergemann«, beschwichtigte Rike sie. »Jetzt reden Sie erst einmal und wir hören zu!«

»Vor einer Woche starb mein Mann bei einem Autounfall auf der Autobahn von Emden nach Leer. Auf einer Strecke, die er tagtäglich fuhr, wenn er von uns zu Hause in Pewsum in seine Praxis nach Leer wollte«, begann die Frau endlich. Es fiel ihr nicht leicht, darüber zu reden. Man sah ihrer Gesichtsmimik an, dass sie versuchte, die Kontrolle zu behalten und nicht zu weinen. »Es war Donnerstagabend gegen acht Uhr. Jeden Donnerstag leitete mein Mann eine Gruppe der Anonymen Alkoholiker in Leer. Das Treffen findet immer gegen halb neun statt. Er verunglückte etwa an der Stelle, an der das Rorichumer Tief die Autobahn unterfließt, zwischen Simonswolde und Rorichmoor. Dort gibt es keine Brücke, keinen Parkplatz, keine Auffahrt. Nichts! Es waren auch keine weiteren Autos um die Uhrzeit dort unterwegs, also keine Zeugen. Dennoch kam er bei einhundertdreißig Stundenkilometern ins Schleudern, überschlug sich viermal und starb noch in dem Wrack seines Wagens.«

Faber atmete etwas zu laut aus, denn er glaubte zu wissen, worauf das hier hinauslief. Es war nicht das erste Mal, dass ein völlig verzweifelter Angehöriger vor ihm saß. Wenn ein plötzlicher Unfalltod einen geliebten Menschen aus dem Leben riss, suchten die Hinterbliebenen immer wieder Erklärungen. Manche konnten einfach nicht glauben, dass ihnen das Leben so schlimm mitspielen konnte. So sahen sie plötzlich in einem Unfall einen Mord und in einem tragischen Ereignis etwas Übersinnliches. »Frau Bergemann, verzeihen Sie, aber unsere Kollegen von der Verkehrspolizei waren vor Ort, oder?«

»Ja«, erwiderte die Frau ungerührt, sie hatte sich wieder gefangen und sah Faber mit harten Augen an.

»Wurde ein Unfall protokolliert? Oder hat einer der Polizeibeamten Zweifel an der Unfalltheorie geäußert?«, fuhr auch Faber recht formell fort. Er wollte sich einfach nicht auf langatmige Diskussionen über Konspirationstheorien einlassen.

»Moment«, griff Rike an der Stelle ein. Ihrer Meinung nach ging Richard hier ohne Feingefühl vor. Außerdem machte Frau

15

Bergemann ihr nicht den Eindruck, dass sie sich etwas aus den Fingern saugte. Das passte nicht zu ihrer Erscheinung. »Frau Bergemann, wie kommen Sie denn darauf, dass es Mord war?«, fragte sie nach.

»Er wurde bedroht, bekam eine Morddrohung«, ließ die elegante Dame die Bombe platzen. »Um das zu erklären, muss ich weiter ausholen.«

»Okay, dann tun Sie das«, forderte sie jetzt auch Kriminalhauptkommissar Faber auf.

»Mein Mann und ich hatten vor einem halben Jahr Eheprobleme. Etwas, das nach fünfzehn gemeinsamen Jahren schon einmal vorkommen kann. Rolf hatte sich eine jüngere Geliebte gesucht und mit ihr ein Verhältnis angefangen«, erzählte die Ehefrau. »Rolf und ich, wir haben beide Psychologie studiert und versuchten, die Situation analytisch zu betrachten. Wir wollten uns nicht trennen. Da Rolf von Anfang an sehr offen zu mir war, wartete ich einfach, bis die Liebelei bei ihm vorüber war.« Sie sah die beiden Kommissare einen Moment lang an, dann meinte sie: »Ich weiß, es ist eine ungewöhnliche Handhabung einer Krisensituation. Ich verzieh ihm und wusste, dass ich in unserer Ehe von ihm genauso behandelt werden würde, falls auch mein Herz sich einmal verirren würde.«

»Sehr tolerant, das muss ich schon sagen«, konnte Faber sich nicht verkneifen, denn solch ein Liebeskonzept würde seiner Eifersucht nie standhalten. Wie Rike reagieren würde, wollte er sich gar nicht erst vorstellen. Sie war noch gefühlsbetonter, wenn es um ihre Beziehung ging.

»Ich weiß«, erwiderte die Frau gedrückt. Erst jetzt merkte man, dass es so einfach, wie sie es gerade beschrieben hatte, wohl nicht gewesen war. »Auf jeden Fall beendete er die Affäre und ich muss sagen, wir beide waren plötzlich wieder sehr glücklich. Dann fand mein Mann vor etwa drei Wochen ein paar Fotos, die jemand ihm hinter die Wischblätter seines Autos geklemmt hatte.« In dem Moment kramte sie in ihrer Handtasche, zog vier Fotos aus einem Briefumschlag und reichte sie Faber.

Er blickte sich die vier Bilder eine Weile an und gab sie an Rike weiter. Man sah einen Mann und eine Frau Hand in Hand beim Spazierengehen. Auf einem der Fotos küsste sich das Paar. Es handelte sich wohl um den verstorbenen Ehemann mit seiner Geliebten, denn sie war um einige Jahre jünger als Frau Bergemann.

»Ich nehme an, das ist Ihr Mann Rolf mit seiner Freundin?«, fragte Richard sicherheitshalber.

»Ja, die beiden hatten sich ein Wochenende im Hotel Landhaus am Großen Meer einquartiert, dort wurden die Fotos von jemandem gemacht. Haben Sie gesehen, was auf der Rückseite eines der Bilder steht?«, fragte Frau Bergemann und Rike drehte die Fotos in ihrer Hand um. Auf einem war mit Filzstift geschrieben: 10.000 Euro.

»Dann hat man versucht, Ihren Mann zu erpressen«, schlussfolgerte Faber. »Wie hat er darauf reagiert? Haben die Erpresser weiteren Kontakt aufgenommen?«

»Rolf hat gar nicht darauf reagiert. Selbst wenn ich nichts von seiner Affäre gewusst hätte, dann hätte er es mir in dem Moment gesagt. Mein Mann lebte nach der Prämisse, dass man im Leben nichts tun durfte, zu dem man nicht auch stehen konnte«, erklärte Ilka Bergemann sofort. »Damit war er nicht erpressbar. Aber zwei Tage später kam ein Anruf auf unser Festnetz. Rolf sagte, die Nummer war unterdrückt und die Stimme technisch verzerrt. Sie verlangten die zehntausend Euro und wollten eine Übergabe vereinbaren. Doch mein Mann sagte dem Anrufer, er solle sich zum Teufel scheren«, berichtete sie und dann seufzte Frau Bergemann. »Rolf erzählte mir, dass, bevor er auflegte, die Stimme ihm drohte. Man meinte wohl: Das wird dir noch leidtun, du Wichser.«

Faber zog die Augenbrauen hoch. Auch Rike kräuselte die Stirn. Beide Polizisten dachten das Gleiche. Die ganze Sache klang nicht nach professionellen Kriminellen. Auch der Kraftausdruck wies nicht auf einen Profi hin. Dennoch hatten die Fotos nicht danach ausgesehen, dass man das Paar heimlich mit einer Handykamera abgelichtet hätte. Die Fotos waren scharf und von einiger Distanz gemacht. Sie sahen aus wie mit einem Teleobjektiv geschossen, von einem etwas höher gelegenen Punkt. Das deutete nicht auf eine Zufallsbegegnung hin, wie wenn Schüler manchmal ihre Lehrer mit dem Seitensprung irgendwo erwischten und dann per Handy ablichteten. Dieser Fall ließ eine geplante und vorherige Observierung vermuten.

»Aufgrund dieser Aussage nehmen Sie an, dass man den Unfall Ihres Mannes herbeigeführt hat?«, durchbrach Rike die Stille.

Frau Bergemann nickte nur und Faber sagte: »Bei einem tödlichen Unfall checken unsere Experten den Wagen durch. Wenn man eine

Manipulation entdeckt hätte, wäre der Fall auf meinem Schreibtisch gelandet.«

»Ich weiß, ich habe sogar unsere Werkstatt in Emden ein zweites Mal gebeten, den Unfallwagen ganz genau zu untersuchen. Sie haben nichts gefunden«, gab die Witwe zu. »Trotzdem bin ich mir sicher. Mein Mann war ein guter und sicherer Autofahrer. An der Stelle gibt es keinen Wildwechsel, keine Brücke, von der man Steine hätte werfen können, und ein plötzlicher Nebel wurde an dem Abend ausgeschlossen. Wieso sollte er bei so hoher Geschwindigkeit, auf völlig freier Strecke eine Vollbremsung machen und sich überschlagen?«, fragte sie aufgeregt.

»Frau Bergemann«, meinte Faber mit beruhigendem Ton. »Es ist schon vorgekommen, dass Vögel aus unerfindlichen Gründen plötzlich sehr tief über Autobahnen fliegen und Fahrer irritieren. Es reicht sogar ein Feldhase auf der Straße und man reagiert am Steuer plötzlich völlig irrational.«

»Verstehe«, meinte Ilka Bergemann desillusioniert. »Dann wollen Sie mir nicht helfen?«

»Das hat wenig mit Wollen zu tun«, erwiderte der Kriminalhauptkommissar. »Wir können Ihnen nicht helfen. Sie haben eine Vermutung ohne den geringsten Beweis. Zwar legen die Fotos nahe, dass man versuchte, Ihren Mann zu erpressen, doch mehr auch nicht. Sie hätten uns sofort einschalten sollen, als Ihr Mann die Fotos erhielt.«

Jetzt lachte die Frau höhnisch und etwas verzweifelt auf. »Das habe ich Rolf damals auch gesagt. Wissen Sie, was er meinte? Er sagte: Wir können der Polizei nicht mit solchen Kinkerlitzchen die Zeit stehlen!« Sie stand auf und wollte schon nach den Fotos greifen, als Rike ihr die Hand auf den Unterarm legte.

»Lassen Sie die Fotos hier. Eine Erpressung ist eine Straftat, für die wir beim Kriminal- und Ermittlungsdienst zuständig sind. Wenn Sie wegen der Erpressung eine Anzeige gegen unbekannt erstatten wollen, dann sehen wir uns das an. Ob wir in der Lage sind, jetzt noch etwas herauszufinden, sei dahingestellt, dennoch möchte ich es wenigstens versuchen!« Rike sah Faber an und fragte: »Kriminalhauptkommissar Faber, was denken Sie?«

Dass Richard alles andere als begeistert war, sah man seiner Miene an. Doch dann nickte er und verabschiedete sich von der Witwe, die durch Rikes Worte wieder Hoffnung geschöpft hatte.

***

Zwanzig Minuten später saßen sie in ihrem zivilen Dienstwagen, dem schwarzen Audi A6, auf dem Weg nach Klein Hauen. Rike wohnte mittlerweile bei Faber und hatte sogar schon ein paar Möbelstücke, an denen ihr Herz hing, aus ihrem Zimmer bei Opa mitgenommen. Das Erdgeschoss der Alten Schule war ursprünglich ein riesiges Klassenzimmer gewesen, in dem vier Grundschulklassen gemeinsam unterrichtet worden waren. Die Zeit war lange her. Nach Fabers Umbau befanden sich jetzt die Küche und ein großes Wohnzimmer mit Esstisch in dem Raum. Er hatte die Seite zum Garten mit hohen Fenstern ausgestattet und einer Terrassentür. Die Ecke am Fenster war durch ein Podest erhöht und genau wie der Rest des Wohnzimmers mit alten Schiffsplanken ausgelegt. Darauf standen jetzt ein gelbes, u-förmiges Ledersofa und ein kleiner Glastisch, unter dem sich Magazine und Zeitungen angesammelt hatten. Darin waren lauter Artikel, die Richard noch lesen wollte. Ob er jemals dazu kommen würde, war fraglich.

Im ersten Stock, dort, wo früher die eigentliche Wohnung der Lehrer gelegen hatte, waren mittlerweile ihr Schlafzimmer, ein Gästezimmer und das großzügige Bad. Ein weiteres Zimmer, das die beiden sich einmal als gemütliches Büro mit Fernseher und DVD-Player einrichten wollten, bedurfte noch einer gründlichen Renovierung. Denn einen Fernseher gab es in ihrem Wohnzimmer nicht, da Fabers Plattensammlung und der teure Schallplattenspieler fast eine gesamte Längsseite einnahmen.

Außerdem hatte Faber in Frankfurt einen Groll gegen die privaten Fernsehsender entwickelt und somit weder eine Satellitenschüssel noch ein Kabel verlegen lassen. Der Katastrophen-Voyeurismus, der mittlerweile die Nachrichten und Sendungen bestimmte, kotzte nicht nur ihn, sondern mittlerweile auch Rike an. Wenn Faber ehrlich war: Je länger er ohne Fernsehen lebte, umso mehr genoss er die Zeit, die er plötzlich für ein Buch oder Musik fand. Eigentlich war fernsehen nur eine schlechte Angewohnheit, genau wie das Rauchen. Etwas, das Faber mittlerweile auch völlig aufgegeben hatte.

Für die nächsten Wochenenden und Abende hatte Richard sich vorgenommen, mit der Renovierung des dritten Zimmers anzu-fangen. Auch aus diesem Grund hatte er gehofft, dass ihm kein wichtiger Fall dazwischenfunken würde. Darum war er etwas verstimmt, dass Rike sich so großzügig gegenüber Ilka Bergemann geäußert hatte. Das Einzige, was er in dem Fall auf sich und sein Team zukommen sah, war Arbeit. Die Erpressung war zu lange her, das Telefonat nicht aufgezeichnet worden, und ob die paar Fotos weiterhelfen konnten, war dahingestellt. Mal ganz abgesehen von der Behauptung, dass Rolf Bergemanns Unfall heimtückisch in Tötungsabsicht herbeigeführt worden war und damit nach Paragraf zweihundertelf Strafgesetzbuch als Mord anzusehen wäre.

»Jetzt fang doch endlich an mich zusammenzustauchen«, meinte Rike nach der stillen Fahrt vom Revier nach Hause. Sie kannte ihn mittlerweile gut genug, um zu wissen, was in seinem Inneren vorging. Auch wenn er schweigsam vor sich hin grübelte.

Faber parkte den Wagen auf dem Hof der Alten Schule und sah sie an. »Wir sehen uns die Erpressung an«, wiederholte er ihre Worte an Frau Bergemann. »Damit hast du ihr mehr oder weniger gesagt, dass wir uns die Mordtheorie ansehen«, brummte er. »Und dein ›Herr Kriminalhauptkommissar Faber, was denken Sie?‹ hat mich in eine unmögliche Situation gebracht. So richtig ablehnen konnte ich den Fall in dem Moment nicht mehr. Kannst du bitte respektieren, dass ich der Chef des KED bin und derjenige, der so etwas entscheidet!«

»Tut mir leid«, entschuldigte sie sich, zuckte leicht mit den Schultern und legte ihm ihre Hand liebevoll auf den Oberschenkel. »Frau Bergemann tat mir leid und irgendetwas in meinem Bauch sagte mir, dass sie mit der Mordtheorie recht haben könnte.«

Faber stöhnte auf. »Spekulationen und Intuitionen sind ja schön und gut, in einem gewissen Maße. In dem Fall bin ich mir nicht sicher«, sagte er skeptisch. Rike sah jedoch, dass er schon wieder besänftigt war. Lange konnte er ihr nie böse sein. Das hatte sie schnell spitzbekommen und musste zugeben, dass sie es manchmal zu ihrem Vorteil nutzte. »Gehen wir rein und sehen zu, dass wir was zu essen bekommen. Von Intuitionen im Bauch wird man nicht satt«, meinte er dann auch mit einem kleinen Lächeln und stieg aus.

Als sie sich umgezogen hatten und Faber in der Küche einen Salat machte und Baguette aufbackte, ging Rike durch den Garten zu Opa. Es verging nicht ein Tag, an dem Rike ihrem Opa nicht wenigstens Hallo sagte. Jetzt hoffte sie, dass er noch nicht zu Abend gegessen hatte und mit ihr rüberkommen würde. Oft saßen sie abends beim

Essen zusammen und auch Faber freute sich, Knut zu sehen, denn er mochte den alten Mann sehr gerne.

»Moin, moin, mien Jung«, sagte Knut, als er mit Rike durch die Terrassentür ins Wohnzimmer kam. Der kleine, rundliche Ostfriese trug wie immer seine Kapitänsmütze auf dem Kopf. Mit seiner alten Strickjacke, der kalten Pfeife im Mundwinkel und seinen ollen Pantoffeln sah er aus wie aus einem Krummhörner Touristenmagazin entsprungen.

»Hallo Knut«, begrüßte Faber ihn und stellte die Käseplatte auf den Tisch. »Was ist denn mit dir los, zweimal moin? Ich dachte, das heißt hier immer nur: moin!«

»Bin heute geschwätzig«, erwiderte Opa und klopfte Faber herzlich auf den Rücken. »Mhm, feiner Käse und warmes Baguette, gibt es auch einen ordentlichen Rotwein?«

»Wenn deine Enkelin in den Keller geht und einen Pinot Noir hochholt, dann bestimmt«, sagte Richard lachend. Dann setzte er sich zu Opa an den Tisch. Rike machte sich sofort auf in den alten Keller, der ebenfalls noch auf der Renovierungsliste stand. Die recht großen gewölbeartigen Räume waren einfach zu schade, um dort nur Weinkisten zu verstauen.

Die Alte Schule in Klein Hauen war ein wirklich altes Gebäude und erst kurz vor dem Zweiten Weltkrieg gebaut worden. Schon damals waren in der Grundschule mehrere Luftschutzgewölbe im Keller entstanden, damit die Kinder bei Fliegeralarm sicher waren. Auch die Bauern in der Umgebung waren bei Fliegeralarm zur Schule gekommen, um Schutz zu suchen. Daher waren die großzügigen Räume im Keller ungewöhnlich im Vergleich zu den anderen Wohnhäusern. Irgendwann plante Faber eine Sauna mit Tauchbecken dort unten, vielleicht sogar einen Fitnessraum für den Winter. Wenn er dann irgendwann einmal Zeit oder Urlaub hatte.

Während sie sich gemütlich über das Abendessen hermachten und sich den Wein schmecken ließen, erzählte Faber von den beiden Kolleginnen, die bereits in ein paar Tagen in Emden anfangen würden. Beide hatten um eine Art Probezeit gebeten, bevor sie mit ihrer Familie und Sack und Pack umziehen würden. Ein sehr verständliches Anliegen, wie Faber fand, und sie hatten sich auf einen Monat geeinigt. Faber wollte den beiden Kommissarinnen in der Zeit die möblierte Wohnung zur Verfügung stellen. Diese hatte er aus Kostengründen für den KED mittlerweile in Emden

21

angemietet. Sie wurde benutzt, wenn Kollegen aus Oldenburg dienstlich länger in Fabers Verantwortungsgebiet zu tun hatten, konnte aber auch als eine Sicherheitswohnung für Opfer genutzt werden, die man kurzfristig schützen musste. Auch wenn so etwas in Frankfurt gang und gäbe war, hatten sie den Fall in Emden noch nicht gehabt.

Das Arrangement galt natürlich nicht für Philipp Schorlau, den Chef der Pathologie in Oldenburg. Er war ein sehr guter Freund von Faber und Rike und bestand mit einer unumstößlichen Vehemenz auf sein Gästezimmer in der Alten Schule.

»Nee! Wirklich?«, meinte Knut erstaunt, nachdem Faber von Kommissarin Heiligenstadt und ihrer Ehefrau gesprochen hatte. »Deine Kommissarin ist mit einer Frau verheiratet?«

»Wieso fragst du? Das sollte doch heute kein Problem mehr sein«, reagierte Richard etwas erstaunt über Knuts Kommentar. Denn gerade der alte Ostfriese war die Toleranz in Person.

»Na, mir war nur nicht bewusst, dass bei der Polizei mittlerweile Schwule und Lesben arbeiten. Ich meine das im positiven Sinne, bevor du über mich herfällst«, erwiderte Knut. »Vergiss nicht, gerade ich habe noch die Zeiten erlebt, als man Homosexuelle strafrechtlich verfolgte!«, erklärte er, steckte sich seine Pfeife an und paffte ein paar Mal.

»Stimmt«, meinte Faber und trank einen Schluck Rotwein. Manchmal vergaß er, dass der alte Mann, so fit, wie er war, dieses Jahr zweiundsiebzig Jahre alt wurde. Auf der anderen Seite war der Homosexuellenparagraf erst 1994 abgeschafft worden. Das war gerade mal fünfundzwanzig Jahre her.

»Na ja«, sagte Rike. »Zwar ist Homosexualität mittlerweile kein Hinderungsgrund mehr, als Polizeibeamter zu arbeiten, dennoch ist das Thema irgendwie immer noch ein brisantes Tabu in unseren Reihen!«

»Kein Wunder«, fing Opa wieder an. »Die meisten von euch sind doch erzkonservative Säcke.«

»Opi, jetzt mach aber mal langsam! Keiner von unserem Team in Emden gehört zu den Kollegen, die den Nationalisten nahestehen oder so etwas wie Homosexualität diskriminieren würden«, verteidigte Rike das Emder Polizeipräsidium.

»Knut hat eigentlich recht«, meinte Faber. »Warum läuft denn ein Mobbingverfahren gegen die Kollegen in Wilhelmshaven? Viele unserer männlichen Beamten hängen innerlich immer noch am Patriachat!«

»Na lass man, mien Jung«, meinte Knut jetzt väterlich. »Ihr beide sorgt dafür, dass so etwas nicht passiert. Immerhin kommt Kommissarin Heiligenstadt in euer Team und wird dort nicht anders behandelt als jeder andere Beamte auch.«

»Lass dir lieber mal von deiner Enkelin erzählen, was für einen Fall sie dem KED aufgebürdet hat. Dann verstehst du auch, wie ich als Mann von den Kolleginnen unterdrückt werde, obwohl ich der Chef bin.« Dass Faber das nicht ganz ernst meinte, sah Knut ihm am Gesicht an. Rike erzählte Opa sofort, um was es ging.

Es war eine Tradition bei den Waatstedts, an die sich Richard zu Anfang erst einmal hatte gewöhnen müssen. Rike redete mit ihrem Opa über all ihre Fälle, obwohl Knut eine Zivilperson war und eigentlich nichts von ihren Ermittlungen wissen durfte. Aber Opa konnte nicht nur schweigen wie ein Grab, er war auch ein erstaunlicher Logiker, wenn es um Verbrechen und Vergehen ging. So manches Mal hatte selbst Faber den Hut vor dem alten Mann gezogen, wenn er einer festgefahrenen Kriminalermittlung den richtigen Schubs gab. Wenn dann plötzlich alles in einem anderen Licht erschien und sie endlich weiterkamen.

Auch jetzt hörte Knut konzentriert zu. Erst als Rike zu Ende gesprochen hatte und an ihrem Wein nippte, sagte er: »Dieses Mal bin ich auf Richards Seite. Hoffentlich hast du dir mit dem Fall keine Flöhe ins Haus geholt!«

»Meine Rede«, bestätigte Faber und stieß mit Knut an.

»So viel zur Verbrüderung im Patriarchat. Ihr Machos!«, grummelte Rike und verzog den Mund.

Kapitel 2

Am nächsten Morgen hatte Rike das Steuer übernommen. Anstatt über Pewsum nach Emden zu fahren, fuhr sie auf der Neu-Etumer Straße nach links und bog Richtung Eilsum ab. Von dort wollte sie über Wirdum auf die Landstraße 210.

»Kennst du dich ein bisschen aus am Großen Meer?«, fragte Faber und blätterte wieder durch die Fotos, die Frau Bergemann ihnen überlassen hatte. Da heute Morgen nichts Dringendes im Büro wartete, hatten sie entschieden, sich die Stelle genauer anzusehen, an der die Erpresserfotos gemacht worden waren. Wenn Rike ihnen die Sache schon aufgehalst hatte, wollte Faber es auch richtig machen. Das Große Meer lag im Südbrookmerland und war mit seinen vierhundertsechzig Hektar der größte ostfriesische Binnen- und Flachmoorsee.

»Na klar! Ich bin als Jugendliche mit Opa zum Segeln hierhergekommen. Das Große Meer ist wirklich riesig und für Wassersportler ein Paradies. Direkt an der Wiegboldsburer Riede stehen ein paar ganz entzückende Wochenendhäuser, die kann man sich aber nur mit etwas Kleingeld leisten«, erwiderte Rike fröhlich. »Wenn ich das richtig gesehen habe, sind die Bilder auf dem kleinen Weg zwischen Wiegboldsburer Riede und Großem Meer entstanden.«

»Und dieses Hotel Landhaus, wo sie übernachtet haben, steht dann wo?«, fragte Faber eher sich selbst und hatte mittlerweile auf seinem iPad eine Regionalkarte von Ostfriesland geöffnet. Er vergrößerte mit zwei Fingern das Gebiet um das Große Meer und fand das Hotel in der Nähe des Ufers.

Rike wartete mittlerweile an der Straße nach Loppersum, um rechts auf die 210 abzubiegen. Da momentan niemand hinter ihnen wartete, beugte sie sich zu ihm rüber und deutete auf die Stelle, wo man einen Parkplatz am Wasser sah. »Genau das ist es. Ein nettes Hotel, hat Zimmer, Tagungsräume und auch gutes Essen. Wir können ja auf einen Kaffee und ein Brötchen reingehen. Vielleicht erinnert sich jemand an das Paar«, schlug sie nicht ganz uneigennützig vor. »Mit etwas Glück sind denen auch noch andere Leute aufgefallen, die sich für Rolf Bergemann und seine Geliebte interessierten.«

»Du hast doch gerade erst gegessen«, war alles, was Faber dazu bemerkte, als sie endlich auf die Landstraße fuhr und beschleunigte. Er war heute Morgen joggen gewesen und auf seinem Rückweg vom Pilsumer Leuchtturm hatte er bei der Bäckerei im EDEKA Rah zwei Croissants mitgenommen.

»So ein Croissant ist etwas für den hohlen Zahn«, bemerkte sie. Rike war einen Meter fünfundsechzig groß und wog achtundfünfzig Kilo. Damit war sie eine schlanke Erscheinung, die eher sportlich und jungenhaft wirkte. Ihr kurzes kirschrotes, zu Stoppeln geschnittenes Haar unterstrich den Eindruck. Außerdem gehörte sie zu den wenigen schlanken Menschen, die anscheinend so viel essen konnten, wie sie nur wollten, und nie zunahmen.

Faber musste da schon etwas mehr aufpassen. Zwar war er fast einen Meter neunzig groß und sportlich, doch wenn er das Joggen oder Reiten mal vernachlässigte, merkte er das sofort. Seine Muskeln verwandelten sich an gewissen Stellen dann schnell in gemütliche Speckringe. Darum rannte er fast jeden Morgen eine Runde oder setzte sich in letzter Zeit an den Wochenenden wieder für ein paar Stunden auf ein Pferd. »Okay, einen Kaffee nehme ich auch noch«, erwiderte er und sah Rike schon in einem deftigen Frühstück schwelgen.

Zwanzig Minuten später parkten sie auf dem mäßig besetzten Parkplatz direkt am Hotel. Um die Uhrzeit sah hier alles noch sehr verschlafen aus. Sie stiegen aus und Faber wollte schon in Richtung Hotel, als Rike ihn nach rechts zog. »Lass uns erst einmal auf dem Weg an der Wiegboldsburer Riede entlanglaufen«, sagte sie und sah sich wieder die Fotos an.

Gleich neben dem Hotel war ein kleiner Sandstrand, von dem aus der Fußweg am Ufer entlangführte. Sie gingen an einem weiteren Restaurant auf ihrer rechten Seite vorbei, das Bootshaus hieß. Es war wirklich recht idyllisch hier. Rechts floss der vielleicht fünf, sechs Meter breite Kanal, an dessen gegenüberliegender Seite hübsche Wochenendhäuser mit Bootsanlegern ans Wasser grenzten. Manche von ihnen sahen aus, als hätten sie mindestens so viel gekostet wie Richards Alte Schule. Die Motorboote im Wasser waren auch nicht gerade billig gewesen. Schaute man auf die andere Seite des Weges, so hatte man einen Blick über das Große Meer, der nur hier und da von Büschen und Bäumen unterbrochen war.

Sie waren kaum zwei Kilometer gelaufen, da kamen sie an eine kleine Fähre für Fußgänger und Fahrradfahrer. Die konnte man per Handseilzug selbst über das Marscher Tief ziehen, um in das Naturschutzgebiet zu gelangen. »Hier«, sagte Rike und ging ein paar Meter zurück auf den Pfad. »Hier stand Rolf Bergemann mit seiner Freundin. Das ist das Foto, auf dem sie sich küssen.« Faber nahm ihr das Foto ab, ging ein paar Schritte zurück und sah sich dann um.

»Ganz schön abenteuerlustig, unser Fotograf«, murmelte er. Dann deutete er auf die Birken, die auf der anderen Seite des Kanals standen. »Etwa von dort oben muss jemand die Fotos gemacht haben.«

»Oder da oben aus dem Dachfenster«, warf Rike ein. Faber schüttelte jedoch den Kopf.

»Meiner Meinung nach stimmt der Winkel nicht. Der Standpunkt des Fotografen war höher, irgendwo in den Bäumen. Aber ich schicke das Bild mal Schorlau, der kann da wissenschaftlich rangehen«, sagte er und machte mit dem Handy ein Bild von dem Fotoabzug. Dann stellte er sich genau an die Stelle, wo das Paar gestanden hatte, und fotografierte die Bäume in der Umgebung. Mit ein paar kurzen Worten war die SMS dann an Philipp Schorlau, den Chef der Pathologie und Forensik in Oldenburg, unterwegs.

Der Rückweg dauerte etwas länger, weil sie langsamer schlenderten. Es war zwar erst neun Uhr, doch die Frühlingsbrise, die hier wehte, kündigte einen wunderschönen Tag an. Überall waren in den Gärten der Wochenendhäuser farbenfrohe Blumen zu sehen. Blaue Traubenhyazinthen wechselten sich mit den roten Tulpen, gelben Narzissen und Schlüsselblumen ab. Über dem Großen Meer zogen die Wasservögel und Schilfbrüter ihre Kreise auf der Suche nach Nahrung. Eigentlich war der Tag viel zu schön zum Arbeiten. Wie aus dem Bilderbuch trieben Schäfchenwolken über den blauen Himmel. Faber ließ sich dazu hinreißen, Rikes Hand zu ergreifen, obwohl er das bei der Arbeit so gut wie nie machte.

»Herr Kriminalhauptkommissar, wir sind im Dienst«, bemerkte Rike auch sofort, doch sie entzog ihre Hand nicht.

»Der Frühling hat auch mich erwischt«, erwiderte er, gab ihr einen schnellen Kuss und ließ sie wieder los, als sie in die Nähe des Hotels Landhaus kamen. Es war ein recht großes von weißen Klinkern eingefasstes Gebäude mit einem aufwendig gearbeiteten traditionellen Reetdach. Der Eingang mit den zwei Bullaugen in der Holztür und dem dunkelblauen Vordach sah sehr einladend aus.

»Frühstück von sieben bis zehn Uhr. Wunderbar!«, stellte Rike entzückt fest und ging vor. Sie bestellten sich beide einen Cappuccino und Richard wartete, bis Rike mit ihren Köstlichkeiten vom Buffet zurück war.

»Wie kann ein Mensch am frühen Morgen roten Heringssalat auf dem Brötchen essen?«, kommentierte er ihre Auswahl. Auf ihrem Teller lagen neben selbst gemachter grober Leberwurst und Heringssalat auch Frischkäse und Himbeermarmelade. Das bedeutete bei Rike gar nichts, vor allem nicht, dass sie schwanger war. Für eine kleine, zierliche Frau hatte sie nur einen gesunden ostfriesischen Hunger. Aber sie hatte zusätzlich eine kleine Schüssel frischer Erdbeeren mitgebracht, an der Richard jetzt herumpickte.

»Sie wollten mich sprechen«, sagte die Juniorchefin des Hotels und setzte sich zu ihnen an den Tisch. »Ich hoffe, es hat Ihnen geschmeckt«, wandte sie sich an Rike, die den letzten Bissen gerade in den Mund steckte.

»Oh, ganz bestimmt«, antwortete Faber für Rike, damit nicht Brötchenkrümel durch die Gegend flogen. Rike hatte die unangenehme Angewohnheit, mit vollem Mund zu sprechen, und merkte noch nicht einmal, wenn sie dabei ihr Gegenüber vollspuckte. »Wir beide sind von der Kripo in Emden und hätten Fragen zu zwei Gästen«, erklärte Faber der blonden Frau in dem Kostüm und zeigte seinen Dienstausweis. Dann nannte er den Namen von Herrn Bergemann und sofort sprang sie auf und holte das Reservierungsbuch.

»Wir haben natürlich alles im Computer, finden es für unsere Gäste allerdings eine nette Tradition, wenn sie sich hier in unser Hotelbuch eintragen«, erklärte sie und blätterte zu dem Wochenende, das Faber ihr genannt hatte. »Hier haben wir es. Eine Frau Sabrina Weigelt und ein Herr Rolf Bergemann, die beiden hatten das Kapitänszimmer mit Balkon. Gebucht als unser Kurz-und-klasse-Arrangement am Wochenende, das ein Drei-Gänge-Menü und ein Fünf-Gänge-Menü mit einschließt«, erklärte sie, dachte kurz nach und nickte dann. »Ich erinnere mich an das Paar, sie waren sehr verliebt.«

Zur Sicherheit zeigte Faber eines der Fotos und erhielt sofort eine Bestätigung. »Ist Ihnen jemand aufgefallen, der die beiden eventuell beobachtet hat?«, fragte er.

»Oh Gott, ist etwas passiert?«, fragte sie, meinte aber dann: »Wir hatten eine kleine Reisegruppe aus Hagen hier, einen Kegelverein. Mit den acht Leuten und dem Pärchen waren wir ausgebucht«, grübelte die Juniorchefin laut. »Ich erinnere mich, dass wir dann auch noch eine Menge Gäste für den Mittagstisch und zum Kaffee hatten. An dem Wochenende kam das erste Mal die Sonne raus«, erklärte sie. »Von älteren Leutchen aus der Umgebung bis hin zu Touristen, die früh im Jahr hier durchfahren, war alles dabei. Leider kann ich Ihnen nicht weiterhelfen. Es gab keinen Zwischenfall, der meine Aufmerksamkeit erregt hätte. Herr Bergemann und seine Begleitung waren auch die meiste Zeit für sich.«

***

Auf dem Weg nach Emden saß Faber wieder am Steuer. Anstatt von der Landstraße 210 in die Stadt zu fahren, bog Faber nach Osten auf die Autobahn ab. Die A 31 zog sich im Halbkreis oberhalb um Emden und führte dann nach Leer, um auf die A 28 Richtung Oldenburg zu treffen.

»Na, hast du Blut geleckt?«, fragte Rike. Sie wusste sofort, wo er hinwollte.

»Ich bin nur konsequent. Wenn wir uns schon die Umgebung am Großen Meer angeschaut haben, dann will ich jetzt auch den Unfallort sehen. Geh doch mal in die Datenbank und suche den entsprechenden Autobahnkilometer heraus, an dem der Unfall passierte.« Sogleich bearbeitete Rike ihr iPad und nannte ihm die Zahl. Die Autobahn 31 war jetzt nach der morgendlichen Rushhour relativ unbefahren. Eigentlich gab es hier nur kurz am Morgen und am Feierabend viel Verkehr. Natürlich sah das in der Hauptsaison, besonders während der Zeit der Schulferien, anders aus. Dennoch stellte Faber das Blaulicht am Kühlergrill und in der Heckscheibe an, bevor er auf dem Standstreifen anhielt. Sie standen einen Kilometer vor der nächsten Brücke in Höhe Rorichmoor und etwa zweieinhalb Kilometer hinter der letzten kurz nach Simonswolde.

»Es stimmt, hier ist nichts«, meinte Rike, als sie sich die Warnwesten übergezogen hatten und sich umsahen. »Immerhin sieht man noch die Bremsspuren. In dem Unfallbericht stand, dass Herr Bergemann plötzlich eine Vollbremsung machte. Die Techniker haben aufgrund der Bremsspuren eine Geschwindigkeit von einhundertsiebenundzwanzig Stundenkilometern errechnet.«

»Wildwechsel«, schlug Richard vor.

»Kann ich mir nicht vorstellen«, erwiderte Rike. »Sieh mal, die Stelle hier ist an drei Seiten von kleinen Wasserstraßen umgeben. Dem Rorichumer Tief da vorne, dem Fehntjer Tief hinter uns und parallel auf der rechten Seite läuft die Heuwieke.« Sie zeigte mit dem ausgestreckten Arm auf die entsprechenden Stellen. »Ich habe mir das auf der Karte angesehen. Das hier ist kein beliebter Platz für Wildwechsel, weder für Rotwild noch für kleinere Viecher. Das Wasser hält sie ab!«

»Was ist mit Vögeln?«

»Ach komm, Faber«, erwiderte Rike etwas erstaunt über die recht unüberlegte Frage. »Abends um halb neun? Mitte März?«

»Schon gut, ich frage nur!«

»Bevor du wieder fragst, es war auch kein plötzlicher Bodennebel. Ich habe die Meldungen des Wetteramts für die Gegend geprüft. Auch der Zeuge, der etwa fünf Minuten später bei dem verunglückten Wagen war, sagte nichts von außergewöhnlichen Wetterverhältnissen.« Rike verzog den Mund. »Aber irgendetwas muss es doch gewesen sein.«

»Schön zu hören, dass du plötzlich auch nach einer Erklärung suchst. Du warst es, die bei dem Unfall an Vorsatz glaubt«, erinnerte Faber sie mit reichlich Ironie in der Stimme. »Lass uns fahren. Ich denke, dieser Bergemann hat vielleicht sein Handy in den Fußraum fallen lassen oder etwas im Handschuhfach gesucht. Dadurch verriss er den Wagen und machte eine Vollbremsung.«

»Nein«, gab Rike überzeugt zurück. »Die Bremsspuren beginnen ganz mittig auf dem rechten Fahrstreifen, dann erst geriet der Jaguar ins Schleudern.« Faber kommentierte das nicht weiter und sie stiegen in ihren Audi. Er musste bis zur Ausfahrt Neermoor, um wieder Richtung Emden auffahren zu können. »Richard«, sagte Rike nach längerem Schweigen, »lass uns bitte noch kurz bei der Autowerkstatt vorbeifahren, in der der Jaguar immer noch steht. Frau Bergemann hat ihn absichtlich noch nicht verschrotten lassen. Sehen wir uns den Wagen an.«

»Von mir aus. Wohin muss ich?«

Rike hatte die Adresse der Autowerkstatt Althoff in der Münster Straße schnell ins Navi eingegeben. Daher bog Richard bei Emden-Ost bereits von der Autobahn ab und folgte der Landstraße 210, bis sie Am Tonnenhof ankamen. Dort folgten sie dem Straßenverlauf zur Hansastraße und bogen bei der Münster Straße links ab. Er parkte vor der großen Werkstatthalle.

»Moin, kann ich Ihnen helfen?«, fragte einer der Mitarbeiter in einem ölverschmierten blauen Arbeitsoverall, als sie in die große Halle hineingingen. Rike zeigte ihren Dienstausweis und erklärte, warum sie hier waren. Der Mann führte sie sofort ganz nach hinten in die riesige Werkstatthalle. Der Autoreparatur musste es gut gehen, denn momentan arbeiteten bestimmt acht Mechaniker an Fahrzeugen, die auf einer Hebebühne standen oder über einer Grube. Das Klopfen auf Metall mischte sich mit dem Aufheulen von hochtourigen Motoren und einem lokalen Radiosender, der gerade den neusten Hit ›3 Nights‹ von Dominic Fike plärrte.

»Das ist ja ein XJS V12«, rief Faber Rike begeistert zu. Erstaunlicherweise war das Fahrzeug trotz mehrmaligen Überschlagens immer noch gut zu erkennen. Natürlich waren die Scheiben gesplittert, die Spiegel abgerissen und die blaue Karosserie ordentlich verbeult. Jedoch sah der große Wagen nicht nach einem Unfallwrack aus, in dem ein Mensch gestorben war.

»Fast ein Oldtimer«, erwiderte der grauhaarige Mann, der jetzt neben sie getreten war. »Macht mal das Radio leiser«, schrie er dann zu einem seiner Angestellten, bevor er sich als Dedo Althoff vorstellte. Der ältere Mann war der Besitzer der Autowerkstatt. »Der Jag war Baujahr 1990 und top gepflegt. Sehen Sie sich die Karosserie an. Obwohl er mehr als einmal über Kopp ging, steht er noch astrein da. Na ja, der Rahmen des Wagens ist den fast drei Tonnen Gewicht angepasst«, geriet der Mittsechziger ins Schwärmen. »Heutzutage wiegen die Mittelklassewagen die Hälfte und die großen SUVs bringen es nur auf zwei Tonnen.«

Mittlerweile hatte sich Faber zu der verbeulten Fahrertür heruntergebeugt und blickte durch das gesplitterte Fenster. Auch im Innenraum waren das cremefarbene Leder und die polierten Wallnussapplikationen kaum beschädigt. »Nicht zu glauben! Werden Sie versuchen, den Wagen noch einmal fahrtüchtig zu machen?«, wandte er sich an den Kfz-Meister.

Der konnte sich ein kleines Lachen nicht verkneifen. »Viel Ahnung von solchen Exoten haben Sie nicht«, bemerkte er. »Nein, da ist nichts zu machen. Wenn Frau Bergemann mir den Wagen verkauft, dann schlachte ich ihn aus und setze die brauchbaren Teile bei einem Oldtimerhandel zum Verkauf an.«

»Sie kennen das Fahrzeug gut. Haben Sie den Wagen für Herrn Bergemann auch gewartet?«, fragte Rike wieder auf den Fall konzentriert. Ihr gefiel Fabers Begeisterung für den Oldtimer nicht. Denn mit einem Benzinverbrauch von bis zu vierundzwanzig Litern pro hundert Kilometer war dieses Teil eine absolute Umweltsünde. Wenn sich Richard so etwas vor die Tür stellen wollte, würden sie vorher wilde Diskussionen haben.

»Ja, der Doktor hatte Vertrauen in meine Fertigkeiten. Ich habe selbst lange solch ein Baby gefahren und die nächste Jaguar-Vertragswerkstatt ist in Oldenburg.« Traurig schüttelte der Mann den Kopf. »Rolf Bergemann war ein prima Typ und ein hervorragender Fahrer. Wenn man neben ihm saß und er auch mal auf zweihundertachtzig beschleunigte, dann wurde man nie nervös. Ich kann immer noch nicht verstehen, was da auf der Autobahn passiert ist.«

»Dann haben auch Sie nichts an dem Wagen gefunden, das einen solchen Unfall erklären könnte«, meinte Faber und richtete sich wieder auf.

»Nein. Alle Fehlfunktionen an dem Wrack sind erst durch den Unfall entstanden. Außerdem war der Wagen nur eine Woche vor dem Unfall hier in der Werkstatt. Wir haben eine große Inspektion durchgeführt«, erklärte Dedo Althoff. »Dieses Auto ist übrigens sehr arbeitsaufwendig. Will man zum Beispiel die Zündkerzen wechseln, dann muss man einen Teil des Motors ausbauen. Außerdem hat das Modell bei dem Baujahr erhebliche Probleme mit der Elektrik und ist sehr korrosionsanfällig. Um diese englische Lady in Schuss zu halten, braucht man ein großes Portemonnaie. Für eine große Inspektion muss ich über tausend Euro nehmen. Auf jeden Fall war der Wagen tipptopp in Schuss vor dem Unfall.«

»Eigentlich ist es verwunderlich, dass Doktor Bergemann sofort starb. Ich habe schon schlimmere Autowracks gesehen, in denen die Passagiere überlebten«, murmelte Rike und ging um den Wagen herum.

»Kein Airbag, Frau Kommissarin«, hatte der Experte gleich die Antwort. »Auch ließ Doktor Bergemann die alten Gurte im Wagen. Er wollte nicht auf moderne Gurte nachrüsten, obwohl ich ihm das empfohlen habe«, erklärte der Mann. »Aber der Doktor war ein guter Fahrer. Er hat den Wagen bei Wind und Wetter gefahren und bei dem Gewicht sollten Sie mal sehen, was das Kätzchen auf Glatteis macht.« Dabei drehte der Mann seinen Zeigefinger im Kreis. »Ist eine echte Rutschpartie. Da muss man dieses Auto schon fahren können!«

»Also wundert es Sie auch, dass Herr Bergemann den Unfall hatte?«, vergewisserte sich Rike. In dem Moment heulte der Motor eines der aufgebockten Wagen auf und eine Abgaswolke zog zu ihnen.

»Ja, ich denke zwar, dass Frau Bergemann übertreibt, wenn sie von einem Mordanschlag redet, aber irgendetwas muss ihn sehr irritiert haben an dem Abend. Der Doktor war kein Typ, der am Radio rumspielte oder beim Fahren telefonierte. Es gibt einen Grund, warum er plötzlich eine Vollbremsung machte und dadurch von der Fahrbahn abkam!«

***

Als sie wieder in ihrem Wagen saßen, meinte Rike: »Soll ich mal versuchen, diese Sabrina Weigelt, die damalige Geliebte von Rolf Bergemann, zu erreichen? Irgendwann sollten wir auch mit ihr sprechen.«

Faber sah auf die Uhr. »Okay, mach das. Bestelle sie die nächsten Tage aufs Revier. Wir beide müssen jetzt erst einmal ins Büro, es ist schon halb elf. Ich will wissen, wie es mit unseren richtigen Fällen steht, bevor wir mehr Zeit mit deinem neuen Hobby verschwenden.«

»Reizend«, erwiderte Rike etwas knatschig. »Dann glaubst du also, es war nur ein Unfall. Aber du hast doch gehört, was der Werkstattbesitzer gesagt hat. Auch er ist überzeugt, dass es nicht mit rechten Dingen zuging bei dem Unglück.« Sie sah ihn an und verzog den Mund. »Reine Zeitverschwendung, soso!«

»Nein, sich den Wagen anzusehen, war keine Zeitverschwendung. Dafür ist der XJS viel zu schön!«, meinte Faber voller Überzeugung und startete den Audi. Rike seufzte und schüttelte den Kopf.

»In jedem Kerl steckt irgendwo ein kleiner Junge«, versuchte sie ihn ein bisschen zu ärgern.

»Das sagt die Richtige. Wenn ich es erlauben würde, dann würdest du am liebsten deine Ducati in unser Wohnzimmer stellen!«

»Das ist was ganz anderes! So etwas kannst du nicht verstehen«, gab sie empört zurück, wechselte dann aber das Thema. »Sag mal, wann kommen die beiden Kommissarinnen denn nach Emden?«

»Morgen im Laufe des Vormittags, dann fängt die Probezeit an. Bin mal gespannt, was die beiden zu deiner Mordtheorie sagen.« In dem Moment öffnete Faber mit der Fernbedienung das Rolltor, welches zum Parkplatz hinter dem Präsidium führte. Als sie gerade ausstiegen, kam ihnen Tamme entgegen.

»Moin, Rike, Chef!«, sagte er und blieb einen Moment stehen.

»Moin Tamme«, grüßte auch Faber. »Wohin geht's?«

»Wir haben die Messerstecherei aufgeklärt. Bin auf dem Weg zum Staatsanwalt, damit wir einen Haftbefehl vom Haftrichter bekommen. Es war einer der Jugendlichen aus der Wilhelm-Leuschner-Straße, dieser Mirko Schwend. Die Streife ist gerade unterwegs, um ihn festzunehmen«, erklärte Tamme. »Ach, bevor ich es vergesse: Im Verhörraum eins sitzt der Bürgermeister der Krummhörn mit seinem Ortsvorsteher von Pewsum. Die wollen nur mit dem Chef reden!«

»Wie?«, fragte Faber skeptisch. »Gleich zwei Politiker. Ich ahne Übles. Was wollen die?«

»Frag nicht mich«, erwiderte Tamme. »Ich bin hier nur der Laufbursche. Die Herren Politiker hatten nicht genug Vertrauen, um mit mir zu sprechen. Es war aber anscheinend so wichtig, dass sie warten wollten. Ich habe sie mit Kaffee und Plätzchen versorgt und gesagt, dass du bald da bist.«

»Warum hast du mich nicht angerufen?«, bohrte Richard nach.

Tamme zuckte mit den Schultern. »Für meinen Geschmack hat sich dieser Ortsvorsteher ein bisschen zu sehr aufgespielt. Ich dachte, wenn die mal ein bisschen warten, tut ihnen das auch gut.« Dann zwinkerte er Rike zu und fügte auf Platt an: »De Dickdoners könen ock maal wachten!« Er hob zum Abschied die Hand und ging auf sein Auto zu.

»Wer kann auch mal warten?«, fragte Faber, als sie die Treppe hoch in ihr Stockwerk gingen.

»Dickdoners sind Wichtigtuer«, übersetzte Rike für ihn das ostfriesische Platt. Faber hatte in den letzten zwei Jahren viel gelernt und verstand immer mehr. Hier und da musste Rike trotzdem noch für ihn übersetzen.

»Dickdoners, aha! Diese Politiker haben unseren Wikinger anscheinend auf dem falschen Fuß erwischt. Kommst du mit? Dann schauen wir uns den hohen Besuch zusammen an.«

Rike folgte Richard in sein Büro und sie wurden ihre Jacken los. Dann holte Faber für beide Kaffee und sie gingen gemeinsam in den Verhörraum eins. Die beiden Männer unterhielten sich angeregt und standen auf, als sie eintraten.

»Endlich! Wird ja auch Zeit! Wir haben wichtigere Dinge zu tun, als hier zu warten.«

»Hat Sie keiner drum gebeten«, erwiderte Rike nicht auf den Mund gefallen.

Sie wurde aber geflissentlich übersehen von dem Mann. »Sind Sie dieser Kriminalkommissar Faber? Wir warten schon seit einer Stunde«, moserte der Kleinere der beiden Richard weiter an.

Faber baute sich absichtlich nah vor dem stehenden kleinen Mann auf und sah erst eine Weile auf ihn herab, bevor er sagte: »Ja, ich bin ›dieser‹ Kriminalhauptkommissar Faber. Und Sie sind?«

»Günther, jetzt beruhige dich erst mal«, intervenierte jetzt der Kräftigere der beiden. Er hielt Faber die Hand hin und sagte: » Ich bin Gerd Hoffmann, der Krummhörner Bürgermeister. Und das ist der Ortsvorsteher von Pewsum, Günther Meeser. Mein Kollege ist ein wenig aufgeregt und wollte nicht unhöflich sein.«

Faber schüttelte dem umsichtigen Bürgermeister die Hand und stellte dann auch Rike vor. »Nix för ungood, Heer Faber«, entschuldigte sich der Bürgermeister noch einmal für den Ortsvorsteher Meeser.

»Jetzt sind wir ja hier! Was können wir denn für Sie tun?«, fragte Faber immer noch ein wenig verstimmt, während sie sich zu den Politikern an den Tisch setzten.

Der Ortsvorsteher rutschte unwohl auf seinem Stuhl herum und druckste etwas, als er sagte: »Könnten wir das vielleicht unter uns Männern besprechen?«

»Jetzt reicht es aber«, platzte Faber der Kragen. »Meine Kollegin ist die kompetenteste Kommissarin, die ich kenne, und bleibt hier.

Entweder Sie brauchen die Hilfe der Polizei oder nicht! Entscheiden Sie sich, denn wir haben auch Wichtigeres zu tun!«

»Günther, jetzt zeige ihnen die Fotos«, redete der Bürgermeister auf seinen Kollegen ein. »Die Kriminalkommissarin sieht so etwas bestimmt nicht zum ersten Mal!«

Sehr zögerlich nahm der Ortsvorsteher einen Briefumschlag aus der Innentasche seines Jacketts und schob ihn erst einmal rüber zu Faber. Jedoch griff Rike sofort danach und zog vier Fotos aus dem Umschlag. Sie musste sich furchtbar am Riemen reißen, um nicht laut loszulachen. Auch Faber biss sich automatisch auf die Innenseite seiner rechten Wange, als Rike ihm das erste Foto weiterreichte. Es waren gestochen scharfe Aufnahmen von einem völlig nackten Herrn Meeser. Sie zeigten ihn in verschiedenen Positionen mit einer etwas korpulenten ebenso wenig bekleideten Dame auf einem Doppelbett. Die beiden vollzogen gerade den Beischlaf, wie man das im Strafgesetzbuch so treffend nannte. Man konnte die Bilder nicht gerade als erotisch bezeichnen.

Kein Wunder, dass Meeser nicht wollte, dass Rike die Bilder sieht, dachte Richard. Der Ortsvorsteher sah darauf wirklich lächerlich aus wie auch die meisten Menschen beim Sex. Faber durchbrach erst die Stille, als er sich sicher war, nicht noch die Beherrschung zu verlieren und vor Lachen losbrüllen zu müssen. »Ich nehme an, diese Fotos wurden nicht mit Ihrer Genehmigung gemacht«, drückte er es vorsichtig aus.

»Was denken Sie denn. Das ist ein Skandal erster Güte!«, meinte Meeser wieder reichlich aggressiv.

»Dann ist die weibliche Person nicht Ihre Ehefrau?«, fragte Rike sofort. Wahrscheinlich handelte es sich hier um einen Seitensprung, der jetzt für den Kommunalpolitiker äußerst peinlich werden konnte, ging es ihr durch den Kopf.

»Was?«, fragte der Mann irritiert. »Was soll denn das für eine Frage sein?«

»Herr Meeser«, warnte Rike ihn. »Jetzt beruhigen Sie sich mal und sagen uns klipp und klar, was Sie eigentlich wollen. Und zwar in einem angemessenen Ton. Wir sind Kriminalbeamte und anscheinend suchen Sie ja bei uns Hilfe, oder? Falls ja, dann würde ich es vorziehen, Ihnen nicht alles aus der Nase ziehen zu müssen!« Innerlich grinste Faber, denn jetzt machte der Ortsvorsteher große

Augen. Wenn Rike mal die Stimme erhob, dann zuckte selbst ein abgezockter Politiker zusammen.

Er schluckte sichtlich und fing dann endlich mit rotem Kopf an zu erzählen. »Ich lebe seit einem halben Jahr in Scheidung, die Frau auf den Fotos ist meine Freundin, Frau Hafeland. Sie wird bald zu mir nach Pewsum ziehen, sobald nach der Scheidung alles geregelt ist. Momentan lebt sie noch in Stendal«, erklärte der Mann jetzt sehr detailliert. »Vor drei Wochen war sie hier und wir haben ein Wochenende im Romantikhof in Greetsiel verbracht. Sie kommt, sooft es geht. Um meine Ex-Frau nicht unnötig zu verärgern, nehmen wir immer ein Hotel und sind nicht in meiner Wohnung in Pewsum. Man muss ja nicht unbedingt noch böses Blut schüren.«

»Dann ist bekannt, dass Sie in Scheidung leben und wieder liiert sind?«, fragte Faber dazwischen, denn mittlerweile redete Meeser ohne Punkt und Komma. Dabei drückte er sich manchmal so ungeschickt aus, dass Faber immer wieder eine Reaktion auf Meesers unfreiwilligen Humor zurückhalten musste. Besonders wenn Faber auf die Fotos sah und Meeser auch noch etwas sagte wie: Sie kommt, sooft es geht.

»Na ja, ausgewählte Freunde wissen es und auch meine Ex-Frau weiß das. Doch ich wollte vermeiden, dass sie Antje, ich meine Frau Hafeland, jetzt schon in Pewsum sieht. Als Ortsvorsteher hängt man so etwas nicht an die große Glocke. Außerdem war eines meiner Wahlversprechen: Zurück zur Moral in Ostfriesland!« Der Mann schnaubte auf. »Was denken Sie denn, was passiert, wenn solche Fotos an die Presse gelangen würden? Dabei meinte ich mit Moral eher das soziale Umgehen der Menschen miteinander. Bei den Fotos kommt allerdings eine ganz andere Assoziation bei den Leuten hoch.«

»Verstehe«, meinte Rike mit Pokerface. Faber war ihr so dankbar, denn als er den Wahlslogan hörte, war es vorbei. Er drehte sich zur Seite und putzte sich die Nase, um zu vermeiden, dass die beiden Männer sahen, dass er Tränen in den Augen hatte. Erst als er tief Luft geholt hatte, war er wieder in der Lage, ein ernstes Gesicht zu machen. »Also, was hat es nun mit den Fotos auf sich? Mal abgesehen davon, dass sie ohne Ihr Wissen gemacht wurden?«, hakte Rike vollkommen professionell nach. Denn ihr war sofort der Gedanke gekommen, dass diese Sache mit dem Fall Doktor

Bergemann in Zusammenhang stehen könnte. Darum hatte dieser unangenehme kleine Stänkerer plötzlich ihre volle Konzentration.

»Das ist ja wohl schon schlimm genug«, konnte sich Meeser nicht verkneifen. »Tut mir leid, doch ich könnte die Wände hochgehen, wenn ich die Fotos sehe«, fügte er zur Entschuldigung an. Faber schluckte wieder ein Grinsen herunter. Dann bekam er aber ein schlechtes Gewissen. Als Kripobeamter hatte er es hier mit einer Verletzung des höchstpersönlichen Lebensbereichs durch Bildaufnahmen zu tun. Immerhin konnte ein entsprechendes Vergehen mit bis zu zwei Jahren Freiheitsentzug bestraft werden.

Daher sagte er: »Das können wir auch nachvollziehen und es ist eindeutig ein Vergehen gegen das Gesetz. Bitte reden Sie weiter.«

»Nachdem ich den Briefumschlag mit den Fotos an der Windschutzscheibe meines Wagens fand, folgte ein Anruf von einer unterdrückten Nummer. Man wollte zehntausend Euro von mir oder die Fotos werden an meine Noch-Ehefrau verschickt. Das ist eine Frechheit! Ich habe dem Kerl gesagt, dass er mich mal kann und meine Ehefrau bereits eine Ex-Ehefrau ist und nicht mehr an solchen Fotos interessiert«, meinte Meeser mit hochrotem Kopf. Anscheinend wurde er gerade wieder wütend, wenn er an das Telefonat dachte. »Aber Sie müssen sich die Sache ansehen, denn die Fotos können nur von jemandem gemacht worden sein, der mit dem Hotel Romantikhof zu tun hat.«

»Moment«, sagte Rike und dachte wieder an das, was Frau Bergemann erzählt hatte. »Man wollte Sie erpressen und es war ein Mann, der anrief?«

»Das vermute ich, die Stimme war elektronisch verzerrt. Vom Ausdruck her war die Person nicht die hellste Kerze auf der Torte. Zehntausend Euro, ha! Ich habe ihm gesagt, er soll die Fotos ruhig meiner Frau schicken. Dennoch will ich wissen, wer es wagt, sich in meine Intimsphäre zu drängen. Es ist ungeheuerlich!«

»Als Sie den Erpresser abwiesen, wurde Ihnen da gedroht?«, fragte Faber ernst, denn in dem Moment hatte auch er die Verbindung zum Bergemann-Fall gezogen. So wie die Sache lag, könnte es sich bei den Leuten, die diese Fotos gemacht hatten, um die gleichen Personen handeln.

»Beschimpft hat mich der Anrufer. Er meinte, ich würde schon sehen, was passiert, wenn ich nicht zahle«, beendete der Mann seine Ausführungen. Dann verhärtete sich sein Gesicht wieder und er meinte im Befehlston zu Faber: »Ich erwarte von Ihnen, dass Sie dieser Sache nachgehen. Haben wir uns verstanden!«

Faber legte seinen Kopf etwas schief und fixierte den Mann. »Wer glauben Sie eigentlich, wer Sie sind, Herr Ortsvorsteher. Nicht in dem Ton! Ich werde Ihnen jetzt unsere Polizeimeister schicken, die Ihre Sache noch einmal detailliert zu Protokoll nehmen. Dann bekommt Ihr Fall ein Aktenzeichen und die Beamten werden ermitteln. Diese Art von Vergehen erfordert nicht den Einsatz eines Kriminalhauptkommissars oder einer Kriminalkommissarin.« Dann stand er auf. »Überlassen Sie den Kollegen die Fotos, damit man sie forensisch untersuchen kann, falls das überhaupt noch möglich ist.« Faber und Rike schüttelten nur dem Bürgermeister die Hand und verließen den Verhörraum, bevor Meeser überhaupt noch einmal Luft holen konnte.

Bürgermeister Hoffmann folgte den beiden jedoch und stoppte Faber, indem er ihn am Arm festhielt. »Herr Faber, ich entschuldige mich offiziell im Namen der Krummhörn und der Gemeinde Pewsum. Günther kann manchmal ein Heißsporn sein und überschreitet dann seine Grenzen.«

»Den Eindruck habe ich auch«, kommentierte Rike das Gesagte.

»Bitte legen Sie den Vorgang nicht gleich ad acta. Günther ist so besorgt wegen seines Rufes, dass er manchmal über das Ziel hinausschießt. Aber eigentlich ist er ein guter Politiker und Ortsvorsteher«, erklärte der Bürgermeister. »Ihre Kollegen sollten wenigstens einmal beim Romantikhof vorbeifahren und sich das ansehen. Es kann nicht sein, dass Gäste dort im Zimmer fotografiert werden.«

»Schon gut. Unsere Polizeimeister nehmen jetzt eine Anzeige auf, mit allen Details. Meine Kollegin und ich fahren selbst in Greetsiel bei dem Hotel vorbei«, versprach Faber.

»Gott Loff un Dank«, meinte der Mann und ging wieder zurück in den Verhörraum.

»Man könnte gerade meinen, Meeser ist der Bürgermeister und nicht umgekehrt«, meinte Faber, als sie in seinem Büro ankamen. »Der Kerl hatte einen Ton drauf wie Friedrichs!« EKHK Friedrichs war sein Ex-Chef, der mittlerweile pensioniert war. Der Mann war ein Tyrann gewesen. Er hatte, anstatt normale Unterhaltungen zu führen, lieber Befehle erteilt.

»Das sind dann die Momente, in denen ich am liebsten der Presse so ein Foto zuspielen möchte. Vielleicht das auf allen vieren«, meinte Rike und zog die Augenbrauen hoch. In dem Moment war es vorbei und beide fingen schallend an zu lachen, weil sie es einfach nicht mehr zurückhalten konnten.

»So etwas darfst du nicht mal aussprechen, Frau Kommissarin Waatstedt«, ermahnte er sie, schnappte aber immer noch nach Luft vor lauter Lachen. »Also Beherrschung, Frau Kriminal-kommissarin!«, schimpfte er im Spaß und wischte sich die Tränen aus den Augen.

***

Die Polizeimeister Torben Husman und Friedhelm Steiner hatten sich bei der Aufnahme der Anzeige auch ordentlich über diesen Meeser geärgert. Daher waren sie heilfroh, als Faber ihnen den Fall aus der Hand nahm und erklärte, dass er und Rike sich darum kümmern wollten.

So verließen Rike und Faber das Polizeipräsidium schon gegen halb fünf, um noch beim Hotel Romantikhof vorbeizufahren. Greetsiel war von Klein Hauen keine zwei Kilometer entfernt und selbst Faber kannte das Hotel, da es gegenüber dem EDEKA Rah lag.

»Was denkst du, ist dieser Ortsvorsteher vielleicht gefährdet, weil er sich geweigert hat zu zahlen?«, fragte Rike, als sie durch Pewsum fuhren.

»Du gehst davon aus, dass es sich um die gleichen Erpresser handelt, und unterstellst immer noch, dass der Unfall herbeigeführt wurde«, erwiderte Faber nur. Er durchfuhr den Kreisel in der Ortsmitte und bog rechts ab, Richtung Groothusen.

»Ja, von der Mordtheorie bringst du mich so schnell nicht ab, auch wenn ich es noch nicht beweisen kann. Aber dass es die gleichen Erpresser sind, das liegt nahe. Nicht nur die Fotos an den Windschutzscheiben und die zehntausend Euro stimmen überein, auch die Anrufe mit der elektronisch verzerrten Stimme«, gab sie zu bedenken. »Außerdem vergiss nicht, Bergemann lebte in Pewsum und unser höflicher Politiker ist Ortsvorsteher diese Gemeinde.«

In Höhe der Osterburg bog Faber wieder rechts ab. Zehn Minuten später fuhr er in die Hafenstraße. Doch anstatt nach links zu fahren, um nach Hause zu kommen, nahm er die Kleinbahnstraße auf der rechten Seite. Die führte sie direkt hinein nach Greetsiel und endete wieder in der Hafenstraße, in der sich auch das Hotel befand. Da die wenigen Parkplätze vor dem Hotel alle belegt waren, parkte er auf dem großen Parkplatz des Einkaufszentrums. Eigentlich handelte es sich nicht um ein richtiges Zentrum. Aber dort gab es den Lebensmittelmarkt EDEKA zu finden, eine Apotheke, ein Café, einen Friseur und ein Grillrestaurant. Natürlich nicht zu vergessen, das Bekleidungsgeschäft, das typische Outdoorbekleidung anbot, die bei Wind und Wetter dem Nordseeklima strotzen sollte.

Als sie aus dem Wagen stiegen, wehte eine leichte Brise und die Sonne war immer noch recht kräftig. »Hoffentlich ist das Zimmer momentan nicht vermietet, damit wir es uns ansehen können«, meinte Rike, als sie auf das hübsche Hotel zugingen. Es bestand aus zwei rot geklinkerten Gebäuden. Das Haupthaus hatte drei sehr hohe Spitzgauben und verlieh dem Hotel damit einen Zug, der dem Namen Romantikhof gerecht wurde.

»Wenn ich mir die vielen Autos davor ansehe, dann befürchte ich, die sind ausgebucht. Aber wir brauchen ja nicht gleich einen Durchsuchungsbefehl, wenn uns die Gäste und der Hotelier erlauben, kurz in das Zimmer zu sehen«, erwiderte Faber und sie betraten die Lobby. Nachdem sie der freundlichen Rezeptionistin den Sachverhalt erklärt hatten, sah diese in den Reservierungen nach. Schnell bestätigte sie, dass eine Frau Hafeland das Doppelzimmer Romantik im zweiten Stock für ein Wochenende mit Begleitung bewohnt hatte. Wie Rike befürchtet hatte, war das Zimmer auch jetzt vermietet, allerdings waren die Gäste gerade im Haus.

»Also wenn unsere Gäste nichts dagegen haben, dann können Sie sich gerne kurz in dem Zimmer umsehen«, meinte der Hotelier, den man dazugeholt hatte. »Aber können Sie mir sagen, worum es geht?«

Faber verneinte das. »Bei laufenden Ermittlungen können wir das leider nicht. Sie sind auch nicht verpflichtet, uns das Zimmer zu zeigen, da wir keinen Durchsuchungsbefehl beantragt haben. Es wäre nur sehr hilfreich, denn dann könnten wir die Sache schnell abschließen«, wirkte er auf den Mann ein.

»Na, dann kommen Sie mal, wir möchten der Polizei natürlich helfen, wo wir können.« Er führte Rike und Faber in den zweiten Stock. Das Doppelzimmer führte nach vorne heraus, und nachdem sie angeklopft hatten, öffnete ein älteres Paar die Tür. Die beiden

Urlauber fanden es anscheinend sehr spannend, dass sich zwei Kriminalkommissare kurz umsehen wollten, und baten sie herein.

Das wuchtige Doppelbett stand an der linken Seite des großen Raums und Rike blickte unauffällig auf die Fotos in ihrer Hand. »Das Fenster«, sagte sie nur und Faber ging gleich darauf zu.

»Haben Sie etwas dagegen, wenn ich es kurz öffne?«, fragte er die Gäste, die es ihm sofort erlaubten. Er sah hinaus, nach unten und ließ den Blick schweifen. Dann nahm er sein Handy und machte von der Umgebung Aufnahmen. Rike sah sich in der Zeit die Vorhangstange und den Rahmen der Fenster an. Nichts deutete darauf hin, dass eine kleine Kamera hier unauffällig befestigt werden konnte. »Vielen Dank, Sie haben uns alle sehr geholfen«, verabschiedete er sich dann von dem Paar und dem Hotelier. Als sie wieder auf dem Parkplatz standen, fotografierte er das Haus von vorne, wobei er das obere Fenster in der mittleren Spitzgaube anvisierte.

»Das Fenster ist so weit oben, dass es noch nicht einmal Gardinen hat, nur Vorhänge für abends. Da kann keiner reinsehen«, bemerkte Rike. »Hätte man eine Kamera am Fenster angebracht, wäre das bestimmt aufgefallen.«

»Aber der Winkel stimmt, es wurde vom Fenster aus in Richtung Bett fotografiert«, hielt Faber dagegen. »Außerdem konnte ich vom zweiten Stock kein Gebäude sehen, das in etwa die Höhe hat, um mit einem Teleobjektiv zu arbeiten.« Anstatt in den Wagen zu steigen, ging er mit Rike zum Supermarkt. »Lass uns noch etwas einkaufen, ich habe Lust auf ein warmes Essen und wir haben nicht mehr viel im Kühlschrank.«

Doch Rike blieb stehen und drehte sich noch einmal um zu dem Hotel. »Diese Selfie-Sticks, wie lang sind die?«

Faber sah sie an und dann zu der Fassade des Romantikhofs. »Das ist eine super Idee«, lobte er sie. »Du denkst, es wurde eventuell von unten aus dem Fenster des ersten Stocks fotografiert. Ich glaube, diese Selfie-Sticks sind so um einen Meter lang. Aber es ist bestimmt kein Problem, dafür einen etwas längeren zu basteln.« Faber grübelte einen Moment, dann sagte er: »Geh noch mal zur Rezeption und frage, wer an dem Wochenende genau unter dem Zimmer im ersten Stock gewohnt hat. Vielleicht bringt das ein wenig Klarheit in die Angelegenheit.«

»Gehst du nicht mit?«, fragte Rike, als er an seinem Handy rumfummelte.

»Ich gehe schon mal einkaufen«, murmelte er, dann sah er sie an und grinste. »Ich hab es! Hier im Internet steht, dass der längste Selfie-Stick neun Meter lang ist. Vielleicht reicht das auch für die Aufnahmen von Bergemann und seiner Geliebten am Großen Meer.«

»Mhm«, machte Rike. »Hier beim Hotel kann ich mir das noch vorstellen, wenn sich der Fotograf beeilt und gerade keine Menschen auf der Straße sind. Vielleicht an einem Sonntag, wenn das Einkaufszentrum geschlossen hat. Aber am Großen Meer … würde so eine lange Stange dort in der Landschaft nicht auffallen?«, gab sie zu bedenken.

»Im Geäst eines Baumes verdeckt, vielleicht nicht«, meinte er, zuckte jedoch mit den Schultern. Rike ging wieder zurück zum Hotel, während er sich auf den Weg in den EDEKA machte.

Da Knut heute Abend seinen Skatabend hatte und mit Hannes und den beiden anderen Mitspielern im Hafenkieker in Greetsiel war, würden Richard und Rike am Abend allein essen. Faber hatte für sie im Ofen Rosmarinkartoffeln und den Dorsch gemacht, den Rike noch schnell bei Siebrands in Greetsiel geholt hatte. Zwar war Siebrands schon lange ein Fischgroßhändler und führte nur einen deutschlandweiten Internetverkauf für Privatkunden, Knut und seine Enkelin allerdings durften jederzeit dort ihren Fisch holen. Der alte Siebrands war nämlich einer der Skatkumpel von Opa und man kannte sich aus Zeiten, als Rike noch nicht einmal geboren war.

Sie stand am Waschbecken und putzte den Salat, während Richard das Dressing zusammenrührte. »Ich habe mir vorhin noch schnell die Namen der Gäste aus dem ersten Stock des Hotels in der Datenbank angesehen. Völlig unbescholtene Leute aus Münster. Er ist Zahnarzt und seine Frau Verwaltungsangestellte im Rathaus. Ich glaube, die können wir getrost vergessen«, meinte Rike und schüttelte die Salatblätter im Sieb, damit das Wasser besser ablief.

»Auch ich habe noch einmal darüber nachgedacht«, sagte Richard. Er nahm ihr das Sieb aus der Hand, um die Blätter in eine Schüssel zu geben. Dann streute er den Schnittlauch darüber und schüttete die Salatsauce dazu. »Es ist verdammt unwahrscheinlich, dass der Erpresser von außerhalb ist. Wer immer das tut, kommt aus der Gegend. Denn er muss diesen Meeser und auch Bergemann gekannt haben. Erstens hatte er Kenntnis darüber, dass es sich nicht um die Ehefrauen handelte, mit denen die beiden Männer intim waren. Und zweitens muss der Erpresser sicher gewesen sein, dass es bei den beiden Opfern auch etwas zu holen gab. Denn ein Hartz-IV-Empfänger wird keine zehntausend Euro hinlegen können. Selbst wenn er seine Frau oder sie ihren Mann betrügt und nicht will, dass das rauskommt.«

»Ein Insider«, grübelte Rike und stellte die heiße Auflaufform mit den Rosmarinkartoffeln auf den Untersetzer. Anschließend holte sie die Teller mit dem Fisch und Faber brachte die Salatschüssel zum Esstisch. Beide setzten sich und langten erst einmal zu.

»Ans Große Meer könnte man Bergemann von Pewsum aus gefolgt sein, wenn man ihn kennt. Wenn man mit einem langen selbst gebauten Selfie-Stick in den Bäumen gearbeitet hat, ginge das«, spekulierte Faber weiter und zog eine Gräte aus seinem Filet. »Aber das Hotel ist schwieriger. Ich bin mir sicher, dass dort in der Umgebung nichts steht, was hoch genug ist, um mit einem Teleobjektiv zu arbeiten. Vor dem Hotel zu stehen ist zu auffällig.«

»Es sei denn, jemand, der Zugang zu dem Hotel hat, machte die Fotos mit einem Selfie-Stick aus dem ersten Stock«, nuschelte Rike, weil sie sich eine der knusprigen Kartöffelchen in den Mund gesteckt hatte. Jetzt wedelte sie mit der Hand vor dem Mund und griff schnell nach dem Mineralwasser.

»Heiß!«, merkte Faber scherzhaft an. »Iss langsam und vor allem rede nicht, wenn der Mund voll ist!«

»Klugscheißer«, entfuhr es Rike, dann biss sie sich auf die Unterlippe und fügte an: »Du bist aber ein lieber Klugscheißer!«

Faber schüttelte den Kopf und ging erst gar nicht darauf ein. »Jemand, der im Romantikhof arbeitet, könnte infrage kommen. Die Gäste aus Münster waren vielleicht am Sonntagnachmittag Kaffee trinken oder am Deich spazieren. In der Zeit könnte jemand in ihr Zimmer gegangen sein und durch das Fenster die Fotos von Meeser und seiner Freundin gemacht haben«, schlug er vor.

»Mhm«, machte Rike. »Hast du eigentlich schon was von Philipp gehört? Dem hast du doch heute Morgen die Fotos vom Großen Meer geschickt. Normalerweise meldet er sich recht schnell.« Sie probierte den Fisch und lächelte. »Richard, der ist lecker. Wie machst du das nur? Opa ist schon ein guter Koch, aber bei dir schmeckt es noch eine Nummer besser.«

»Das freut mich. Es kommt nur auf die Kräuter und Gewürze an«, erwiderte er und lächelte, als er sah, wie sie voller Lust ihr Essen vertilgte. »Morgen rufen wir Schorlau mal an und hören, was unser

Forensiker zu sagen hat. Ich schicke ihm nachher noch die Fotos, die ich aus dem Fenster des Hotels gemacht habe, und auch die Abzüge von Meesers Nacktfotos. So wie ich Philipp kenne, wird er daran seine helle Freude haben!«

***

Nach dem Essen brachten sie die Küche wieder auf Vordermann. Mittlerweile hatte selbst Rike ihren Platz bei den täglichen Arbeiten im Haushalt gefunden. Sie war von Opa in der Hinsicht reichlich verwöhnt worden und Faber hatte mit viel Geduld auf sie eingewirkt. Denn er konnte nicht alles alleine machen. Als er noch seinen Singlehaushalt hatte, war das möglich gewesen, doch nicht bei zwei Personen. So hatte er irgendwann frustriert angekündigt, zweimal die Woche eine Putzfrau zu engagieren. Allerdings hatte Rike ein Veto eingelegt, weil es gegen ihre Lebensauffassung ging, Menschen zu bezahlen, damit sie ihren Dreck wegmachten.

Sie hatte Faber gebeten, die Aufgaben zu verteilen. Es war nicht so, dass Rike nicht wollte, sie sah einfach nicht, was zu tun war, wenn Richard sie nicht darauf hinwies. Aber mittlerweile stellte sich endlich eine gewisse Routine ein, auch wenn er sie manchmal wie einen Teenager auf die fallen gelassene Socke hinwies.

Faber lag mit dem Rücken angelehnt auf der einen Seite der Couch und las im ersten Band des NSU-Prozess-Protokolls, das vor Kurzem erschienen war. Rike lag mit dem Kopf auf seinem Oberschenkel auf der anderen Seite und surfte auf ihrem Tablet durchs Net. Im Hintergrund lief leise Schuberts Unvollendete. Ohne Fernsehen hörte man einfach öfters Musik, las mal wieder ein gutes Buch oder unterhielt sich. Was die meisten Leute nur im Urlaub genossen, konnte man eigentlich jeden Tag haben. Man musste nur die Droge Fernsehen weglassen oder sich eingestehen, dass ein laufender Fernseher keine Einsamkeit vertreiben konnte.

»Dieser Ortsvorsteher Meeser lässt wirklich keine Gelegenheit aus, sich in der Presse und im Internet zu präsentieren«, murmelte Rike. Faber nahm sein Buch herunter, sah sie an und strich dann liebevoll durch ihr stoppeliges Haar.

»Du arbeitest noch?«

»Na, du doch auch. Mir kann keiner erzählen, dass es ein Vergnügen ist, die NSU-Prozess-Protokolle zu lesen«, erwiderte sie und blickte auf sein Buch. »Ich kann das nicht lesen, das macht mich dermaßen wütend!«

»Ja, das macht es mich auch. Trotzdem, es ist nun einmal unsere Realität.«

»Ja, das haben wir ja schon einmal hautnah mitbekommen«, kommentierte Rike das Gesagte. Sie dachte an den Fall, der sie letztes Jahr beruflich mit der rechten Szene in Verbindung gebracht hatte.

Als Faber sich weiter aufsetzte, meinte er: »Was sagtest du über den Ortsvorsteher?«

»Ein Pressejunkie, der hat politisch wohl noch eine Menge vor!«

»Google einmal Bergemann, ob er auch im Internet präsent ist. Denn dann hätten wir ein Medium gefunden, in dem die Erpresser gerade auf diese beiden Männer gestoßen sind.«

»Hab ich schon«, erwiderte Rike. »Auch Doktor Bergemann wird oft erwähnt. Er hat mehrere Selbsthilfegruppen geleitet und wurde sowohl in Pewsum als auch in Leer von der Gemeinde und der Stadt geehrt. Beides keine Unbekannten, dennoch kann ein Erpresser daraus nicht schließen, dass sie Affären hatten. Da muss noch anderes Wissen sein.«

»Wir sprechen morgen mal mit Sabrina Weigelt, Bergemanns Geliebter, und auch mit Meesers Exfrau, vielleicht wird dann klarer, woher die Erpresser von den Affären wussten. Auf die neue Freundin von Meeser warten wir, bis sie mal wieder hier ist. Stendal ist mir zu weit entfernt, um mal einen kurzen Trip dahin zu machen«, erwiderte Richard.

»Dürfte auch kein Problem sein«, meinte Rike und grinste. »Sie kommt ja, sooft sie kann!« Beide fingen wieder schallend an zu lachen, wenn sie an Meesers sprachlichen Fauxpas dachten.

Als Faber endlich wieder sein Buch hochnahm, klingelte sein Handy. Er sah automatisch auf die Uhr, es war schon zehn. Rike stand auf und ging zum Esstisch, um das Telefon zu holen. Wenn nicht in Emden eine kriminalistische Katastrophe passiert war und man den Hauptkommissar deshalb brauchte, konnte das eigentlich nur Schorlau sein.

»Philipp«, informierte Rike Faber, nachdem sie auf dem Display den Namen gelesen hatte, und reichte Richard das Handy.

»Guten Abend, du Leichenfledderer«, meinte Faber und hielt sich grinsend sein Handy ans Ohr.

»Moin, du Utlander«, erwiderte Schorlau auf Platt. Es war einfach ihre Art und gehörte zu Fabers und Philipps gutem Ton, sich verbal immer etwas an die Wäsche zu gehen. Dennoch waren die beiden wahre Freunde und würden, wenn es sein musste, für den anderen durchs Feuer gehen. Rike fand es unergründlich, warum Männerfreundschaften oft nach diesem speziellen Schema abliefen. Sie hatte es sich mit einer gewissen Angst vor Nähe der Männer untereinander erklärt. Ob dem so war, konnte selbst Faber nicht beantworten, nachdem sie ihn gefragt hatte.

»Was treibst du?«, fragte Faber und meinte das eigentlich ganz höflich.

»Na rate mal«, polterte Schorlau jedoch los. »Ich sinniere gerade über die Fotos, die du mir geschickt hast, und kratze mir den Kopf. Was soll ich denn daraus erkennen, bitte schön?«, moserte er.

»Ich hatte gehofft, dass …«, fing Faber zögerlich an und wiederholte, was er in der SMS geschrieben hatte. »Dass du ungefähr sagen könntest, aus welchem Winkel einige der Bilder geschossen wurden. Vor allem von dem Pärchen, das sich draußen küsst.«

Er hörte ein Stöhnen am anderen Ende und stellte das Gespräch auf Lautsprecher, damit auch Rike alles mitbekam, die jetzt neben ihm auf der Couch saß. »Du Döspaddel, wie soll ich das denn machen? Ich bin Wissenschaftler und nicht Houdini!«

»Sei nicht so ein Widerling!«, rief ihn Rike zur Raison.

»Oh, hallo meine Hübsche! Geht es dir gut? Ist der Dööskopp lieb zu dir?«, flötete Schorlau plötzlich und Faber zog genervt die Augenbrauen hoch. »Also, wenn ich etwas dazu sagen soll, müsst ihr mich schon in eure schöne Krummhörn einladen. So etwas geht nicht ohne Lokaltermin. Da muss ich schon vor Ort sein und mit einem Laserentfernungsmesser ran. Dann kann ich vielleicht was dazu sagen.«

»Kannst du denn wenigstens ein bisschen spekulieren, von wo die Fotos aufgenommen wurden, die ich dir geschickt habe?«, versuchte es Faber dennoch.

»Dass sie von ziemlich weit oben gemacht wurden. Außerdem noch, dass die Pornobilder geschmacklos sind«, fügte er in seiner sarkastischen Art an. »Wer ist denn das überhaupt?«

»Da sind wir leider zur Verschwiegenheit verpflichtet«, bügelte Faber ihn ab und fügte an: »So dringend ist der Fall jetzt auch nicht, dass eine Ortsbesichtigung von Nöten ist. Dafür bist du zu teuer, auch wenn wir dich gerne in unserer Nähe haben.« Fabers Zynismus war an der Stelle auch nicht zu überhören und Schorlau wusste genau, dass er gerade das Gegenteil gemeint hatte.

»Hör mal, Philipp, in ein paar Wochen ist Ostern«, sagte Rike plötzlich. »Willst du uns nicht ein paar Tage besuchen? Wir machen es uns hier ein bisschen gemütlich.« Faber runzelte die Stirn, denn darüber hatte sie nicht mit ihm gesprochen und eigentlich hatte er vorgehabt, das dritte Zimmer im ersten Stock zu streichen.

»Aber gerne doch«, erwiderte Philipp sofort hellauf begeistert.

»Super, Philipp! Dann bring alte Klamotten mit, damit du mir helfen kannst, das Zimmer oben zu streichen!«, nahm Faber ihm den Wind aus den Segeln.

»Das Einzige, was ich Ostern anmale, sind Ostereier. Nur dass wir uns verstehen!«, ließ sich Schorlau nicht im Geringsten provozieren.

Kapitel 3

»Nun, Herrschaften, wir haben die Tennishalle für uns allein, deshalb darf geflucht werden beim Spielen. Trotzdem erwarte ich ein anständiges Doppel!«, sagte Guido Ekhoff eloquent wie immer. Der Bauunternehmer aus Emden hatte seine Beziehungen spielen lassen und einen Platz in der Tennishalle im Hotel Novum in Hinte gebucht. Eigentlich war die Anlage des Sporthotels nur für Gäste vorgesehen. Doch um die Jahreszeit war die Saison noch nicht angelaufen und man machte für gute Kunden Ausnahmen. Herr Ekhoff brachte normalerweise fast alle seine Geschäftspartner im Hotel Novum unter, wenn sie sich länger in Emden aufhielten. Heute waren seine Tennispartner Männer aus der Gegend.

»Wer mit wem?«, fragte Guido Ekhoff. Der korpulente Mann kniete mit einem Bein auf dem Kunstgrün der Halle und band sich seinen Tennisschuh zu.

»Heute spiele ich mit Enrik. Ich habe die Nase voll, immer wegen meines Weicheis von Bruder zu verlieren!«, erwiderte Timmo Beimes schroff. Eigentlich spielten die beiden Brüder immer zusammen, allerdings klappte es in letzter Zeit nicht mehr so gut. Dabei war es nicht unbedingt Niclas, der nachgelassen hatte. Es war eher Timmo, der irgendwie unkonzentriert wirkte, wenn er mit Niclas spielte. So als wäre es ihm schon zuwider, mit seinem eigenen Bruder einen Tenniscourt zu teilen.

»Gut, dann ich und Niclas«, bestätigte der Bauunternehmer. »Timmo, wenn du unbedingt Enrik an der Backe haben willst, soll es so sein.« Enrik Joken verzog den Mund etwas. Der Ortsvorsteher war ein eher ruhiger Mann und Typen wie Guido Ekhoff waren nicht seine Sorte von Mensch. Vor allem konnte er Guidos sogenanntem kumpelhaftem Humor nichts abgewinnen. Trotzdem musste er sich momentan mit Guido rumplagen, da der Bauunternehmer und Enriks Partei am selben Strang zogen.

Enrik spielte zwar Tennis, doch eigentlich nur im Sommer und dann mit seiner Frau. Dass er zu dem Match heute zugesagt hatte, lag an dem Geschäftsfrühstück, das sie anschließend im Hotel planten. Es war bereits das dritte Mal, dass sie sich in dieser Konstellation trafen, um einen wichtigen Deal abzuschließen, der bisher immer wieder gescheitert war.

Obwohl sie um halb acht die einzigen vier Personen hier waren, hallte jedes ihrer Worte nach. Die Halle war ungewöhnlich groß und hatte insgesamt sechs Tenniscourts nebeneinander. Es war lichtdurchflutet, da das recht flach gehaltene Schrägdach mit jeweils vier Doppelfensterstreifen durchbrochen war, durch die jetzt die Morgensonne schien. Da es ein warmer Frühlingsmorgen war, hatte man die automatischen Oberlichter am Giebel gekippt, sodass ein wenig Luft in die Halle kam. Eine Seitenwand der Halle bestand aus Trübglas ohne Fenster, so wurde verhindert, dass die tief stehende Sonne die Spieler blenden konnte. Die andere Seite grenzte direkt an das Hotel und hatte Fenster zum Restaurant. Von dort konnte man am Abend die Spiele beim Essen beobachteten. Jedoch wurde momentan in dem vom Restaurant abgetrennten Raum das Frühstück serviert, sodass die vier frühen Spieler unbeobachtet blieben. Nur der Platzwart in seinem kleinen verglasten Raum trank in der Halle seinen Kaffee. Er wartete darauf, dass sie anfingen zu spielen, um sich in Ruhe seiner Zeitung widmen zu können.

Timmo hatte den ersten Aufschlag, während Enrik sich näher am Netz aufstellte. »Oh Mann, oh Mann«, rief Guido, nachdem der harte Schlag sich in das erste Ass des Morgens verwandelt hatte. Timmo hatte so fest zugeschlagen, dass sein Bruder regelrecht aus dem Weg gesprungen war. »Niclas, ein bisschen mehr musst du schon aufpassen«, rügte er seinen Partner. Niclas warf einen harten Blick auf seinen Bruder auf der anderen Seite, der sein Ass mit einer leichten Verbeugung feierte.

»Klöötsack«, beschimpfte Niclas seinen Bruder leise, sodass es nur Guido hören konnte. Der schlug seinem Partner kurz auf den Rücken und ging an die Grundlinie. Als der nächste Aufschlag erfolgte, war Guido zur Stelle. Dann wechselte der Ball ein paar Mal hin und her. Immer wenn der Tennisball die Saiten der Schläger traf, gab es ein lautes Plopp-Geräusch, das nur von dem Quietschen der Tennisschuhe und dem Stöhnen beim Schlag unterbrochen wurde. Dann schoss der Ball auf Niclas zu. Er hatte das Netz nur um Millimeter mit erheblicher Geschwindigkeit überflogen, sodass Guido zweifelte, ob Niclas ihn erwischen würde. Doch dieses Mal stand auch Niclas zur rechten Zeit am rechten Platz. Seine Rückhand war so hart, dass Timmo den Ball zwar noch erwischte und recht ungeschickt ins gegnerische Feld zurückspielte, dabei rutschte er allerdings aus und fiel hart auf das künstliche Grün.

Als Guidos folgender Ball von Enrik ins Aus geschlagen wurde, rissen Niclas und der Bauunternehmer ihre Rackets hoch. Timmo lag noch immer auf dem Rücken und machte keine Anstalten aufzustehen. »Komm schon hoch, Timmo, wir beide haben uns gerade erst warm gespielt, heute bekommst du und Enrik ordentlich einen auf den Mors!«, rief Guido begeistert.

»Timmo?«, fragte Enrik dann etwas besorgt und ging zu seinem Partner. Erst als er direkt über ihm stand, sah er das Blut, das von Timmos Hinterkopf austrat. Sofort ging er auf die Knie und berührte ihn im Gesicht. »Mein Gott, kommt her. Wir brauchen Hilfe«, schrie er dann. »Hilfe! Einen Krankenwagen!«, schrie er noch lauter, sodass der Hallenwart aus seinem Glaskabäuschen gerannt kam. Jetzt knieten Niclas und Guido ebenfalls neben Timmo. Der Bauunternehmer suchte an seiner Halsschlagader den Puls, konnte aber nichts finden, während der Hallenwart den Notruf tätigte.

»Niclas«, murmelte Guido und sah in das schneeweiße, vom Schock gezeichnete Gesicht von Niclas Beimes. »Ich glaube, dein Bruder ist tot!«

***

Faber nippte an seinem doppelten Espresso macchiato und wollte gerade die Zeitung von draußen holen, als sein und auch Rikes Handy klingelten. »Moin, Tamme, was ist passiert?«, fragte er. Zeitgleich sprach Rike mit Friedhelm Steiner.

»Moin, Chef. Ich bin auf dem Weg nach Hinte zum Hotel Novum. Wir haben einen Toten. Der Notarzt der Ambulanz sprach von einem Schuss in den Kopf. Da war nichts mehr zu machen. Ich bin bereits unterwegs. Dachte mir, ihr wollt gleich dort hinkommen, liegt ja auf eurem Weg nach Emden.«

»Natürlich! Ist Schorlau und sein Team schon informiert worden?«

»Der Heli ist bereits gestartet, er müsste mit der Spusi noch vor euch in Hinte ankommen«, erwiderte Tamme und verabschiedete sich dann. Rike wusste ebenfalls Bescheid und hatte ihre Waffen aus dem Tresor im Schlafzimmer geholt. Faber kippte seinen und Rikes Espresso in einen Coffee-to-go-Becher und befestigte dann sein Waffenholster am Gürtel. Sie schmissen sich die Jacken über und beim Rausgehen schnappte Faber sich die Friesenzeitung und die

Frankfurter Allgemeine aus dem Briefkasten. Seit sie zusammen-
lebten, lohnte es sich, mehr als eine Zeitung zu abonnieren. Beim
Einsteigen warf er die Tageszeitungen nach hinten auf den Rücksitz.

Mit Blaulicht und Martinshorn schaffte Faber die sechzehn
Kilometer in zehn Minuten. Das Hotel Novum lag im Gewerbegebiet
etwas außerhalb im westlichen Teil von Hinte. Von den hinteren
zwei Seiten waren das Hotel und die riesige Tennishalle mit Feldern
umgeben. Gegenüber befanden sich ein Combi-Supermarkt, eine
Bäckerei und der Baustoffhandel Redenius. Das dreistöckige rot
verklinkerte Hotel mit dem grau eingefassten Flachdach war nicht
gerade ein Blickfang. Jedoch war das Viersternehotel bekannt durch
seine Wellnesslandschaft sowie die besagte Tennishalle und bot
außerdem eine recht anständige Küche an.

Auf dem Parkplatz befanden sich bereits zwei Streifenwagen und
auch Tammes Dienstwagen. Außerdem gingen gerade zwei
Mitarbeiter der Spurensicherung in ihren weißen Polypropylenanzügen in die Lobby. Schorlau war mit seinem Team bereits
gelandet. Wahrscheinlich stand der Helikopter hinter der Halle auf
einer der Grünflächen.

Rike und Faber wiesen sich bei der Rezeptionistin aus und die recht
nervöse Frau brachte sie zum Eingang der Sporthalle, die man nur
durch das Hotel erreichen konnte. Die ganze Atmosphäre im Hotel
war angespannt. Das sah man den Gästen an, die zum Teil in der
Lobby saßen, um mehr von dem Tumult mitzubekommen. Wie es
schien, wusste hier bereits jeder Bescheid und die Leute verfolgten
das Geschehen mit einer Art gruseligen Schaulust. Darum wartete
auch ein Streifenbeamter an der Tür zur Tennishalle, um zu
verhindern, dass neugierig gewordene Gäste auch noch versuchten
ihre Nase dort hineinzustecken.

Als die beiden Kommissare die Halle betraten, sahen sie bereits
den Pathologen über den Toten gebeugt. Philipp Schorlau blickte
kurz auf und hob die Hand zur Begrüßung. Sie schoben sich die
Überzieher aus dem Spusi-Karton neben der Tür über die Schuhe. In
dem Moment rief Schorlau ihnen zu, dass sie auch in die
Schutzanzüge steigen sollten. Faber und Rike zogen ihre Jacketts aus
und schälten sich ebenfalls in die Anzüge. Dies war etwas, das kein
Kripobeamter gerne mit Büroklamotten machte, weil man darin
sofort anfing zu schwitzen. Schorlau hingegen rannte, wenn es sein

musste, den ganzen Tag damit rum. Er hatte jedoch normalerweise auch nur ein T-Shirt und Boxershorts darunter.

»Und? Was haben wir hier?«, wandte sich Faber an Schorlau, der sich gerade den Kopf des Opfers ansah und ihn anhob. Der Anblick war alles andere als angenehm, denn dem Mann in den weißen Tennisklamotten war der halbe Hinterkopf abgesprengt worden. Teile seiner Gehirnmasse und Blut klebten jetzt auf dem grünen Tennisplatzbelag. Schorlau schnappte sich unbeirrt eine Pinzette und zog etwas aus dem Gewebe. Es war eine deformierte Kugel.

»Er wurde erschossen«, kommentierte Schorlau den Fund trocken, hielt Faber die Kugel hin und tütete das Metallfragment anschließend ein.

»Was du nicht sagst«, reagierte Faber voller Ironie. Viel eindeutiger geht's nicht, dachte er.

Philipp sah hoch zu ihm. »Ja, ich bin ein kluges Köpfchen. Ich kann dir sogar sagen, von wo man ihn erschossen hat. Aber besser ich halte meinen Mund und wir warten die Obduktion ab.«

»Entschuldige, Philipp«, reagierte Faber genervt. »Können wir jetzt erfahren, von wo höchstwahrscheinlich geschossen wurde?«

Schorlau stand auf und gab dann Anweisung, den Toten abtransportieren zu lassen. Dann hob er eine Hand über seinen Kopf und zeigte mit dem Finger auf das Glasdach über ihnen.

»Wie jetzt?«, fragte Rike. »Du meinst, der Täter war auf dem Dach? Philipp, das geht nicht. Ich glaube nicht, dass so ein Dach dafür ausgerichtet ist, einen Menschen zu tragen. Diese Konstruktionen erlauben das oft einfach nicht.«

»Wie meinst du denn das? Jemand muss auch mal die Scheiben putzen«, warf Faber ein und Rike rollte mit den Augen.

»Lass uns nachfragen. Ich wette, die rufen zweimal im Jahr die örtliche Feuerwehr und die spritzen mit dem Kranwagen das Dach ab. So macht man das hier auf dem Land mit den Hallen. Auch Reparaturen werden mit dem Kranwagen gemacht. Und falls es nötig ist, wird auch so Schnee runtergeholt, den wir selten genug haben«, erklärte sie ihrem Großstädter. Des Öfteren hatte Faber so seine Schwierigkeiten mit den Gepflogenheiten auf dem Lande. Was in Frankfurt zum Teil verboten war, wurde in der Krummhörn großzügiger gehandhabt.

»Na, dann ruf mal die Feuerwehr, Faber«, schlug Philipp vor. »Und wir beide setzen uns dann in den Korb des Kranwagens.« Er sah nach oben zu den immer noch gekippten Fenstern und fügte an: »Die Stelle sehen wir uns genau an, dann kann ich euch sagen, ob da einer auf dem Dach war.«

Während Rike sich ihre Theorie vom Geschäftsführer des Hotels bestätigen und anschließend wirklich die örtliche Feuerwehr anrücken ließ, ging Faber rüber zu Tamme. Der saß mit den drei anderen Tennisspielern und dem Hallenwart in dem Glashäuschen. Ein Assistent von Schorlau hatte als Erstes die Hände der vier Männer auf Schmauchspuren untersuchen lassen und ihre Kleidung eingetütet. Zwar war das Ergebnis an den Händen negativ gewesen, dennoch würde ihre Kleidung im Labor der Oldenburger Kriminaltechnik untersucht werden. Aus diesem Grund saßen die fünf dort ebenfalls in den weißen Polypropylenanzügen.

»Ich habe bisher nur die Personalien der Anwesenden aufgenommen«, wandte Tamme sich an Faber und nahm ihn zur Seite. »Ein Arzt hat bereits nach Herrn Niclas Beimes gesehen, da er der Bruder des Toten ist. Herr Beimes wurde jedoch für vernehmungsfähig erklärt.«

»Meine Herren, es tut mir leid, wir müssen Sie zur Vernehmung mit auf das Revier in Emden nehmen«, erklärte Faber ihnen. »Kommissar Hehler und eine Streife werden Sie dorthin fahren.«

»Aber, aber«, stotterte einer der Männer. »Unsere Autos stehen hier, und in der Kleidung?«

»Machen Sie sich keine Sorgen, ein Streifenwagen bringt Sie auch wieder hierher zurück, damit Sie Ihre Wagen abholen können. Die persönlichen Dinge aus Ihrer Kleidung erhalten Sie ebenfalls zurück. Leider können wir Ihnen zurzeit nur die Spurensicherungsanzüge anbieten.«

»Aber warum können wir uns nicht erst einmal was Vernünftiges anziehen?«, fragte wieder der etwas kräftigere Mann mit den braunen Locken.

»Herr Ekhoff, wir fahren jetzt los und beginnen dann gleich mit der Vernehmung. Sie wurden Zeugen einer Tötung und wir brauchen Ihre Aussage, jetzt, sofort«, sagte Tamme ruhig. Keiner gab ein Widerwort, denn allein durch seine Erscheinung flößte Tamme jedem genug Respekt ein. Dafür brauchte er seine Stimme gar nicht erst zu erheben.

Faber sah auf die Uhr, es war bereits neun. Er wandte sich wieder leise an den Wikinger und meinte: »Fang gleich mit der Vernehmung an. Vielleicht sind unsere beiden neuen Kommissarinnen schon da, dann nimm sie mit in das Verhör. Ansonsten frag Friedhelm oder Torben.« Tamme nickte und winkte die Männer aus dem Glashäuschen. »Ach, und wenn die neuen Kollegen da sind, dann entschuldige mich bei ihnen. Eigentlich wollte ich die beiden persönlich begrüßen, doch ich befürchte, es dauert hier noch eine Weile.«

Als der Kranwagen der Feuerwehr endlich angekommen war und in Position stand, war es Rike, die zu Schorlau in den Korb stieg. Faber hatte zwar keine Höhenangst, fühlte sich jedoch nicht unbedingt wohl in solchen Gefährten. Von Rike hingegen wusste er, dass sie jedes Karussell und Hightech-Fahrgeschäft auf dem Hamburger Dom ausprobieren musste und auch noch eine diebische Freude daran hatte. Genauso wie Philipp, der deshalb auch meistens mit dabei war, wenn sie zur Kirmes gingen. Die beiden konnten sich totlachen, wenn sie kopfüber durch die Luft gewirbelt wurden. Richard hingegen musste schon beim Zusehen schlucken.

»Noch ein bisschen weiter vor und etwas tiefer«, gab Rike Anweisung durch das Walkie-Talkie, das der Teamleiter der Feuerwehr ihr gegeben hatte. Wieder bewegte sich der Korb, bis sie rief: »Stopp, genau hier!«

Schorlau beugte sich aus dem Korb und machte Fotoaufnahmen. Er war mit der Kamera etwa zwanzig Zentimeter entfernt von dem Dach und dem Fenster. »Siehst du das, Rike?«, fragte er.

»Ich sehe, dass ich gar nichts sehe«, sagte sie und hing auch halb aus dem Korb hinaus. »Das Dach ist voller Moos. Und die Dreckschicht … das kann doch nicht sein. Wenn hier einer gewesen wäre, hätte er Spuren hinterlassen. Selbst wenn es ein leichter Kerl war. Es sieht so aus, als wäre noch nicht einmal eine Katze hier oben gewesen.«

Philipp reichte ihr die Leica und wischte dann mit langen Wattestäbchen einmal über die Metallfläche des Daches und einmal über das gekippte Fenster. Sofort sah man, wo er über die Flächen gewischt hatte. »Auf dem Dach war seit Monaten niemand und es wurde auch schon lange nicht mehr abgespritzt!«

»Letztes Jahr im Oktober, ich habe nachgefragt«, sagte Rike, dann rutschten beide wieder zurück in den Korb. Philipp machte noch einmal Fotos, die erkennen ließen, wo er mit den Wattestäbchen die Spuren hinterlassen hatte. »Philipp, bist du dir sicher, dass dem

Mann von hier oben in den Hinterkopf geschossen wurde?«, fragte sie vorsichtig. Sie wusste, wie Schorlau reagieren konnte, wenn man seine Kompetenz anzweifelte.

Philipp sah sie außergewöhnlich lange an, dann verzog er den Mund. »Wenn unser Täter kein Geist oder Alien ist, dann muss ich mich wohl getäuscht haben. Warten wir die Autopsie ab. Ich bin momentan wirklich verwirrt«, gab er zu. Rike traute ihren Ohren kaum, denn solche Worte hatte sie von Philipp noch nie gehört. Sie nickte nur und funkte dann den Kranwagenfahrer an, damit er sie wieder herunterholte.

***

Es wurde ein Uhr, bis Schorlau mit seinen Forensikern die Halle verließ. Da der Leichnam von Timmo Beimes schon vor Stunden mit einem Wagen nach Oldenburg gebracht worden war, ging Philipp davon aus, dass er sich bereits in der Pathologie befand. Somit versprach er, gleich mit der Autopsie anzufangen. Hauptkommissar Faber merkte in dem Moment, dass ihr guter Doktor Schorlau mit sich haderte. Eigentlich kannte er Philipp gut genug, um zu wissen, dass der Pathologe sich nie irrte, wenn er über seine Wissenschaft sprach. Dennoch schien dieser angebliche Schuss vom Dach Schorlaus Selbstbewusstsein ziemlich zu erschüttern.

So weit war alles in dem Hotel erledigt worden, doch weder die Vernehmung eventueller Zeugen noch das Gespräch mit dem Geschäftsführer hatte sie weitergebracht. Rike hatte dem CFO des Novum Hotels noch die zwei Visitenkarten der Reinigungsfirmen gegeben, die sich in Emden auf Tatortreinigung spezialisiert und die entsprechenden Zertifizierungen hatten.

»Philipp hat es aber eilig«, bemerkte Rike, als sie vom Parkplatz aus den Helikopter hinter der Halle starten sahen.

»Ja, ich glaube, das ist das erste Mal, seit ich mit ihm arbeite, dass er verunsichert ist«, bestätigte Richard. Er blickte dem Hubschrauber nach, der sich immer schneller entfernte, bis er nur noch ein kleiner Punkt am blauen Himmel war. »Es ist Mittag. Wenn Philipp sein altes Selbst wäre, hätte er darauf bestanden, mit uns essen zu gehen, bevor er zurückfliegt.«

»Na komm, wir holen uns unterwegs ein Brötchen und fahren aufs Revier.« Faber nickte ihr zu, runzelte aber immer noch die Stirn über

Schorlau. Dann stieg er auf den Beifahrersitz und überließ Rike das Steuer. Der Thermobecher mit den zwei doppelten Espresso macchiato stand noch in der Ablage. Faber öffnete den Becher, angelte sich die Friesenzeitung vom Rücksitz und nahm einen Schluck, während Rike vom Parkplatz fuhr. Als sein Blick auf den Titel der ersten Seite fiel, verschluckte er sich teuflisch und prustete den lauwarmen Espresso zurück in den Becher. Ein Teil landete auf seiner dunklen Jeans, als er anfing zu husten und nach Luft schnappte.

»Himmel, Richard«, sagte Rike, bremste sofort auf dem Seitenstreifen ab und klopfte ihm auf den Rücken, bis er endlich wieder richtig atmen konnte. »Was ist denn los?«

Er hielt ihr die Seite der Friesenzeitung hin. Obwohl das Papier durch den Espresso nass geworden war, erkannte sie gleich, was dort stand.

Zurück zur Moral in Ostfriesland. Ach, so geht das, Herr Meeser!
Fotos im Internet verdeutlichen die Anstrengungen des Ortsvorstehers von Pewsum.

Rike konnte nicht an sich halten und brach in ein schallendes Gelächter aus. Währenddessen checkte Faber wesentlich ernster auf seinem Handy das Internet und die lokalen Nachrichtenportale von Emden und Umgebung.

»Emder Zeitung, Ostfriesische Nachrichten und selbst die Käseblätter der Krummhörn haben die Geschichte. Es wurde ein Foto aus dem Romantikhof ins Netz hochgeladen«, sagte er. Rike wischte sich Tränen aus dem Gesicht und gluckste immer noch. »Schön, dass dich das so belustigt. Ich befürchte nur, der Mann wird uns zur Verantwortung ziehen.«

»Ich bitte dich, Richard. Das ist Unsinn. Der wird nicht denken, dass wir etwas mit den Bildern im Internet zu tun haben oder der Presse etwas gesteckt haben, oder?«

»Nein, das nicht. Doch er wird allen seinen Politikerfreunden mitteilen, dass er bei der Polizei war wegen der Fotos und man dort nichts getan hat«, erwiderte Faber und nahm ihr die Zeitung wieder aus der Hand, damit endlich ihr amüsiertes Grinsen verschwand. »Politisch werden wir eine Druckwelle bekommen!«

»Erstens ist Meeser erst gestern zu uns gekommen«, hielt sie dagegen. »Und zweitens haben wir sogar am gleichen Abend in der Sache ermittelt. Heute Morgen wurden wir zu einem Mord gerufen. Keiner kann uns ein Versäumnis unterstellen.«

»Die sind alle Parteigenossen und wenden sich vielleicht an den Ministerpräsidenten. Ich rufe lieber EKHK Miedler an und warne ihn vor. Wenigstens hat unser Chef ein breites Kreuz. Außerdem muss Oldenburg dafür sorgen, dass die Fotos aus dem Internet verschwinden. Vielleicht kann man den Server ausmachen, der die Bilder geladen hat«, erwiderte Faber, verzog aber dennoch sein Gesicht etwas besorgt. Er drückte die Kurzwahl von Miedler auf seinem Handy, während Rike wieder anfuhr. Sie konnte sich ein weiteres Kichern gerade so verkneifen. Sie fand es unglaublich komisch, dass dieser Politiker mit dem Slogan ›Zurück zur Moral in Ostfriesland‹ gewählt worden war. Wenn man so auf die Moral und die Sittlichkeit pocht, sollte man auch dafür sorgen, dass einem so etwas nicht zum Verhängnis wird, dachte sie nur.

Faber telefonierte die ganze Zeit und legte erst auf, als Rike den Wagen hinter dem Revier parkte. »Und?«, fragte sie, denn Faber hatte mehr zugehört, als mit Miedler zu sprechen.

»Wie erwartet! Das Ministerium hat bereits beim Polizei-präsidenten angerufen. Jedoch ist man in Oldenburg eher locker mit dem Anruf umgegangen. Wir wurden gebeten, die Sache ernst zu nehmen und aufzuklären. Anscheinend hat niemand uns persönlich angeschwärzt«, fasste er das Gespräch zusammen.

»Siehste!«, erwiderte Rike nur. Dabei war auch sie froh, dass sich beide keine Predigt vom Kriminalrat anhören mussten.

Als sie hoch in den zweiten Stock gingen und gerade Fabers Büro ansteuerten, kam ihnen Tamme entgegen. »Lass man lieber das Jackett an«, meinte er an Faber gewandt. »Dieser Ortsvorsteher aus Pewsum, der Bürgermeister der Krummhörn und der Oberbürger-meister von Emden warten in Verhörraum eins. Diese Politiker haben mir das Ohr abgekaut. Un de Stimmung is bescheten«, fiel er dann ins Platt.

»Ich habe es doch geahnt«, meinte Faber resigniert. »Wir haben die Schlagzeilen in der Presse schon gesehen.«

»Das ist unerhört. Von wegen die Stimmung ist beschissen, denen wasche ich jetzt mal den Kopf«, sagte Rike völlig empört und zu allem bereit.

57

»Tamme, ich gebe dir jetzt die Weisung, Frau Kommissarin Waatstedt daran zu hindern, in Verhörraum eins zu gehen. Sobald ich zurück bin, kannst du uns über die Zeugenbefragung berichten«, sagte Faber und sah den Wikinger ernst an. »Ich gehe allein bei den Volksvertretern die Wogen glätten. Du bleibst hier, Rike. Gotts verdori!«, schimpfte er, richtete seine Krawatte und machte sich auf den Weg.

***

»Scheiß Politiker«, fluchte Faber eine Stunde später. Er hatte die drei Bürgervertreter noch bis runter zum Empfang gebracht und innerlich drei Kreuze geschlagen, als sie endlich durch die Tür verschwanden. Außer dem Bürgermeister der Krummhörn, der sich schon gestern als ein sehr moderater Mann erwiesen hatte, waren die Männer unerträglich gewesen.

Richard hatte sich anhören müssen, wie schädlich sich die Veröffentlichung der Fotos im Internet auf das politische Klima in Niedersachsen auswirken würde. Selbst der Ministerpräsident wäre reichlich echauffiert gewesen und wünsche eine sofortige Aufklärung. Als Faber dann ins Feld führte, dass man bereits mit der Ermittlung angefangen hätte, jedoch gerade ein Mord hereingekommen war, zeigte wieder nur der Bürgermeister der Krummhörn Verständnis. So sah sich Faber gezwungen, diese für ihn reichlich uninteressante Erpressung trotzdem ernster zu nehmen. Erst nachdem er versprochen hatte, zwei seiner Kommissare darauf anzusetzen, gaben sich Meeser und der Oberbürgermeister von Emden zufrieden.

Eigentlich wollte er ins Großraumbüro. Doch als er durch den Spalt der ein bisschen geöffneten Tür seines eigenen Büros blickte, sah er Rike dort am Schreibtisch sitzen. »Halte mir jetzt keine Predigt, ich musste mir bereits genug von den Herrn Volksvertretern anhören«, sagte er bereits, als er die Türklinke ergriff. Erst nachdem er die Tür ganz aufgedrückt hatte, erkannte er, dass Rike nicht allein war. Vor ihr saßen die beiden neuen Kolleginnen und drehten ihre Köpfe in seine Richtung. Kommissarin Withuus hatte ein kleines ironisches Lächeln auf ihren Lippen.

»Ich sage doch gar nichts«, gab Rike sarkastisch zurück, was auch die Kollegin Heiligenstadt zu einem Grinsen bewegte.

»Moin! Schön, dass Sie angekommen sind«, meinte Faber an die beiden gewandt. »Dann haben Sie und Kommissarin Waatstedt sich bereits vorgestellt.«

»Ja, Rike und wir kennen uns jetzt ein bisschen«, erwiderte Sonja Withuus. »Bei Ihnen alles okay? Sie sehen aus wie durch den Kakao gezogen!«

»Geht schon, ich musste mir nur eine Menge Unsinn anhören und ein bisschen diplomatisch sein. Besser der Polizeipräsident bekommt keinen zweiten Anruf aus dem Ministerium in Hannover«, meinte Richard und lehnte sich an die Kante seines Schreibtischs. Rike saß immer noch in seinem Sessel und verdrehte die Augen.

»Was immer auch geschieht: Nie darfst du so tief sinken, von dem Kakao, durch den man dich zieht, auch noch zu trinken!«, raunzte Rike ihm von der Seite zu. Seine beiden neuen Kommissarinnen grinsten wieder.

»Lass mal deinen Kästner stecken. Die Frauenfraktion hier ist also der Meinung, ich hätte mehr auf den Putz hauen sollen bei den Politikern, oder?«, fragte er an alle drei gewandt. Jedoch wartete er keine Antwort ab, sondern meinte stattdessen: »Okay, dann wird das Ihr erster Fall. Frau Withuus, Frau Heiligenstadt, Sie übernehmen die Fotos und die Erpressung von Herrn Meeser. Und falls es in Zukunft Beschwerden von höherer Ebene gibt, dann wird Frau Waatstedt für Sie in die Bresche springen und das mit den Politikern regeln. Auf welche Art auch immer!«

»Keine Sorge«, mischte Rike sich ein und stand auf. »Den Macho lässt KHK Faber nur selten raushängen. Kommt mit, ich zeige euch eure Schreibtische, die wir hergerichtet haben.« Wie es schien, waren die Frauen bereits zum Du übergegangen.

Als die drei an der Tür angekommen waren, sagte Faber: »Herzlich willkommen im Übrigen! Ich hoffe, Sie werden sich hier wohlfühlen. Und ein Macho bin ich bestimmt nicht, auch nicht manchmal. Doch bei so viel Frauenpower und kritischer Gesichtsmimik musste ich einfach etwas zu meiner Verteidigung sagen!«

»Das haben wir schon verstanden«, erwiderte Kommissarin Heiligenstadt. »Vielleicht wird es dem Ortsvorsteher Meeser ganz gut tun, wenn Sonja und ich uns um ihn kümmern. Rike hatte uns bereits die Anzeige gegeben und fand auch, dass es ein Fall für uns wäre!«

»Aha«, machte Faber. Dann sah er Rike an und zog die Augenbrauen zusammen. »Gut, dass wir die gleiche Idee hatten. Zeig den Kolleginnen schnell ihren Platz und stell sie bitte vor, danach brauche ich dich bei dem Mordfall. Du wirst mit Tamme und mir zu der Familie des Opfers fahren. Du bist mit Hinterbliebenen einfühlsamer als ich«, meinte er sanft. »Konnte ich mich deutlich machen?«, fragte er dennoch im Befehlston und grinste wie ein Lausejunge.

»Nipp un nau! Alls klaar, Chef«, erwiderte Rike und deutete einen Salut an. Faber hörte noch eine Weile das helle Lachen der drei Frauen, bis sie im Großraumbüro verschwunden waren.

***

Torben und Friedhelm hatten die Kommissarinnen herzlich begrüßt und für den Nachmittag einen Einstand mit Kuchen versprochen. Rike ihrerseits hatte die beiden Frauen ausführlich vorgestellt und war mit ihnen auch noch kurz durchs ganze Revier gegangen. Daher dauerte es eine halbe Stunde, bis sie endlich im Audi saßen. Rike übernahm wie meistens das Steuer, da sie sich in der Krummhörn einfach besser auskannte. Zwar saß der Wikinger hinten, hatte sich aber erst gar nicht angeschnallt und war ein bisschen zwischen die Vordersitze gerutscht. So konnten sie sich besser unterhalten, denn Faber hatte ihn gebeten, während der Fahrt die Vernehmung der vier Zeugen wiederzugeben.

Rike verließ den Revierparkplatz und hielt sich in Richtung Larrelter Straße, um erst einmal hoch nach Rysum zu fahren. »Wo wohnt eigentlich die Familie von Timmo Beimes?«, fragte Faber, nachdem sie den Emder Stadtteil Wybelsum hinter sich gelassen hatten. Auf den knapp zwei Kilometern zwischen Wybelsum und Rysum gab es bis auf Felder und ein paar vereinzelte Bäume so gut wie nichts.

»In der Urlaubssaison wohnen sie auf einem Campingplatz. Sie sind die Eigentümer des Campingplatzes Dyksterhus, der gleich in der Nähe vom Campener Leuchtturm liegt«, erwiderte Rike. Sie hatte sich die Informationen auf dem Revier bereits rausgesucht. Zwar bevorzugte sie es, unvoreingenommen in eine Befragung zu gehen, ein paar Eckpunkte an Hintergrundinformationen über die Familie waren aber trotz allem immer nützlich.

»Och nee, nicht schon wieder ein Campingplatz. Das hatten wir doch erst bei einem unserer letzten Fälle, ist das der gleiche Platz?«

»Nein, das ist der zweite Platz hier an der Krummhörner Küste. Der Campingplatz Dyksterhus ist etwas kleiner als der Platz am Deich oben bei Upleward. Es war der bei Upleward, auf dem wir letztes Jahr den Wohnwagen durchsucht haben«, erwiderte Rike sofort. »Aber dafür hatten wir mal etwas mit dem Campener Leuchtturm zu tun. Es war unser erster Fall, erinnerst du dich?«

»Ich bin ja nicht senil. Immerhin war es das erste Mal, dass wir zusammengearbeitet haben. Und das war nicht nur sehr schön, sondern auch sehr erfolgreich. Auch wenn wir beide ziemliche Anfangsschwierigkeiten hatten.«

»Du warst damals schwierig«, konterte Rike, »nicht ich!« Faber war sich nicht sicher, ob sie ihn foppen wollte oder es ernst meinte.

»Köönt ji maal uphören mit dem libberigen Pousseren?«, meldete sich Tamme genervt von hinten.

»Was?«, fragte Faber und blickte den Wikinger an. Auch in dem Fall reichte sein plattdeutscher Wortschatz nicht ganz. Das passierte vor allem, wenn es lange und komplexe Sätze waren.

»Ich habe gefragt, ob ihr bitte mit euren Liebeleien aufhören könnt. Dann kann ich endlich von dem Verhör berichten«, übersetzte der Kommissar nicht gerade wörtlich. Es war die freundliche Version von dem, was er gesagt hatte. Deshalb grinste Rike ihn auch von der Seite an.

»Das nennst du Liebelei?«, murmelte Faber mehr in sich hinein, sagte aber anschließend sehr bestimmt: »Jetzt leg schon los!«

Der Wikinger ließ kurz seinen Bariton hören, als er auflachte. Er fing dann endlich an, über die Vernehmung heute Morgen zu sprechen. »Also, der Hallenwart hat gar nichts gesehen. Er las Zeitung und blickte nur ab und zu auf. Auch die anderen drei bezeugten, dass er in dem verschlossenen Glaskabäuschen saß und die Tür erst öffnete, als sie um Hilfe riefen.«

»Haben die denn keinen Schuss gehört?«, unterbrach ihn Rike.

»Nein, die Akustik der Halle ist ziemlich heftig. Alle sagten, dass gerufen und gesprochen wurde. Selbst der Ballabschlag mit dem Tennisschläger hallt sehr heftig. Wir gehen von einem Schalldämpfer aus, der wahrscheinlich etwa das gleiche Geräusch macht wie so ein Tennisball bei Berührung mit dem Schläger«, erklärte Tamme.

»Wer sind die Leute überhaupt?«, mischte sich Faber ungeduldig ein.

»Piano! Dazu wollte ich gerade kommen. Da haben wir erst einmal Guido Ekhoff, das war der korpulente Mann mit den braunen Locken, der sich am meisten darüber beschwerte, dass er in Spusi-Klamotten mitkommen musste. Er ist neunundvierzig, verheiratet, hat zwei Kinder und besitzt ein Bauunternehmen in Emden.«

»Ich erinnere mich an ihn«, bestätigte Faber. »Und der etwas Kleinere mit der Sportbrille?«

»Enrik Joken, fünfundvierzig, ebenfalls verheiratet, jedoch kinderlos. Er besitzt in Campen einen kleinen Laden, verkauft Zeitschriften, Getränke, Zigaretten und Süßigkeiten. Ihr wisst schon, eine Art Kiosk, bei dem man am Morgen aber auch Brötchen bekommen kann. Das Geschäft ist gleich an der Zufahrtsstraße zu dem Campingplatz und läuft daher wohl ganz okay. Außerdem ist er Ortsvorsteher von Campen, Upleward und Loquard, drei der Warfendörfer.«

Faber stöhnte laut auf. »Noch so ein Politiker!«, dabei dachte er wieder an Ortsvorsteher Meeser aus Pewsum.

»Tja«, kommentierte Tamme die Beschwerde. »Du bist ja wirklich schwer angenervt heute«, fügte er an, redete aber gleich weiter, um nicht noch eine blöde Bemerkung von Faber zu fangen. »Und Nummer drei war der Bruder des Opfers, Niclas Beimes. Er lebt im gleichen Haus wie sein Bruder und dessen Familie auf dem Campingplatz. Ihm gehören wohl fünfzig Prozent vom Platz, die anderen fünfzig Prozent gehörten Timmo Beimes, dem Opfer. Niclas ist unverheiratet, fünfunddreißig Jahre alt und momentan wohl nicht mit jemandem liiert.«

»Was ist mit der Familie unseres Opfers?«

»Timmo Beimes war einundvierzig Jahre, als er starb, Niclas ist also sein jüngerer Bruder. Das Opfer war verheiratet mit Ava Beimes und sie haben einen siebzehnjährigen Sohn, Klaas Beimes. Die Einkünfte der Familie kommen zum größten Teil vom Campingplatz und von dem Gehalt, das die Ehefrau verdient. Sie ist Bedienung in der Dorfschenke in Rysum, dem Gasthaus am Markt. Außerdem vermieten sie in der Feriensaison ihr eigenes Häuschen in Campen, wenn sie auf dem Campingplatz leben. In Campen sind sie nur im Winter. Richtig dick haben die Beimes es allerdings nicht, wenn es um einen Verdienst geht.«

»Aha! Was sucht der Ehemann dann an einem normalen Arbeitstag im weißen Tennisdress in einem Hotel wie dem Novum in Hinte?«, hakte Rike nach. »Hat der Mann nichts anderes zu tun?«

»Gute Frage. Haben die Zeugen dazu etwas gesagt?«, wandte sich auch Faber wieder an den Wikinger.

»Man hat wohl schon öfter in der Konstellation zusammen Tennis gespielt. Guido Ekhoff hat den Platz im Novum Hotel bezahlt und sie wollten anschließend im Hotel frühstücken. Ein Geschäftsgespräch, es ging wohl um den Campingplatz. Niclas Beimes meinte, er sollte verkauft werden«, erklärte der Wikinger. »Aber quetsche mich jetzt nicht mit Details über dieses Geschäft aus. Ich habe die vier kaum lange genug auf dem Revier behalten können, um zu erfahren, was an dem Morgen passiert ist. Niclas Beimes wollte dringend zu seiner Schwägerin und die anderen sich umziehen. Da alle definitiv nicht selbst geschossen haben, musste ich sie erst einmal gehen lassen. Doch die Männer wissen, dass wir noch einmal vorbeikommen und mehr erfahren wollen.«

»Okay, dann erzähl noch schnell, was sie bezüglich der Tat aussagten«, meinte Faber. »Wir sind schon in Campen, es kann nicht mehr weit sein.« In dem Moment setzte Rike den Blinker, um von der Krummhörner Straße in die Heiselhuser Straße nach links abzubiegen.

»Schaut erst mal dort rechts«, meinte Tamme in dem Moment. »Das ist das Geschäft von Enrik Joken, das Lädchen.« Genau gegenüber der Einfahrt in die Heiselhuser Straße stand ein rot geklinkertes Häuschen. Der kleine Anbau hatte eine Glastür und ein recht großes Schaufenster. Darauf stand in goldenen Buchstaben: Up Böskupp gahn! Was so viel bedeutete wie: Einkaufen gehen! Eine kleine rote Leuchtschrift darüber war irritierenderweise auf Englisch und besagte: OPEN.

»Na prima, dann halten wir auf dem Rückweg hier und sprechen noch einmal im Detail mit diesem Ortsvorsitzenden Joken«, beschloss Faber, als Rike einbog. Er drehte sich noch einmal um und sah auf den Laden, von dem sie sich immer weiter entfernten.

»Das heißt Ortsvorsteher, Faber«, korrigierte ihn Tamme.

»Jesus Christus, wo ist denn da der Unterschied?«, maulte Faber, wollte aber eigentlich keine Antwort. Es war ihm reichlich egal, denn er ärgerte sich immer noch über diesen Politiker Meeser. Der Wikinger hatte jedoch bereits sein Tablet in der Hand und googelte.

»Ortsvorsitzende gibt es nicht und in Niedersachsen gilt Folgendes: In Ortschaften ohne Ortsrat ist der Ortsvorsteher ebenfalls Vertreter eines nicht selbständigen Ortes gegenüber der zuständigen Gemeinde. Er hat auch Hilfsfunktionen für die Gemeindeverwaltung zu erfüllen und steht den Bürgern als Ansprechpartner zur Verfügung. Er wird vom Rat der Gemeinde bestimmt. Dabei folgt dieser in der Regel dem Vorschlag derjenigen Fraktion im Gemeinderat, die im betreffenden Ortsteil bei der Wahl der Ratsfrauen und Ratsherren die meisten Stimmen erlangt hat.«

»Danke, das wollte ich schon immer mal wissen«, erwiderte Faber zynisch und schüttelte den Kopf. Heute ist einfach nicht mein Tag, am besten wäre ich im Bett geblieben!, dachte er in dem Moment.

Sie sahen den Campener Leuchtturm bereits und bewegten sich stetig darauf zu, bis Rike links einbog und ein paar Hundert Meter parallel am Deich entlangfuhr. Dann bog sie wieder nach rechts auf den Leeskamper Escherweg und parkte vor einem großen Gebäude. Das ehemalige Hofgebäude war zu Ferienwohnungen umgebaut worden. Die drei Wohnungen im Erdgeschoss hatten kleine Terrassen, auf denen bereits Urlauber die ersten Frühlingssonnenstrahlen genossen. Auch der zweite Stock wurde vermietet und es gab insgesamt sechs Ferienwohnungen unterschiedlicher Größe und Ausstattung. Dahinter lag der etwa eineinhalb Hektar große Campingplatz. Er war ausgelegt für Wohnmobile, Anhänger, Zelte, aber es gab auch einige kleine Holzhütten, wie sie üblicherweise in Schrebergärten standen.

Die Familie Beimes lebte in einem wesentlich kleineren Haus, das etwas versetzt zum Haupthaus näher am Deich lag. Im Erdgeschoss wohnte die Familie von Timmo Beimes, während der Bruder eine kleine Wohnung im Obergeschoss besaß. Niclas Beimes saß jetzt in dem kleinen Wohnzimmer neben seiner Schwägerin und hatte ihr den Arm um die Schultern gelegt. Der siebzehnjährige Sohn Klaas hatte die Tür geöffnet und die Kripobeamten ins Wohnzimmer geführt. Er selbst war wieder in sein Zimmer verschwunden.

Rike übernahm das Reden und kondolierte erst einmal Ava Beimes. Sie war eine ungewöhnlich attraktive Frau, die man nicht unbedingt auf einem Campingplatz vermutet hätte. Sie sah eher aus, als gehöre sie in eine Luxuswohnung im besten Hamburger Viertel. Sie war gepflegt von Kopf bis Fuß, und selbst die günstige Kleidung, die sie trug, wurde zu einem Designerstück an Ava Beimes' Körper. Ihr dunkelblondes Haar hatte sie elegant hochgesteckt und war dezent geschminkt. Obwohl Ava sehr schlank war, hatte sie an den richtigen Stellen Rundungen, an denen Männeraugen automatisch hängen blieben. Rike fragte sich ernsthaft, wie solch eine Frau in einer Dorfkneipe kellnern konnte, ohne ständig von angetrunkenen Kerlen belästigt zu werden.

Während Rike sprach, warf sie Faber einen Blick aus dem Augenwinkel zu. Sie konnte nichts dagegen machen: War eine so schöne Frau in seiner Nähe, überkam sie immer ein Hauch von Eifersucht. Dabei hatte Faber ihr niemals einen Grund gegeben, ganz im Gegenteil. Aber Richard Faber war ebenfalls ein außergewöhnlich gut aussehender Mann. Mit einer Größe von knapp ein Meter neunzig, dem durchtrainierten Körper und vor allem seinen dunkelblauen Augen war er ein Blickfang. Seit Rike das erste Mal in ihrem Leben einen Mann wirklich liebte, stellte sie sich manchmal etwas infrage. Sie war sehr schlank, mit einer jungenhaften Figur, und ihr kirschrotes Haar war pragmatisch zu Stoppeln geschnitten. Denn jede andere Frisur wurde unter einem Motorradhelm zu einem verschwitzten, klebrigen Etwas degradiert.

Rike bekam mit, wie genau Faber Frau Beimes fixierte, seine Miene verriet trotzdem nicht, was er dachte. »Frau Beimes, dürfen wir uns setzen und Ihnen ein paar Fragen stellen?«, fragte sie.

Während Ava nur nickte, meinte Niclas Beimes: »Kann ich Ihnen einen Tee oder Kaffee machen?«

»Ein Tee wäre sehr nett«, antwortete Faber für alle drei. Es war ihm vollkommen egal, ob er Kaffee oder Tee bekam. Das Einzige, was er wollte, war Ava Beimes einen Moment alleine erleben. Denn seit sie das Wohnzimmer betreten hatten, hatte er die Frau beobachtet und einige Dinge kamen ihm eigenartig vor.

Natürlich war es möglich, dass die Ehefrau des Opfers noch unter Schock stand, aber ihr perfektes Gesicht hatte heute noch nicht eine einzige Träne geweint. Sie hatte weder rote, geschwollene Augen, noch war ihre Nase vom Putzen wund. Faber hatte in seinem Leben schon zu oft mit Hinterbliebenen von Mord- und Unfallopfern sprechen müssen. Er wusste genau, wie schnell der Tod einer geliebten Person einen Angehörigen verunstalten konnte. Selbst die diszipliniertesten Personen brachen irgendwann zusammen. Aus Perfektionisten wurde dann nur ein Häufchen Elend. Außerdem war

Faber nicht entgangen, dass die Frau sich sehr vertraut in die Arme ihres Schwagers geschmiegt hatte.

»Frau Beimes, könnten Sie sich vorstellen, dass es jemanden gibt, der Ihren Mann töten wollte?«, fragte Rike vorsichtig. Das riss Faber aus seinen Gedanken und er versuchte seine Beobachtungen nicht weiter zu interpretieren, um objektiv an das Gespräch zu gehen.

Ava Beimes sah Rike irgendwie verängstigt an und atmete erst auf, als ihr Schwager wieder hereinkam. Der Mann stellte das Tablett auf den niedrigen Wohnzimmertisch, verteilte die Tassen und schenkte Tee ein. »Niclas, die Kommissarin hat gefragt, ob Timmo Feinde hatte, die ihn töten wollten.«

»Feinde?«, fragte Niclas rhetorisch und schien nachzudenken. »Nicht mehr oder weniger wie jeder Mensch auch. Das ist doch normal.«

»Ist das so?«, meinte Faber streng und hatte damit auch den Mann verunsichert.

»Na ja, ich meine, wenn man hier einen Campingplatz führt, dann bekommt man schon mal Streit mit den umliegenden Bauern. Es gibt Gäste, die über die Felder rennen oder fahren und ihre Abfälle bei der Abfahrt in einem Graben entsorgen.« Dann reichte er Rike die Dose mit Kandis und fragte: »Kluntjes?« Als Rike sie ihm abnahm, wandte er sich wieder an Faber. »Aber so etwas lässt wohl niemanden zum Mörder werden.«

»Timmo hatte mit Mattes einen schlimmen Streit. Die beiden haben sich geschlagen und Mattes musste sich sogar im Krankenhaus untersuchen lassen«, warf Ava plötzlich ein. »Das war vor einem halben Jahr, die Polizei war da. Die Anzeige wurde aber zurückgezogen, weil Timmo auch einige Verletzungen hatte. Es stand Aussage gegen Aussage.«

»Wie heißt der Mann? Und wo finden wir ihn?«, fragte Rike sofort und hatte ihr Tablet aufgeschlagen, um sich direkt Notizen zu machen.

»Eibo Mattes, es ist der Hof auf der rechten Seite, wenn Sie den Diekeweg zurück nach Campen fahren. Eibo wohnt mit seiner Familie im Siedlerweg, das dritte Haus, Nummer sechs.« Rike nickte und hatte alles eingetippt.

»Fällt Ihnen noch jemand ein, mit dem Ihr Mann heftigen Streit hatte?«, fragte sie jetzt.

»Timmo weer futt so vergrellt un en bietje kullersk«, warf Niclas auf Platt ein.

»Das Opfer war jähzornig und ein bisschen cholerisch«, übersetzte Tamme ungefragt für Faber.

»Dann war er nicht sehr beliebt?«, bohrte Faber nach. Niclas wurde etwas rot im Gesicht und schwieg. »Hören Sie«, redete Richard auf ihn ein. »Ich weiß, dass viele Menschen nicht gerne schlecht über Verstorbene reden wollen, doch wir müssen den Mord an Ihrem Bruder aufklären. Daher ist es wichtig, dass wir den Charakter Ihres verstorbenen Bruders einschätzen können.«

»Es stimmt«, bestätigte Ava. »Timmo hatte nicht viele Freunde, da er sich auf einigen Festen sehr danebenbenommen hatte. Man lud ihn nicht mehr ein. Eigentlich hatte er nur seine beiden Vereine und auch da rappelte es ab und zu.«

»Welche Vereine waren das?«

»Der historische Heimatschutzverein und die Naturfreunde des Wattenmeers«, berichtete Ava, stand auf und holte zwei Broschüren aus der Schublade der Anrichte. Sie reichte sie an Rike weiter. »Darin finden Sie die Telefonnummern von einigen der Mitglieder, falls Sie auch mit denen sprechen wollen.«

»Danke, das werden wir«, meinte Faber. »Sagen Sie, dieses Tennisspiel und auch der geplante Brunch, dabei ging es um den Verkauf des Campingplatzes. Könnten Sie uns das ein bisschen näher erläutern?«

Mittlerweile saß Niclas Beimes wieder neben Ava. »Das ist eigentlich ziemlich einfach«, antwortete der Mann. »Der gesamte Campingplatz wurde schon seit Langem als Baugrund ausgewiesen, daher durften wir hier auch feststehende Gebäude bauen. Jetzt interessieren sich einige Investoren von Wellnesshotels für den Platz. Sie wollen hier einen richtig noblen Schuppen bauen, so ähnlich wie das Nordseehotel auf Juist, nur größer. Mit Spa, Sternerestaurant und Boutiquen. Soll die richtig Reichen anziehen.«

»Aha«, murmelte Faber, dann sah er wieder Ava an, sodass sie ängstlich schluckte. »Und warum geht man dann für Verkaufsverhandlungen Tennis spielen und brunchen, anstatt bei einem Notar zu sitzen?«

Niclas stöhnte laut auf. »Weil Timmo das so wollte. Er liebte es, Tennis zu spielen. Es war auch seine Art, bei der Verhandlung Druck auszuüben. Viel Palaver und so viel wie möglich dabei rausschlagen.

Hätte er gelernt, Golf zu spielen, dann wären wir bestimmt heute Morgen auf einem teuren Golfplatz gewesen.«

»Verstehe, er wollte den Preis treiben und Annehmlichkeiten einstreichen. Aber wieso diese Konstellation? Es war keiner der Investoren dabei«, warf Rike nachdenklich ein.

»Sie meinen, warum Enrik und Guido?«, fragte Niclas und erntete ein Nicken. »Guido ist von der Anwaltskanzlei der Investoren beauftragt worden, die Verhandlungen zu führen. Dafür bekommt er den Bauauftrag. Und Enrik ist der Vertreter der Gemeinde, die dem Vorhaben zustimmen muss, oder besser gesagt, es bereits getan hat. Außerdem braucht man für ein Doppel vier Leute. Tja, und ich und Timmo sind nun einmal die momentanen Eigentümer des Campingplatzes.«

»Darf ich Sie mal fragen, über wie viel Geld wir bei dem Verkauf reden?«, hakte Faber nach. »Ich denke, wenn Herr Ekhoff so ein Brimborium veranstaltet, dann reden wir gewiss über ein hübsches Sümmchen, oder?«

»Nein, tut mir leid. Ich denke, das geht Sie nichts an«, sagte Niclas Beimes plötzlich sehr vehement.

Faber lehnte sich in dem billigen Discountersessel zurück. Er fixierte Niclas Beimes, bis der irgendwann Fabers Blick auswich. Stattdessen sah er betreten in seine Teetasse und nahm einen Schluck. »Wissen Sie, was die häufigsten Motive für Mord sind?« Niclas schluckte sichtbar, als Faber das fragte, und schüttelte den Kopf. »An erster Stelle steht die Kränkung und Verletzung des Selbstwertgefühls und gleich danach geht es um Habgier und materielle Bereicherung. Erst dann kommt Rache und anschließend die typischen Beziehungstötungsdelikte. Verstehen Sie jetzt, dass ich die Fragen nicht gestellt habe, weil ich von Natur aus neugierig bin? Ich versuche, durch das Erkennen eines Motivs dem Mörder auf die Spur zu kommen.« Faber hatte das ganz ruhig gesagt. Doch er hatte heute nun einmal einen schlechten Tag und fügte an: »Jetzt machen Sie verdammt noch einmal den Mund auf. Wie hoch sollte ungefähr der Verkaufspreis sein?«

Ava Beimes zuckte sichtlich zusammen und griff nach Niclas' Hand. »Das Angebot liegt bei einer Million«, hauchte sie so leise, dass Rike glaubte, sich verhört zu haben.

»Eine Million Euro für ein etwa eineinhalb Hektar großes Baugrundstück?«, fragte sie völlig verblüfft und Ava nickte bestätigend.

Faber runzelte die Stirn. »Wo liegt denn bei solch einer Größe der Durchschnittspreis in der Krummhörn?«, fragte er und Tamme suchte sofort nach der Antwort auf seinem Tablet.

»Der Durchschnittspreis pro Quadratmeter liegt momentan bei etwa dreiunddreißig Euro«, beantwortete Tamme die Frage.

Faber ließ einen Pfiff los und meinte: »Und Sie sollen fast das Doppelte pro Quadratmeter bekommen. Na, das nenne ich ein gutes Geschäft, und eine Million Euro sind auch ein verdammt guter Grund für einen Mord.«

»So ein Quatsch, wer sollte denn davon profitieren? Timmos Hälfte wird jetzt an Ava und Klaas gehen, das Geld bleibt in der Familie. Genauso wäre es auch gewesen, wenn Timmo noch leben würde!«, meinte Niclas überzeugt und legte wieder schützend den Arm um seine Schwägerin.

»Frau Beimes, wo waren Sie heute Morgen, als die vier Männer Tennis spielten?«, fragte Faber ungerührt, denn er musste Avas Alibi feststellen.

»Hier. Gegen sieben Uhr fahre ich immer mit dem Fahrrad zu Enriks Laden und hole Brötchen. Danach mache ich schnell das Frühstück für Klaas und ein Schulbrötchen, damit er los kann. Dann verteile ich die Brötchen auf die Beutel und hänge sie an die Türen der Ferienwohnungen. Das ist immer gegen acht Uhr«, erklärte sie leise. »Ich brachte auch zwei Beutel zu den beiden Campern, die bereits auf dem Platz stehen. Gegen halb neun bin ich mit den restlichen Brötchen zu dem Campingwagen ganz hinten. Es sind Gäste, die schon seit Jahren kommen, und die hatten mich zum Frühstück eingeladen. Dort war ich, bis mich Niclas anrief und erzählte, was mit meinem Mann passiert ist.«

Faber nickte. »Wir werden das prüfen. Sagen Sie …«, setzte er wieder an, doch Niclas Beimes unterbrach ihn.

»Ich glaube, Ava braucht jetzt etwas Ruhe. Sie können ja noch einmal wiederkommen«, versuchte er die Beamten hinauszukomplimentieren.

»Natürlich, das verstehen wir«, entschied Rike, bevor Faber noch weitere Dinge sagte oder fragte, die ihrer Meinung nach momentan nicht angebracht waren. »Nochmals unser herzlichstes Beileid. Bitte verstehen Sie Hauptkommissar Faber nicht falsch. Aber unsere Aufgabe ist es nun einmal, den Täter zu finden. Wir kommen in den nächsten Tagen wieder, dann müssen wir auch mit Ihrem Sohn reden. Für heute lassen wir es gut sein.«

Kapitel 4

»Hast du heute die Zeitungen gelesen?«, fragte er am Telefon. Vor ihm lag die Friesenzeitung und er blickte geradewegs auf die Schlagzeile, bei der es um den Ortsvorsteher Meeser ging. »Mann, das wird eine Welle auslösen. Dieses Arschloch hätte besser gezahlt! Auf jeden Fall haben wir es ihm gezeigt. Es wird Zeit, dass wir uns wieder jemanden suchen, wir brauchen das Geld. Schleef kommt bald und könnte den Prototypen mitbringen. Dann müssen wir die Kohle zusammenhaben!«

»Ich weiß nicht«, erwiderte sein Gesprächspartner. »Wenn ich ehrlich bin, wird mir das gerade ein bisschen zu heiß. Meeser hat Nein gesagt und er ist schon der Zweite. Stell dir nur einmal vor: Wenn man uns erwischt, dann denken die Bullen doch, wir hätten was mit dem Tod von dem Doktor zu tun!«

»Oller Bangschieter«, schimpfte er. »Hest de Büxen vull?«

»Mann, hör schon auf. Der Doktor ist tot. Er hatte einen Unfall, und das gleich, nachdem wir ihm drohten. Das glaubt uns kein Mensch, wenn wir behaupten, dass wir nichts damit zu tun hatten«, erwiderte der junge Mann verzweifelt. Die Sache war mittlerweile zu ernst geworden und er hatte Angst.

»Vör wat büst du bang?«, fragte sein Gesprächspartner abgebrüht. Dann wechselte er aber ins Hochdeutsch, um seinen Kumpel ernsthaft zu überzeugen. Er brauchte ihn, denn nur er kannte die Leute in Pewsum und Umgebung so gut. Nur er und seine tratschende, geschwätzige Mutter wussten, welche Leichen die ehrbaren Bürger im Keller versteckten. »Hey, es geht um die Voyager, uns fehlen noch fünftausend Euro, dann kann Schleef die mitbringen. Komm, ein letzter Deal, der Erste hat doch auch, ohne zu murren, gezahlt.« Dabei dachte er, dass sein Kumpel nie erfahren durfte, dass der Unfall des Doktors nicht ganz so zufällig passiert war. Eigentlich wollte er diesem Psychologen an dem Abend nur einen Schreck einjagen. Der Idiot verzog den Wagen aber so schlimm, dass er sich mehrmals überschlug. Er war nicht geblieben, um zu sehen, ob dem Doktor was passiert war. Von seinem Tod in dem Jaguar hörte er erst am nächsten Tag und seitdem zuckte er jedes Mal zusammen, wenn er eine Polizeisirene hörte.

»Komm, gib dir einen Ruck!«, versuchte er seinen Kumpel noch einmal zu überreden und verdrängte seine düsteren Gedanken. Ich muss kein schlechtes Gewissen haben, überzeugte er sich selbst. Denn hätte dieser Bergemann gezahlt, dann wäre er noch putzmunter. Nur weil der Doc geizig war, ist das passiert, dachte er.

Sein Kumpel kam ins Grübeln. Die Voyager kostete zwanzigtausend Euro und Schleef hatte gesagt, dass er sie für fünfzehntausend besorgen konnte. Wie lange träumten sie schon davon. Doch die Voyager war nicht nur teuer, sie war auch eine Einzelanfertigung, auf die man lange warten musste. Außerdem wurde man erfasst, wenn man sie per Internet bestellte. Bei Schleef hingegen war das etwas anderes, da seine Familie mit solchen Dingen Handel trieb und ein bar zahlender Endabnehmer so nicht ermittelt werden konnte. »Also gut, ein letztes Mal, ich höre mich mal um in der Gerüchteküche«, gab er endlich klein bei. »Wenn ich meiner Mutter die Gelegenheit gebe, dann quatscht die mir die Ohren mit Gerüchten blutig.«

»Hey, das ist mein Mann. Melde dich, wenn du etwas hörst!« Erleichtert legte er auf und suchte bereits seinen nächsten Kontakt im Handy. Wenigstens hatte er seinen Freund überzeugen können. Jetzt musste er nur noch Klaas anrufen, damit der Schleef instruieren konnte. Schleef wollte bereits in den nächsten Wochen kommen und sollte ihr neues Baby gleich mitbringen. »Hey Klaas, wie steht es? Hör mal, ruf Schleef an, ich denke, wir bekommen die Kohle zusammen.«

Klaas hatte den Anruf angenommen und sagte dann mit niedergeschlagener Stimme: »Nicht jetzt! Jemand hat heute Morgen meinen Vater erschossen.«

»Heilige Scheiße. Gotts verdori, ist er tot?«

»Ja, jetzt lass mich in Ruhe«, meinte Klaas und wollte schon auflegen.

»Weiß man, wer es war?«

»Nein, die Polizei ist gerade bei uns. Die Kripo sucht nach dem Mörder«, erwiderte er noch, dann drückte Klaas den Anruf weg und brach in Tränen aus. Dabei wusste er nicht einmal, warum er weinte.

***

»Richard, nichts für ungut, aber du bist echt schräg drauf heute«, sagte Rike, als sie wieder ins Auto stiegen. »Wie du mit der Witwe und dem Bruder umgegangen bist, war sehr hart.«

Faber sah sie von der Seite an und verzog den Mund. »Dafür, dass die Frau gerade ihren Ehemann verloren hat, bricht sie nicht gerade vor Trauer zusammen. Außerdem hatte sie eine Heidenangst vor unseren Fragen. Habt ihr gesehen, wie sie zusammenzuckte?«

»Ihr Mann wurde gerade erschossen. Vielleicht hat ihre Angst damit etwas zu tun?«, kommentierte Tamme von hinten trocken.

Faber drehte sich zu ihm um. Klar, du musst ja auch wieder auf Rikes Seite sein, dachte er, sagte aber: »Und der Schwager, das war ganz schön kuschelig zwischen den beiden, oder nicht?«

Rike rollte nur die Augen, so ganz nachvollziehen, wieso er dieser Meinung war, konnte sie eigentlich nicht. Bloß weil die Frau nicht unter Schluchzen zusammengebrochen war, hieß das noch lange nicht, dass sie nicht trauerte. Es gab sogar Menschen, die bei schrecklichen Nachrichten einen hysterischen Lachkrampf bekamen, ohne dass sie ihre Reaktionen überhaupt steuern konnten. »Wollen wir noch bei dem Laden von Enrik Joken halten?«, fragte sie und ging gar nicht erst auf seine Frage ein.

»Ja, wenn es da was zu essen gibt. Ich habe Hunger wie verrückt«, erwiderte Faber trotzig. In dem Moment wusste Rike, dass er völlig verärgert war, denn dann überfiel Richard immer ein Heißhunger.

»Vielleicht bekommen wir bei Joken im Laden belegte Brötchen und einen Kaffee«, schlug sie vor. Normalerweise konnte man Faber mit ein paar zusätzlichen Kalorien wieder auf einen ausgeglichenen Gefühlslevel bringen.

»Sag mir lieber, was du davon hältst, dass jemand für den lausigen Campingplatz eine Million Euro zahlen will«, warf Tamme ein, nachdem Rike losgefahren war.

»Sieh dir die Lage an. Richtige Wellnesshotels gibt es an der Küste nur in Greetsiel und auf den Inseln. Sonst findest du in der Krummhörn fast nichts, weil der eigentliche Bereich des Wattenmeers geschützt ist«, antwortete Rike. »Wenn erst einmal so ein Palast dort gebaut ist, dann machen die Gemeinden die Flurgrundstücke in der Nähe gerne zu Bauerwartungsland. Es werden dann teure Villen und Eigentumswohnungen in der Nähe von dem Fünfsternehotel entstehen. Und ratzfatz tummeln sich reiche Russen und die Hamburger Schickeria hier zur Sommerfrische«, fügte sie an und es war nicht zu überhören, dass sie solch eine Entwicklung rigoros ablehnte.

»Na ja, für die Infrastruktur der Krummhörn wäre das doch gar nicht einmal so schlecht«, murmelte Richard und googelte etwas auf seinem Tablet.

»Bravo, Herr Hauptkommissar!«, moserte sie ihn von der Seite an. »Und was passiert als Nächstes? Das Gleiche wie auf Sylt, wo die ursprünglichen Einwohner nicht mehr leben können wegen der gestiegenen Preise. Oder alle Angestellten im Hotel- und Restaurantgewerbe jeden Abend aufs Festland zurückmüssen oder unter dem Dach im Hotel nächtigen. Was muss das für ein Elend sein, auf seiner Geburtsinsel den Millionären Kaviar und Champagner zu servieren, aber selbst nicht mehr in der Lage zu sein, dort die Miete für eine kleine Wohnung zu bezahlen«, echauffierte sich Rike jetzt lauthals.

Faber sah sie erstaunt an und hob entwaffnend die Hände. »Sorry, ich habe das nicht weiter durchdacht. Mir würde es auch nicht gefallen, wenn Klein Hauen plötzlich von Touristen überrannt wird. Es reicht schon, was in der Saison in Greetsiel los ist«, erwiderte er. »Ich frage mich etwas ganz anderes. Wieso haben die Gemeinden dem Verkauf zugestimmt? Und vor allem, warum hat Timmo Beimes dem zugestimmt, wenn er doch so ein Naturfreund ist?«

»Ich denke«, meinte der Wikinger, »er und sein Bruder hatten eine Million Gründe!«

»Wenn er wegen der Kohle seine Vereine verraten hat, dann hat er sich dort bestimmt auch eine Menge Zorn zugezogen. Die Wattenmeerschützer und auch der historische Heimatschutzverein hätten das nicht einfach so hingenommen«, gab Rike zu bedenken. »Ich gehe davon aus, dass bei einem erhöhten Touristenaufkommen, vor allem wenn es reiche Leute sind, auch viele neue Geschäfte in der Krummhörn entstehen. Ob dann der Charakter der alten Warfendörfer zu erhalten ist, würde ich bezweifeln«, meinte Rike. »Und das wird wohl das Hauptanliegen eines solchen Heimatschutzvereins sein.«

»Sagt mal, ich trau mich kaum zu fragen, aber was sind denn diese Warfendörfer genau?«, stellte Faber jetzt die Frage.

»Das ist ja nicht zu fassen. Jetzt lebst du schon fast zwei Jahre in der Krummhörn und weißt nicht, was ein Warfendorf ist«, kam es erst einmal von Rike.

»Oh, Rike«, stöhnte Faber auf. »Ich würde von dir auch nicht erwarten, dass du nach zwei Jahren in Frankfurt weißt, was ein Bembel oder ein Bethmännchen ist«, gab Faber eingeschnappt zurück.

»Recht hat er, also höre zu, Faber«, intervenierte Tamme von hinten und begann zu lesen: »Eine Warft ist ein aus Erde aufgeschütteter Siedlungshügel, der dem Schutz von Menschen und Tieren bei Sturmfluten dient. Auf einer Warft können sich je nach Ausmaß Einzelgehöfte oder auch Dorfsiedlungen befinden. Jetzt verstanden?«, fragte er dann und Faber nickte. »So, die Krummhörn besteht aus achtzehn Warfendörfern und dem Fischerdorf Greetsiel. Neu Hauen, wo dein Häuschen steht, gehörte einmal zu Greetsiel, bevor die Gemeinde Krummhörn gegründet wurde. Und um noch ein bisschen mehr deine geschichtlichen Kenntnisse zu erweitern: Die Warften sind heutzutage eigentlich nicht mehr nötig. Warum?«, fragte Tamme wie ein Schulmeister.

»Wegen der Deiche?«, antwortete Faber halb fragend und schüttelte den Kopf über Tamme.

»Stimmt, wenn auch nicht ganz, mein lieber Freund. Denn noch im Jahr 2001 wurden beim Bau des Hochwasserschutzes der Hamburger HafenCity zum größten Teil Warften anstatt Deich- und Flutschutz-mauern gebaut.«

»Was habe ich nur getan, dass man mir all das heute antut«, brummte Faber, als Rike vor dem Laden parkte.

»Du armer Mensch. Ich kaufe dir jetzt was zu essen und dann wird alles besser«, meinte sie ironisch, tätschelte seinen Oberschenkel und sprang aus dem Audi.

Über der Ladentür hing eine kleine Glocke, die auch lautstark klingelte, als Rike als Erste eintrat. Sie ging sofort rüber zu der Theke, in der appetitlich aussehende belegte Brötchen lagen. Sogleich kam von hinten eine etwas korpulente Frau mit einer Kittelschürze. Ihr rundes Gesicht mit den Apfelbäckchen verzog sich zu einem herzlichen Lächeln und sie fragte: »Na, mien Deern, wat möögt Se denn?«

»Ich nehme ein Eierbrötchen mit Remoulade und das da, mit Blutwurst und Senf«, erwiderte Rike auf Hochdeutsch und drehte sich zu Tamme. »Was willst du?«

»Haben Sie eine Aalrauch-Mettwurst?«, fragte der Wikinger die ältere Frau.

Die Bedienung lächelte wieder breit. »Aver klaar, mien Jung.« Tamme hob seinen Daumen. »Hier eten of mitnehmen? Koofje daarbi?«, fragte sie.

»Wir essen hier und bitte noch drei Kaffee mit Milch dazu«, erwiderte Rike. Sie ging zu dem kleinen Stehtisch am Fenster und hatte bereits zwei der Teller mitgenommen. Als die Frau ihnen den dritten Teller brachte, kam auch Enrik Joken von hinten in den Laden.

»Dree Koffje mit Rohm«, wandte sich die Frau an Enrik und er machte sich sofort an der Maschine in der Ecke zu schaffen. Es rauschte laut, als die Bohnen gemahlen wurden, und bald zog ein köstlicher Duft von frischem Kaffee durch den kleinen Laden. Erst als er mit dem Tablett, auf dem die drei Kaffeebecher dampften, in ihre Richtung kam, stutzte er.

»Die Polizei? Na, das ging ja schnell. Vor morgen hätte ich Sie nicht wieder erwartet«, sagte Enrik leise, sodass seine Bedienung es nicht mitbekam, und stellte ihnen die Becher hin.

»Wir waren bei der Familie Beimes und Ihr Laden lag einfach auf dem Weg«, meinte Tamme ebenfalls gedämpft und stellte Faber und Rike noch einmal vor. Die beiden hatten die Zeugen im Novum Hotel nur kurz gesehen, sich aber offiziell nicht vorgestellt. »Könnten Sie sich Zeit nehmen für ein kurzes Gespräch?«, fragte er den Mann und biss herzhaft in das Mettwurstbrötchen.

»Klaar, essen Sie erst einmal. Ich schicke Ebba nach hinten, denn wenn sie mitbekommt, was heute Morgen passiert ist, dann steht die Türglocke hier nicht mehr still. Ich mache mir so lange auch einen Kaffee«, erwiderte Enrik und wandte sich an die ältere Frau hinter dem Tresen. »Ebba, geh doch na achtern un smeer noch maal en paar Broodjes för de Fieravend-Böskuup.«

Faber vertilgte heißhungrig sein Eibrötchen und blickte mit Verachtung auf Rike, wie sie sich an dem Blutwurstbrötchen mit Senf gütlich tat. Auch der Räuchergeruch von Tammes Mettwurst zog in seine Nase. Faber war keiner dieser prinzipiellen Vegetarier und auch kein extremer Tierschützer. Irgendwann in seiner späten Jugend hatte er angefangen, den Geschmack und Geruch von Fleisch nicht mehr zu mögen. Vor allem Schweinefleisch, das ging auch heute überhaupt nicht mehr. Aber wenn es darauf ankam, konnte er Geflügel essen, und manchmal schmeckte es ihm sogar. Nur bei dem

Gedanken, sich Blutwurst oder Räuchermettwurst in den Mund schieben zu müssen, drehte sich ihm der Magen um.

»Herr Joken«, fing er an, da er als Erster aufgegessen hatte. »Was können Sie uns über Timmo Beimes sagen?«

Joken sah ihn an und dann schüttelte er den Kopf. »Timmo war ein echter Klöötsack. Verzeihen Sie meine Ausdrucksweise«, schob er hinterher. »Kein Mensch mochte ihn, dabei ist Niclas, sein Bruder, ein feiner Kerl.«

»Wieso?«, fragte Rike, obwohl sie den Mund noch voll hatte. Wenigstens flogen dieses Mal keine Bröckchen durch die Gegend, wie es sonst oft passierte. Leider hatte Faber ihr bisher nicht abgewöhnen können, mit vollem Mund zu reden, und er zweifelte ernsthaft daran, ob er das jemals könnte.

»Er war selbstherrlich, egozentrisch und gewalttätig. Wenn ihm was gegen den Strich ging, dann brüllte er los und langte im schlimmsten Fall auch zu«, veranschaulichte Enrik den Charakter von Herrn Beimes, ohne auch nur eine Sekunde darauf Rücksicht zu nehmen, dass er tot war.

»Dann hatte er bestimmt viele Feinde«, mutmaßte Faber.

»Mehr als jeder andere hier in der Krummhörn. Ich kenne Timmo seit unserer Kindheit und schon damals hat er sich speziell die Schwächeren zur Brust genommen. Wenn Sie nach einem Motiv suchen, dann hatten das wohl neunzig Prozent der Campener Einwohner und noch einige mehr in der Krummhörn«, nahm der Mann kein Blatt vor den Mund. »Keine Maibaumaufstellung, kein Schützen- oder Fischerfest in den Dörfern ging damals vorüber, bei dem nicht Blut geflossen wäre. Erst als er Ava heiratete, wurde er ruhiger. Oder besser gesagt er blieb zu Hause, ging nicht mehr auf die Feste.«

»Verstehe, aber sagen Sie, Herr Joken, warum haben Sie dann mit ihm Tennis gespielt?«, warf Tamme ein, obwohl er die Antwort kannte. Er wollte Enrik Jokens Version des Verkaufsgeschäfts hören.

»Wenn nicht, dann hätte mich Guido Ekhoff und auch der Bürgermeister der Krummhörn, Gerhard Hoffmann, wahrscheinlich einen Kopf kürzer gemacht«, ließ er verlauten. »Der Verkauf des Campingplatzes wird nicht nur den Herrn Bauunternehmer Ekhoff zum Millionär machen, auch unser Bürgermeister wird durch den Aufschwung, den das Wellnesshotel hier in der Krummhörn bringen wird, profitieren.« Die drei Kriminalbeamten sahen Joken nur schweigend an, darum redete er weiter. »Verstehen Sie mich nicht falsch, Gerhard Hoffmann ist nicht nur ein guter Bürgermeister, er hat auch wirklich einen Draht zu den Bürgern. Aber er ist auch Politiker, ambitioniert und er will unbedingt nach Hannover, einen Posten im Ministerium ausfüllen. Außerdem will Ortsvorsteher Meeser mit allen Mitteln Bürgermeister werden, was die viel schlimmere Nachricht ist. Obwohl nach den Titelblättern von heute Morgen weiß ich nicht, ob das noch eine Option ist.« Es war das erste Mal, dass Joken sein Gesicht zu einem Lächeln verzog. Ein Lächeln, das sich jedoch als ein schadenfrohes Grinsen entpuppte.

Faber rieb sich das Kinn und meinte etwas erstaunt: »So wie Sie über die Politiker reden, wundert es mich, dass Sie selbst Ortsvorsteher von drei Warfendörfern sind.«

Enrik stöhnte kurz auf, dann nippte er an seinem Kaffee. »Genau aus dem Grund. Sehen Sie, ich lebe mit meinem Laden nicht schlecht und meine Frau ist Grundschullehrerin in Loquard. Wir können uns sogar Ebba im Laden leisten. Eigentlich sollte mich das alles nicht scheren. Trotzdem kann ich nicht auf der einen Seite über Ortsvorsteher und Parteigenossen, wie Meeser einer ist, schimpfen und auf der anderen Seite selbst nichts tun. Darum habe ich mich aufstellen lassen und wurde prompt gewählt«, erklärte er. »Die Leute kommen in meinen Laden und hier wird geredet, auch ganz viel über Politik. Die Campener, Rysumer und die Menschen aus Loquard wollten einfach, dass ich sie vertrete.«

»Und dann kam plötzlich ein so großes Investment wie das Hotel auf Sie zu?«, fragte Rike. Endlich hatte auch sie ihren letzten Happen vertilgt.

»Na ja, nicht alleine auf mich kam es zu. In einem solchen Fall sind der Bürgermeister und der Gemeinderat hundert Prozent involviert. Meine eigene Meinung ist da nicht mehr so wichtig«, gab er zu.

»Dann sind Sie gar nicht so begeistert von dem geplanten Luxushotel?«, hakte Faber nach.

»Ehrlich gesagt nein und das war dann auch das erste Mal, seit ich Timmo kenne, dass ich eine gewisse Sympathie für ihn entwickelte.«

»Was? Ich verstehe nicht«, meinte der Wikinger und sah erwartungsvoll auf Joken.

»Der Timmo hat doch bloß mit Guido gespielt, der hätte den Campingplatz nie verkauft«, ließ Enrik Joken die Bombe platzen.

»Moment, Sie sagen, er wollte gar nicht verkaufen?«, vergewisserte sich Faber.

»Nicht der Timmo Beimes. Wenn es nötig gewesen wäre, hätte er alle Wattwürmer der Krummhörn nach Hause mitgenommen, um sie zu retten. Außerdem war er ein wandelndes Lexikon, wenn es um die Warfendörfer ging«, berichtete Joken zur Überraschung der Kripobeamten. »Zwar menschlich ein Klöötsack und politisch ein ziemlicher Fascho, für die Natur und die Heimat allerdings hatte er ein Faible.«

»Aber so klang das bei Niclas Beimes überhaupt nicht. Wir hatten den Eindruck, der Verkauf wäre schon beschlossene Sache«, hielt Rike dagegen.

Joken zuckte mit den Schultern. »Vielleicht liege ich ja falsch, wenn die Familie sich anders entschieden hat. Doch ich kann mir nicht vorstellen, dass dieser Sturkopf seine Meinung geändert hat. Ich dachte, der wollte mal wieder auf Guidos Kosten Tennis spielen und sich anschließend den Bauch richtig vollhauen. Und in dem Moment, in dem Guido über den Verkauf gesprochen hätte, hätte er wie immer gegrinst, den Kopf geschüttelt und wäre abgezogen. Genau wie die vorigen Male!«

***

Zu Fabers größter Freude saßen Torben, Friedhelm und die beiden neuen Kolleginnen im Revier zusammen und ließen sich einen gedeckten Apfelkuchen schmecken. Es war bereits kurz nach fünf am Nachmittag und der kleine Einstand sollte wohl das Letzte sein, was die Kollegen vor ihrem Feierabend machen wollten. Sofort nahmen sich Faber und auch Tamme ein großes Stück von dem Gebäck. Rike verstand absolut nicht, wie die beiden jetzt schon wieder Kuchen mit Sahne essen konnten. Es war keine zwanzig Minuten her, dass sie die belegten Brötchen vertilgt hatten.

»Liebe Kolleginnen, dann lass ich es mir auf Ihren Einstand schmecken«, sagte Tamme. »Ich freue mich sehr, dass Sie hier sind und hoffentlich auch bleiben.«

»Bisher sieht es sehr gut aus, KK Hehler«, meinte Kommissarin Withuus charmant.

»Damit fangen wir erst gar nicht an. Ich bin der Tamme oder Wikinger«, bot er ihnen gleich das Du an.

»Okay«, meinte Sonja etwas zögerlich, dann lächelte sie jedoch. »Sonja, und meine Kollegin ist Laurien.«

»Und? Wie haben Sie Ihren ersten Tag verbracht? Tut mir leid, dass ich keine Zeit hatte, gelobe aber Besserung«, meinte Faber und schob sich ebenfalls eine Gabel des köstlichen Kuchens in den Mund.

»Das muss Ihnen nicht leidtun, HK Faber. Wir beide waren in Pewsum und haben persönlich noch einmal mit Herrn Meeser gesprochen«, erklärte Laurien Heiligenstadt. »Er war ganz angetan davon, dass sich jetzt zwei Kommissarinnen um dieses ungeheuerliche Verbrechen seiner Rufschädigung kümmern.« Alle im Raum mussten grinsen. Die Kommissarin hatte sofort den Charakter von Meeser erfasst und behandelte die Sache mit der richtigen Ironie.

»Ja, der Mann hat mich heute Morgen zur Weißglut gebracht, dennoch müssen wir dem nachgehen. Schon irgendwelche Ansätze?«, fragte Faber.

»So schnell schießen die Preußen nicht«, ließ KK Withuus ihn erst einmal auflaufen. »Wir müssen uns erst einmal Gedanken darüber machen, wie die Fotos entstanden sein können. Ich habe gelesen, was Sie über einen Selfie-Stick geschrieben haben, irgendwie erscheint mir das nicht logisch.«

»Vor allem, wenn man bedenkt, dass die Fotos von Doktor Bergemann aus so großer Höhe gemacht wurden. Da hätte jemand erst einmal auf einen Baum klettern und dann trotzdem noch einen sehr langen Stick benutzen müssen«, fügte KK Heiligenstadt an. »Doch wir sind dran. Sobald wir was haben, besprechen wir das mit Ihnen. Heute machen wir erst einmal Schluss. Wir müssen noch einkaufen und das Polizeiappartement ein bisschen auf unsere Bedürfnisse hin gestalten.«

»Tun Sie das. Ich denke, wir alle machen für heute Schluss«, stimmte ihr der Boss zu. »Sie bleiben vorerst an dem Fall Bergemann und Meeser. Torben und Friedhelm werden uns ab morgen bei dem Mordfall unterstützen. Es kann sein, dass ich Sie, Frau Withuus und Frau Heiligenstadt, auch mit dazunehmen muss, wenn wir tiefer in die Ermittlungen gehen.«

»Klar, Chef!«, meinte KK Heiligenstadt. In dem Moment merkte man bereits, dass sich die beiden Kommissarinnen anfingen wohlzufühlen.

Gegen halb sieben hatten Rike und Faber als Letzte das Revier verlassen. Es hatte doch etwas länger gedauert, die Unterlagen auf ihren Schreibtischen durchzugehen und ein paar Rückrufe zu tätigen.

Als sie dann um kurz vor sieben auf den Hof der Alten Schule fuhren und ausstiegen, öffnete sich Knuts Haustür. »Kinners, ik hebb up jo wacht. Hebb Schwartbrood mit Granat, Spegelei un Salaat. Nu koomt rin!«

»Alls klaar, Opilein, blot fix umkleden«, erwiderte Rike und Faber sah sie fragend an. So schnell, wie Knut und seine Enkelin miteinander auf Platt redeten, hatte er keine Chance. Rike schloss ihre eigene Haustür auf und meinte: »Opa hat Krabben auf Schwarzbrot mit Spiegelei und Salat.« Dann fügte sie an: »Das hast du jetzt davon, dass du dich so mit Kuchen vollstopfen musstest. Jetzt hast du keinen Hunger mehr. Komm, wir ziehen uns um und gehen rüber. Ich kann jetzt ein Abendessen vertragen.«

Beide gingen hoch ins Schlafzimmer und schlossen erst einmal ihre Dienstwaffen in den Safe. »Wer sagte denn, dass ich keinen Hunger habe?«, bemerkte Faber.

»Hey, wenn du so weitermachst, dann wirst du noch ein Moppelchen«, scherzte Rike mit ihm und schälte sich aus ihrem dunklen Anzug und der weißen Bluse. Faber zog sie einfach zu sich rüber und küsste sie, damit sie den Mund hielt. Als er sie endlich wieder losließ, sah sie ihn an und meinte: »Auch egal. Wenn du in die Breite gehst, dann habe ich sogar noch mehr von dir! Wie sagt man so schön, das ist kein Speck, das ist erotische Nutzfläche!«

Richard lachte. »Vergiss es, wenn ich mich richtig ärgere, dann ist mein Kalorienverbrauch doppelt so hoch. Dann kann ich auch das Doppelte essen.« Er zog sich seine Bluejeans an und streifte ein einfaches weißes T-Shirt darüber, während Rike in ihren geliebten roten Jumpsuit sprang. »Du siehst in dem Ding zum Anbeißen aus«, meinte Richard, schnappte ihre Hand und zog sie hinter sich her die Treppe herunter.

Rike gab ihrem Opa einen Schmatz auf die Wange, bevor die beiden sich an den kleinen Küchentisch quetschten. Vor ihnen stand bereits ein Teller, auf dem ein gebuttertes Schwarzbrot mit einem ganzen Berg Nordseekrabben lag. Knut hantierte am Herd und schlug Eier in der Pfanne auf, um die Spiegeleier zu brutzeln. Ein paar Minuten später schob Opa die Spiegeleier über die Krabben und stellte noch ein kleines Glas mit Salzgurken sowie drei kleine Salatschüsseln auf den Tisch. Erst dann setzte er sich zu ihnen.

»Proost!«, sagte der alte Ostfriese und hob sein Glas Jever, um mit ihnen anzustoßen. Nachdem alle getrunken hatten, folgte erst einmal eine gefräßige Stille, als sie sich über ihr Krabbenbrot hermachten.

»Lecker! Hast du den Granat von Siebrands?«, fragte Richard und biss in eine Salzgurke.

»Nee, Hannes hat mir den ganz frischen vom Boot mitgebracht. Hab mich heute kurz mit ihm zum Tütern getroffen«, erklärte Knut und meinte damit, dass sie den letzten Klatsch ausgetauscht hatten. »Jetzt bin ich wieder auf dem Laufenden, was in der Krummhörn los ist.«

»Mhm«, machte Faber mit vollem Mund, doch besann sich eines Besseren und kaute erst den Mund leer, bevor er sprach. »Sag mal, hast du was davon gehört, dass in der Nähe von Campen ein Luxushotel gebaut werden soll?«, fragte er Knut.

»Klaar, auf dem Campingplatz Dyksterhus. Soll wohl ein richtig großer Kasten werden. Unsere Leute in Greetsiel, speziell vom Hotel Romantikhof, kriegen schon Muffensausen. Allerdings habe ich denen gesagt, dass ihre Geschäfte nicht leiden werden. Denn die Klientel, die in ein Superior-Fünfsternehotel geht, wird sich nicht in Hotels wie den Romantikhof verirren. Ich meine, so ein Luxusding ist mit einem ganz teuren Hilton zu vergleichen.«

»Wenn überhaupt, sollte sich das Wellnesshotel Vitalis Sorgen machen, die werben explizit mit ihrem Spa«, warf Rike ein.

Knut hob den Zeigefinger und wedelte damit von rechts nach links. »Ob es mit denen überhaupt weitergeht, ist zweifelhaft. Über das Vermögen des Inhabers ist das Insolvenzverfahren eröffnet worden. Unsere ganzen Gastwirte und Hotelbesitzer waren über die Pleite völlig erstaunt«, wusste Knut zu berichten.

»Ach was, wirklich?«, fragte Rike und Knut nickte bestätigend.

»Komm bitte zurück auf den Campingplatz, was hört man denn da so in der Gerüchteküche? Du bist doch sozusagen der Pressesprecher des Tüterkraams hier«, meinte Richard und schob sich einen Berg Krabben in den Mund.

»Werd maal nich frech, mien Jung«, meinte Knut und stand auf, um aus dem Schrank die Aquavitgläser zu holen. Auf dem Weg dahin bekam Faber einen tadelnden Schlag in den Nacken. Das kannte er schon zur Genüge von Opa. Knut stellte die Stamper auf den Tisch und schenkte jedem eine eiskalte Linie ein. »Na ja, mich würde ja wundern, wenn der Timmo verkauft, so radikal, wie der mit dem Schutz des Wattenmeers ist. Der will da bestimmt nicht die piekfeinen Badgaasten, as de dat Watt vertrampeln.«

»Halt mal, du kanntest Timmo Beimes?«

»Was heißt denn hier: kannte?«, hinterfragte Knut sogleich, denn ihm war nicht entgangen, dass Richard die Vergangenheitsform benutzt hatte.

»Timmo Beimes wurde heute Morgen erschossen. Er ist tot«, klärte Rike ihn auf.

»Dönnerslag! Wat is passeert?«, fragte er seine Enkelin und Rike fasste die Fakten kurz zusammen. Knut stopfte sich seine Pfeife und steckte sie an, nachdem alle ihre Teller leergegessen hatten. »Na dann«, meinte Opa, als Rike fertig war, und hob die Linie. »Der Timmo war nicht gerade ein Muster an Freundlichkeit und Tugend, aber so etwas wünscht man niemandem. Proost!«

»Wie gut kanntest du ihn?«, fragte Faber, nachdem er seinen Schnaps runtergestürzt und sich danach ordentlich geschüttelt hatte. Eigentlich mochte er das Zeug nicht besonders, für Knut trank er aber ab und zu mal einen mit.

»Er war kurz bei Greenpeace in Emden, als ich auch noch aktiv war. Doch der Mann war ein Schläger und zu der Zeit wandelte sich gerade das Vorgehen unserer Initiativen. Wir lieferten uns keine Straßenschlachten mehr mit der Polizei, sondern hatten gemerkt, dass ein umsichtiges Vorgehen besser war«, fing Opa sofort an zu erzählen. »Timmo schlug sich des Schlagens wegen, wenn du weißt, was ich meine. Ein unbeherrschter Kerl. Einer von denen, die immer das letzte Wort haben müssen. Außerdem hatte ich das Gefühl, dass er ab einem gewissen Punkt mit der politischen Orientierung von Greenpeace nicht mehr einverstanden war.« Knut schob sich seine Kapitänsmütze in den Nacken, dann fragte er: »Habt ihr denn überhaupt schon einen Verdächtigen?«

»Nein und ja«, erwiderte Faber. »Niemand konkret, aber eine ganze Menge Leute, für die sich sein Tod gelohnt hätte. Irgendwie haben wir alle Arten von Mordmotiven in dem Fall. Rache, Habgier und sogar die Möglichkeit eines Verbrechens aus Leidenschaft. Denn mir waren die Ehefrau des Verstorbenen und ihr Schwager ein bisschen zu vertraut miteinander.«

»Der Niclas Beimes und die Ava?«, fragte Knut und sah Richard skeptisch an. »Ich weiß nicht. Ich denke, da bist du auf dem Holzweg.«

»Du auch noch! Wieso sollten die beiden denn kein Verhältnis haben?«

»Die Ava ist nicht der Typ dafür, glaub ich jedenfalls. Wir sind oft in der Dorfschenke am Markt von Rysum, wenn wir ein Boßel- oder Skatturnier mit den Rysumern haben. Die Ava ist ja een schierweg leckere Deern«, meinte Knut und sah dann, dass Faber die Stirn in Falten warf. Darum wechselte er schnell wieder ins Hochdeutsch. »Die Ava ist ja eine ganz Hübsche, und glaube mir, nicht alle Gäste sind so olle Zausel wie ich. Doch die ließ sich noch nicht einmal auf einen kleinen Flirt ein, schäkerte nie rum. Entweder die liebte ihren Timmo wirklich oder hatte eine Heidenangst vor ihm. In beiden Fällen hätte sie nie ein Verhältnis angefangen und schon gar nicht mit Timmos Bruder.«

Faber seufzte und lehnte sich zurück. »Jetzt haben wir schon wieder ein neues Motiv. Wenn Timmo seine Frau eingeschüchtert hat, dann könnte sie für seine Tötung verantwortlich sein.«

»Aber wenn er erschossen wurde in der Tennishalle, dann müsst ihr doch irgendwelche Spuren haben«, warf Knut ein.

Es war, als hätte Philipp Schorlau gehört, was Knut in der Sekunde fragte, denn in dem Moment rief er Faber auf seinem Handy an. »Entschuldige, das muss ich annehmen, ich stelle auf Lautsprecher, damit Rike es auch mitbekommt«, sagte Faber an Knut gewandt, dann nahm er ab und meinte: »Hallo Philipp, was gibt's?«

»Frage eher, was es nicht gibt. Spuren, und das macht mich wahnsinnig«, erwiderte Schorlau und man konnte seiner Stimme anhören, dass er völlig frustriert war. »So etwas habe ich noch nicht erlebt!«

»Rede mal Tacheles, ich kapiere gerade nichts«, entgegnete Faber.

»Ich habe diesen Timmo Beimes obduziert, und das sehr genau. Die Kugel, die in seinen Schädel eindrang, kam zu hundert Prozent von oben. Es gibt einen ganz genauen und zwar geraden Eintritt des Geschosses in die Sutura sagittalis am hinteren Teil des Schädels.«

»Wo auch immer das ist«, maulte Faber, weil Schorlau mal wieder mit seinen Fachworten um sich schmiss.

»Meine Güte«, fluchte Schorlau. »Das ist die als Pfeilnaht bezeichnete Knochennaht, die in der Mittellinie zwischen den beiden

84

Scheitelbeinen des Schädels verläuft. Genau in der Mitte, und der Schuss kam von oben, und zwar durch das gekippte Fenster. Oben!«, meinte Philipp und regte sich gerade wieder richtig auf. Richard ahnte, dass Philipp in dem Moment seinen Arm nach oben ausstreckte und mit dem Zeigefinger dahin deutete. »Ich habe schon alle meine Assistenten verflucht und sogar die Knochensäge an die Wand geschmissen. Die ist jetzt kaputt, Faber.«

»Jetzt lass die Knochensäge mal Knochensäge sein. Was macht dich denn so verrückt dabei?«, versuchte Faber ihn zu beruhigen. Eigentlich konnte er sich nicht erinnern, Schorlau jemals so ratlos gesehen zu haben. Normalerweise war Philipp arrogant, elitär und ein Snob. Dass er vor lauter Frustration Dinge durch die Gegend schmiss, hatte selbst Faber noch nicht erlebt.

»Es kann nicht sein. Da oben auf dem Dach war niemand, der hätte schießen können«, erklärte Philipp. »Aber der Schuss kam von genau dort oben. Wir haben es mit einem Phantom zu tun!«

Faber musste kurz lachen, was Philipp ein Aufstöhnen entlockte. »Jetzt mach mal einen Punkt. Komm morgen noch einmal her und dann untersuchst du das Dach auf jeden Millimeter«, schlug er vor. »Du kannst sogar bei uns übernachten und ich bekoche dich am Abend, wenn das hilft. Aber bitte, besonders du solltest nicht von Phantomen, Geistern oder Aliens reden. Denn sonst falle ich auch noch vom Glauben ab!«

Es war kurz still, dann meinte Philipp: »Okay! Ich komme. Rike soll mir dann noch einmal den Kranwagen der Feuerwehr besorgen. Du hast recht, es muss eine Erklärung geben!« Ohne ein weiteres Wort unterbrach er die Verbindung.

»Ich habe genug für heute. Jetzt ist Feierabend und ich will kein weiteres Wort mehr über den Fall hören«, beschloss Faber in dem Moment. »Dürfen wir dich allein lassen, Knut?«

»Klaar, gaht ji maal smusen!«, erwiderte Opa und grinste schelmisch. »Dat is de allerbest Oflenkung.«

Faber sah Rike an, denn er hatte wieder nichts verstanden. »Wir sollen zum Schmusen gehen, das ist die allerbeste Ablenkung«, übersetzte sie.

»Wenn Opa das anordnet – wer bin ich, mich zu weigern? Komm, Liebes, lass uns gehen«, bat Richard sie, stand auf und klopfte Opa auf die Schulter. »Danke für das leckere Essen. Wenn Schorlau morgen Abend bei uns ist, komm auch rüber. Ich bin dran mit Kochen!«

Kapitel 5

Guido Ekhoff hatte einen hochroten Kopf und schnappte lautlos nach Luft, während er seinem Gesprächspartner am Telefon zuhörte. Er konnte kaum glauben, was der Rechtsanwalt der potenziellen Investoren ihm berichtete.

»Herr Ekhoff, für unsere Investoren ist es von vorrangiger Bedeutung, nicht in das Visier der Öffentlichkeit zu geraten. Das ist eine Tatsache, die wir Ihnen von Anfang an klargemacht haben. Sie werden sich erinnern, dass wir es zu einer Grundvoraussetzung für das Geschäft gemacht haben«, redete der Düsseldorfer Rechtsanwalt auf ihn ein.

Der Mann hatte seine noble Kanzlei auf der Königsallee in Düsseldorf, die von den Einwohnern der Stadt nur als Kö bezeichnet wurde. Guido hatte Doktor Dörrweiler, einen der Partner der Anwaltskanzlei, nur einmal gesehen, als sie einen Ortstermin auf dem Campingplatz hatten. Er repräsentierte die Investoren, die sich namentlich bedeckt hielten. Der Emder Bauunternehmer konnte am Anfang nur spekulieren. Daher glaubte er, dass es sich bei den Investoren vielleicht um Familienmitglieder des alten Adels handelte. Seit Neuestem wirtschafteten die Erben der Häuser Fugger und Hohenzollern mit Luxushotels, um sich neue Einkommensquellen zu suchen. Eines Besseren war er erst belehrt worden, als er persönlich einen Anruf von dem Italiener bekam. Es war der Moment gewesen, als Timmo anfing rumzuzicken. Ob der Anwalt von Guidos Kontakt mit dem italienischen Mandanten wusste, war dahingestellt.

»Natürlich, Herr Doktor Dörrweiler, ich weiß. Aber wie glauben Sie denn, dass ich so etwas hätte verhindern können? Wir sind alle zusammen geschockt. Herr Beimes wurde ermordet, meine Güte, es hätte auch mich erwischen können«, verteidigte sich Guido Ekhoff lahm. »Ich war dabei, als er erschossen wurde, stand keine zehn Meter von ihm entfernt. Das war ein Profi, sage ich Ihnen«, jammerte der Bauunternehmer.

»Was für ein Unsinn, wieso hätte es denn Sie erwischen sollen? Sie haben keinen Campingplatz, der eine Million Euro wert ist. Außerdem wären Sie nicht so dumm und würden Ihre Verkaufsabsichten plötzlich ändern«, erwiderte der Anwalt ungerührt. Der Partner der bekanntesten Anwaltskanzlei in

Düsseldorf war spezialisiert auf Immobilien- und Investmentrecht. »Sie hatten doch das größte Interesse daran, dass Herr Beimes endlich bei dem Verkauf einlenkt!«

»Jetzt machen Sie aber mal einen Punkt, was wollen Sie denn damit sagen?«, empörte sich Guido Ekhoff. Scheißanwälte, fluchte er innerlich. Diese verdammten Kerle wussten immer zu viel. Es stimmte, wenn Guido den Verkauf nicht über die Bühne brachte und damit den Auftrag zum Bau des Luxushotels in der Krummhörn bekam, dann konnte er Konkurs anmelden.

Seine Familie würde alles verlieren, denn er selbst hatte nicht auf seinen eigenen Anwalt gehört, der ihm vor seiner enormen Fehlkalkulation dringend angeraten hatte, sein Privatvermögen auf seine Frau zu übertragen. Auch wenn Guido seine Familie liebte, so traute er seiner Ehefrau nicht mehr. Sie hatte ihm zwar die Affäre mit seiner jüngeren Freundin vergeben, aber Guido wusste nicht, was sie machen würde, hätte sie erst einmal die Konten und das Haus unter ihrer Fuchtel. Außerdem war er sich nicht sicher, ob sie nicht schon wieder über seine neuste Eroberung Bescheid wusste, so eigenartig, wie sie sich in der letzten Zeit verhielt.

»Nichts, gar nichts will ich damit sagen«, erwiderte der Anwalt. »Hören Sie zu, meine Mandanten sind immer noch interessiert, wenn die Sache nicht eine deutschlandweite Presse bekommt. Außerdem wollen wir nicht, dass die Polizei ihre Nase in den Verkauf steckt. Meine Mandanten werden nicht namentlich genannt. Falls die Polizei Sie bedrängt, dann rufen Sie mich an, ich bekomme die schon in den Griff. Sind ja nur Landpolizisten und nicht das BKA!«, meinte der Typ und lachte laut über seinen eigenen Witz.

»Natürlich, Doktor Dörrweiler. Immerhin wird der Verkauf jetzt schnell über die Bühne gehen. Niclas Beimes hat mich schon wissen lassen, dass die Ehefrau, ich meine die Witwe seines Bruders, verkaufen wird.«

»Schön, schön, sehen Sie, das haben Sie doch gut gemacht. Ich muss jetzt, rufen Sie mich an, wenn wir den Vertrag unterschreiben oder Sie Hilfe mit der Polizei brauchen«, sagte der Rechtsanwalt und legte auf. Dann lehnte er sich in seinem bequemen Ledersessel zurück und griff nach seinem Zigarettenetui. Mit dem goldenen Gasfeuerzeug zündete er sich einen der teuren Zigarillos an, die Vincenzo ihm von Kuba mitgebracht hatte. Doktor Dörrweiler nahm einen tiefen Zug und dachte einen Moment nach. Er musste mit Vin reden. Auch wenn das Geschäft auf drei weitere Namen abgeschlossen werden würde, war Vincenzo der eigentliche Geldgeber für alle. Doktor Dörrweiler zog den Rauch des außergewöhnlichen Zigarillos tief in die Lunge. Eigentlich sollte man das nicht bei Zigarren und Zigarillos, doch er hatte erst vor sechs Monaten mit dem Zigarettenrauchen aufgehört. Jetzt brauchte er etwas von dem Nikotin, und zwar in seinen Blutbahnen.

»Also gut, sehen wir, wie er reagiert«, sagte der Anwalt laut zu sich selbst. Eigentlich will ich gar nicht wissen, ob Vin oder der Bauunternehmer bei diesem Beimes nachgeholfen hat, dachte er. Egal wie, er musste seinen Mandanten informieren. Daher wählte er die Nummer in Mailand und ließ es ewig durchklingeln. Das kannte er schon, dann endlich hatte er Signora Cazzangia am Apparat. »Buongiorno signora, Vincenzo prego«, bat er auf Italienisch.

»Scusi, non conosco un Vincenzo«, erwiderte die Frau. So langsam langweilte ihn das blöde Spiel. Immer wenn er anrief, sagte sie, dass sie keinen Vincenzo kannte, woraufhin er antworten musste: »Scusi!« Danach legte er auf und wartete, bis es auf seinem Handy klingelte. Normalerweise benutzte er dieses Handy nie für geschäftliche Dinge, dieser Mandant hatte aber darauf bestanden, dass ein eigenes, unabhängiges Handy für die Anrufe genutzt wurde. Also hatte Dörrweiler ihnen die Nummer seines Privathandys gegeben, damit er nicht noch ein drittes Handy mit sich rumschleppen musste. In dem Moment hörte er den Klingelton seines iPhones vor sich und sah die unterdrückte Nummer.

»Vin, ich wollte Sie davon unterrichten, dass der Verkauf des Campingplatzes endlich in Angriff genommen wird. Einer der Eigentümer, der sich beharrlich weigerte zu verkaufen, ist heute verstorben«, sagte er auf Italienisch und wartete erst einmal ab.

»Wie schrecklich, was nicht alles passiert im Leben«, erwiderte sein Mandant zynisch mit dem kalabrischen Akzent. »Pech für ihn, gut für uns.«

»Leider wurde er ermordet«, berichtete der Anwalt weiter, obwohl er sich aufgrund der Reaktion seines Mandanten schon fast sicher war, dass dies keine Neuigkeit darstellte.

»Cose sucede! Solche Dinge passieren. Ich hoffe, Sie halten die Polizei aus unseren Geschäften heraus«, machte er dann Druck. In dem Moment war der Anwalt sich sicher, dass Timmo Beimes seinen eigenen kleinen Machtspielen erlegen war. Er hatte sich mit den falschen Leuten angelegt. Man sagte zu Vincenzo nicht Nein, doch woher sollte der Trottel von einem Campingplatzbesitzer das wissen?

»Machen Sie sich keine Sorgen«, erwiderte der Rechtsanwalt und musste erst einmal kurz über die Übersetzung von ›Ostfriesland‹ ins Italienische nachdenken, bevor er sagte: »In Ostfriesland sind wir auf dem Land mit ziemlich einfältigen Polizisten. Die werden uns keine Schwierigkeiten machen, Signore Vincenzo!«

»Bene, Signore avvocato. Arrivederci!«, verabschiedete sich sein Mandant, ohne weitere Worte zu verlieren.

Doktor Dörrweiler war froh, das Telefonat hinter sich gebracht zu haben. Er zog an seinem Zigarillo und versuchte die unguten Gedanken loszuwerden. Vielleicht hätte ich Timmo Beimes persönlich aufsuchen und ihn von der Dringlichkeit des Verkaufs überzeugen sollen?, fragte er sich. Dieser verfluchte Bauunternehmer hatte ihm geschworen, er würde es allein schaffen. Aber nach der zweiten Absage hatte Vincenzo wahrscheinlich bereits einen seiner Männer hoch in die Krummhörn beordert. Der hatte die Sache dann geregelt oder diesem Guido Ekhoff erklärt, wie dringend er Beimes von dem Verkauf überzeugen musste. Eigentlich traute Doktor Dörrweiler dem kleinen, schleimigen Bauunternehmer gar nicht zu, einen Menschen umzubringen. Doch mit Vincenzos Männern im Rücken oder der Aussicht, mittellos auf der Straße zu stehen, konnten selbst Männer wie Ekhoff ein Rückgrat entwickeln.

»Frau Seliger«, sprach er in die Gegensprechanlage mit seiner Sekretärin. »Bitte ändern Sie den Campen-Vertrag. Einer der Verkäufer muss ersetzt werden, anstatt Timmo Beimes setzen Sie jetzt Ava Beimes ein. Ach, bevor Sie das tun, bringen Sie mir bitte einen Armagnac, den 1958er. Es ist ein besonderer Anlass.«

»Hier, Herr Doktor, den Vertrag schicke ich dann auf Ihren Drucker«, meinte seine Sekretärin, die drei Minuten später einen großen Cognacschwenker mit der bernsteinfarbenen Flüssigkeit auf seinen Schreibtisch stellte.

»Salute«, meinte er zu sich selbst, als sie die Tür wieder hinter sich geschlossen hatte, und trank genüsslich einen Schluck. Als er wieder an seinem Zigarillo paffte, dachte er an die Alternative-Fee-Arrangements, die er mit Vincenzo ausgehandelt hatte. Monatlich bekam er fünfzigtausend Euro von seinem Mandanten, nur für die üblichen Arbeiten hier in Deutschland. Aber für das gesamte Projekt, das sich in einer Höhe von etwa zwölf Millionen veranschlagte, würde er zusätzlich eineinhalb Millionen einstreichen. Bei solchen Summen konnte man sich kein moralisches Gewissen leisten.

Außerdem machen es die amerikanischen Geschäftsmänner vor, dachte er. Selbst der Präsident der Vereinigten Staaten, denn das Lügen und Betrügen gehört mittlerweile zur Grundausstattung eines guten Geschäftsmannes und ganz bestimmt zu diesem Staatsoberhaupt. Darüber hinaus ist es bei mir etwas anderes, schoss es ihm durch den Kopf. Ich unterliege einer gewissen Schweigepflicht in meinem Beruf! Ich wasche meine Hände in Unschuld!

***

Am nächsten Morgen stand Schorlau bereits um halb acht bei Faber und Rike auf der Matte. Wenigstens waren beide schon angezogen und Faber bereitete gerade das Frühstück zu. Philipp hatte frische Brötchen vom Rewe mitgebracht, bei dem er extra vorbeigefahren war. Leider auch ein halbes Kilo Aufschnitt für sich und Rike, das Richard mit Verachtung auf einem Teller anrichtete. »Willst du auch ein Ei?«, rief er Philipp zu, der bereits mit Rike am Esstisch saß. Die beiden diskutierten den erneuten Einsatz der Feuerwehr beim Hotel Novum. Rike musste in dem Fall Gefallen einholen und Schorlau konnte nur froh sein, dass sie nicht nur zeitlebens hier bekannt, sondern auch beliebt war.

»Was für eine Frage, das gehört doch zum Frühstück dazu«, antwortete er. »Vier Minuten, präzise!«

»Du mich auch«, nuschelte Faber in der Küche und legte die Eier in das kochende Wasser. Dann stellte er die Eieruhr auf fünfeinhalb Minuten. So wie er und Rike die Eier mochten.

»Ich rufe besser gleich an«, sagte Rike und stand auf, um mit der Feuerwehr von Pewsum zu reden.

Richard stellte die Wurstwaren auf den Tisch und reichte Philipp den doppelten Espresso macchiato. »Du bist dir also vollkommen sicher, dass man Timmo Beimes von oben in den Kopf schoss? Von diesem vermaledeiten gekippten Fenster wurde wirklich geschossen?« Eigentlich fragte Faber das in dem Moment nur, um Philipps gute Laune ein bisschen zu dämpfen.

»Ja«, gab dieser auch geknickt zurück. »Aber ich finde schon raus, wie der Kerl das auf dem Dach gemacht hat! Immerhin bin ich ein wenig weiter. Die Kugel, die ich aus dem Schädel des Opfers geholt habe, ist alte Munition. Das nehme ich jedenfalls an, es könnte natürlich auch sein, dass die Russen heute noch mit einer Makarow rumlaufen.«

»Moment«, stoppte ihn Faber überrascht. »Du redest von einer Makarow-Pistole, wie sie bis teilweise 1992 bei der Polizei der ehemaligen DDR und der NVA benutzt wurde?«

»Genau, mit einem Kaliber neun mal achtzehn Millimeter. Ich verwette mein Hemd und meine Approbation, dass mit einer Makarow geschossen wurde. Hatte ich schon mal in einem Fall und weiß, wie solch eine Kugel aufgepilzt aussieht«, meinte er, als die Eieruhr klingelte. Faber rührte sich nicht und sah ihn nur gedankenverloren an, deshalb sagte Schorlau: »Beweg dich, die Eier werden zu hart!« Dabei wedelte Philipp mit seiner Hand herum, als wollte er eine Mücke vertreiben.

Nach dem Frühstück machte sich der Pathologe sofort nach Hinte auf, wo die Feuerwehr bereits auf ihn wartete. Er wollte heute versuchen, aus dem Arbeitskorb des Feuerwehrkrans auf das Dach zu steigen, und sich dann seine eigenen Spuren ansehen. Anschließend würden sie sich auf dem Revier in Emden treffen.

Faber und Rike planten vor dem Revier bei dem Bauunternehmer in Emden vorbeizuschauen. Rike hatte Guido Ekhoff angerufen und der Mann erwartete sie gegen neun Uhr in seinem Büro in der Innenstadt. Er hatte außerhalb von Emden ein großes Gelände, auf dem die Baumaschinen standen und auch Materialien gelagert waren. Für Besprechungen hatte Ekhoff jedoch extra ein kleines Büro in der Fußgängerzone auf der Großen Straße angemietet.

»Wenn ich das gewusst hätte, dann wäre Frühstück heute ausgefallen und wir hätten im Café Sikken etwas gegessen«, meinte Faber. Mit dem Altstadt-Café verbanden die beiden Polizisten bewegte Erinnerungen. Sie waren letztes Jahr nach Kriminalmeister Johannes Leitmanns Beerdigung hier mit dem Team hergekommen und hatten es alle etwas weniger traurig verlassen. Immer wenn Faber jetzt an dem Café vorbeikam, dachte er an Johannes und es war ein gutes Gefühl.

»Dann hätte der arme Philipp aber nichts mit abbekommen. Daarbi is he al up de Klipp!«

»Wie bitte?«, fragte Faber.

»Er ist schon verunsichert genug«, übersetzte sie. »Es macht ihm unheimlich zu schaffen, dass er nicht weiß, wie unser Täter auf das Dach kommen konnte, ohne Spuren zu hinterlassen.«

»Na, vielleicht findet er es jetzt raus«, meinte Faber völlig mitleidlos und dachte an das Palaver, das Philipp veranstaltet hatte, weil sein Ei zu hart gewesen war. Er klingelte bei dem Bauunternehmer. Sofort hörten sie den Summer und drückten die Tür auf. Gleichzeitig war eine Tür im Erdgeschoss aufgegangen und der kräftige Mann wartete auf sie. Faber hätte ihn fast nicht wiedererkannt. Guido Ekhoff sah anders aus mit Anzug, Hemd und Krawatte. Es war kein Vergleich zu dem weißen Spurensicherungsanzug, in dem er ihn das letzte Mal gesehen hatte.

»Bitte kommen Sie rein«, meinte Ekhoff und geleitete sie in sein Büro. Es war eines dieser topmodernen Büros, in sterilen weißen Tönen gehalten. Jedoch mit einem Designertisch und den entsprechenden unbequemen Nachbauten von Bauhaus-Stühlen. »Haben Sie schon etwas herausbekommen?«, fragte der Geschäftsmann. »Einen Verdächtigen vielleicht?«

Faber ließ sich auf dem Plastikstuhl nieder und betrachtete den Mann skeptisch, was Ekhoff sichtlich nervös werden ließ. »Ich hatte gehofft, dass Sie uns da mehr sagen könnten. Wer hätte denn ein Interesse daran gehabt, Timmo Beimes aus dem Weg zu räumen? Wenn ich das mal so ausdrücken darf. Sie vielleicht?«, schob er hinterher.

»Aber wieso sollte ich? Meine Güte, ich war dabei, Sie können mich nicht für schuldig halten«, fing der Bauunternehmer an zu stottern.

»Man muss die Waffe nicht selbst abdrücken, um für einen Mord mitverantwortlich zu sein«, schob Rike reichlich lapidar in die Diskussion ein. Das wahrscheinlich aus Bluthochdruck resultierende rote Gesicht von Ekhoff wurde plötzlich blass.

Bevor er irgendetwas sagen konnte, meinte Faber: »Hier hält Sie keiner für schuldig. Aber erzählen Sie uns doch erst einmal, wer von Timmo Beimes' Tod profitieren könnte.«

Guido Ekhoff schluckte, dann nippte er an seiner Kaffeetasse. »Timmo war kein angenehmer Zeitgenosse«, fing er an. »Sehen Sie, erst dröhnt er rum, dass er den Campingplatz verkaufen will, und macht uns alle heiß mit der Idee und dann fängt er an, sich zu zieren!«

»Wer ist denn *uns*?«

»Ich habe die Investoren über den Rechtsanwalt gefunden und man bot mir ein lukratives Geschäft, wenn es zum Verkauf käme. Also habe ich die Lokalpolitiker mit auf die Seite des Projekts ziehen können und alles war vorbereitet. Dann zickt Timmo plötzlich rum. Mal will er verkaufen, mal nicht!«

»Sie verdienen an dem Bau des Luxushotels eine Menge Geld, nicht wahr?«, fragte Rike wieder recht scharf. Sie machte keinen Hehl daraus, dass sie den Kerl nicht leiden konnte. Er wirkte auch wie gelackt in seinem teuren Businessanzug und dem aufdringlichen Aftershave, das den Kommissaren in die Nase stieg.

»Das streite ich gar nicht ab. Ja, es wird für mich sehr lukrativ, wenn es gebaut wird. Aber ich hatte bisher auch eine Menge Arbeit und auch Auslagen in dem Zusammenhang«, sagte Ekhoff. »Aber Sie sollten auch einmal Niclas Beimes fragen. Er ist ganz wild darauf zu verkaufen. Wenn Sie mich fragen, braucht er dringend Geld. Ich meine, sehen Sie sich den Mann an. Er ist fünfunddreißig Jahre und wohnt bei seinem Bruder und dessen Familie auf einem Campingplatz.«

»Dann kennen Sie auch die Ehefrau von Timmo, Ava?«

»Ja, natürlich, als ich das erste Mal bei den Beimes war, lernte ich sie kennen«, bestätigte der Mann. »Eine sehr attraktive Frau, wenn auch schüchtern. Keine Ahnung, wie Timmo an solch eine Frau gekommen ist.«

»Was glauben Sie, was Niclas Beimes mit seiner halben Million anstellen wird?«, kam Faber noch einmal auf den Bruder zurück.

»Er meinte einmal, dass er nach Hamburg gehen wollte, sich eine kleine Wohnung kaufen und einen Job dort suchen möchte. Er sagte wörtlich: Ich werde endlich mein Leben leben, ohne dass Timmo mir dazwischenfunkt!«

»Wissen Sie, was er damit gemeint hat? Ich meine, mit dem Dazwischenfunken«, hakte Faber nach.

Der Bauunternehmer zuckte mit den Schultern. »Timmo Beimes war herrschsüchtig und selbstherrlich. Wahrscheinlich hat er Niclas ständig versucht zu sagen, wo es langgeht.«

»Aha«, machte Richard. »Kommen wir mal auf Sie zurück. Wie dringend brauchen Sie das Projekt? Ist Ihre Firma solide?«

»Jetzt hören Sie aber mal!«, entgegnete der Mann empört und bekam wieder einen hochroten Kopf. So oft, wie Guido Ekhoff die

Farbe wechselt, hat er Dreck am Stecken oder ist ein Chamäleon, dachte Faber in dem Moment. »Das Bauunternehmen Ekhoff wurde bereits von meinem Vater gegründet und ist in der Umgebung bekannt für seine Qualität und seinen guten Ruf!«

»Das hat der Kriminalhauptkommissar aber nicht gefragt«, warf Rike ein. »Er fragte, wie dringend Sie das Projekt brauchen. Wie laufen Ihre Geschäfte momentan?«

»Na gut«, rückte der Mann endlich mit der Wahrheit heraus. »Mein letztes Projekt war eine Pleite. Ich habe viel Geld verloren und mich davon noch nicht erholt. Außerdem braucht man als Geschäftsmann solche Großprojekte. Ich meine, davon profitiere ja nicht nur ich, sondern die ganze Krummhörn«, schob er beflissentlich hinterher. »Stellen Sie sich den Boom vor, allein bei den Einzelhändlern und der Gastronomie. Selbst Emden wird diese Art von gut situierten Sommergästen zugutekommen.«

»Wie soll ich das jetzt interpretieren?«, fragte Faber etwas säuerlich. »Brauchen Sie den Auftrag jetzt dringend oder nicht?«

»Schon, es wäre sonst schwierig für mich. Man kann halt nicht von dem Bau einer Garage leben, die alle drei Monate mal angefragt werden«, gab Ekhoff endlich zu.

»Also war es sehr wichtig für Sie, dass Timmo Beimes verkauft«, fasste Rike es noch einmal zusammen. Der Mann nickte nur und atmete laut aus. Mittlerweile mischte sich sein Eau de Cologne mit einem penetranten Schweißgeruch.

»Was ist mit den Auftraggebern, wer sind diese Leute? Niclas Beimes sprach auch nur von Investoren und gab keine Namen an«, ging Rike zum nächsten Thema über.

»Das kann ich Ihnen nicht sagen. Ich habe nur mit den Rechtsanwälten zu tun gehabt. Die Kanzlei Dörrweiler & Kreuzner ist in Düsseldorf etabliert und Doktor Dörrweiler war zum ersten Lokaltermin hier«, erklärte Ekhoff und wühlte dann in seiner Schreibtischschublade. Er reichte Faber eine Visitenkarte. »Rufen Sie Doktor Dörrweiler an, er kann Ihnen mehr berichten.«

»Dann wissen Sie nicht, wer die Investoren eigentlich sind?«, vergewisserte sich Rike doch etwas erstaunt.

»Nein, mein Vertrag wurde mit der Kanzlei gemacht.«

***

Rike und Faber liefen nach dem Gespräch zum Revier. Als sie rechts in die Ringstraße einbogen, meinte Rike: »Wir haben Niclas Beimes, der sich durch den Verkauf des Campingplatzes ein neues Leben in Hamburg erhofft. Von Ava Beimes wissen wir nur, dass sie eingeschüchtert ist, was eventuell damit zu tun hat, dass ihr Ehemann gewalttätig war.«

»Dafür brauchen wir noch Zeugen, momentan ist das nur eine Vermutung«, gab Faber zu bedenken.

»Ja, aber nehmen wir es mal an. Zusätzlich haben wir Ekhoff, der den Auftrag anscheinend braucht, um sein Geschäft halten zu können«, fuhr sie fort.

»Dazu kommen noch die Politiker, die sehr an der durch das Hotel zu erwartenden Verbesserung der Einnahmen und Infrastruktur in der Krummhörn interessiert sind. Als da wären: Als Erster der Bürgermeister der Krummhörn, Gerhard Hoffmann. Auch wenn er ein netter Kerl ist, er will irgendwann einen Posten im Ministerium in Hannover. Vielleicht wird dann unser Freund, der Ortsvorsteher Meeser aus Pewsum, sein Nachfolger in der Krummhörn. Nur Enrik Joken scheint das Wattenmeer wichtiger zu sein als das Hotel«, zählte Faber die Männer auf.

»Genau, und dann haben wir noch die halbe Krummhörn, die Leute, die irgendwann mal Streit mit dem Schläger Timmo Beimes hatten. Wir sollten auch mit dem Bauer reden, immerhin war der wegen unseres Opfers im Krankenhaus«, fügte Rike an.

»Also gut, du kümmerst dich um die Finanzen des Bauunternehmers und rufst den Rechtsanwalt an«, sagte Faber. »Ich bitte unsere beiden neuen Kommissarinnen, ganz nebenbei mit den Politikern auch über das Projekt zu sprechen. Sie sind ja eh an der versuchten Erpressung von Meeser dran. In der Zeit fahre ich dann mit Tamme noch einmal raus nach Campen und spreche mit diesem Bauer – wie hieß der noch?«

Rike zückte ihr iPad und wischte ein paar Mal darauf herum. »Eibo Mattes. Siedlerweg Nummer 6, das dritte Haus«, meinte sie, als sie auf den Bahnhofsplatz kamen. »Rede vielleicht auch mit einigen der Dauergäste vom Campingplatz. Wenn Timmo gegenüber seiner Frau gewalttätig war, dann kriegen solche Leute das mit. Oder fahr in die Kneipe in Rysum, wo sie Kellnerin ist.«

»Mach ich, wenn ich die Zeit finde«, sagte Faber und zog die Tür zum Revier auf. Der Wachhabende hatte beide schon gesehen und den Summer gedrückt, bevor Faber die Chipkarte hervorkramen konnte. Tamme war allein oben im Großraumbüro. Er saß an seinem Schreibtisch und telefonierte, beendete das Gespräch jedoch recht schnell. »Tamme, hast du Zeit? Ich würde gerne mit dir nach Campen, um im Mordfall Beimes noch weitere Befragungen vorzunehmen. Rike recherchiert vom Revier aus und wartet hier auch auf Schorlau«, meinte er an den Wikinger gewandt. »Rike, rufst du auch KK Withuus und Heiligenstadt an, damit sie mit den Politikern über das Projekt sprechen?«

»Alles klar! Ich nehme dann dein Büro, da habe ich mehr Ruhe, falls Friedhelm und Torben zurückkommen.«

»Mach nur«, erwiderte Faber und sofort verschwand Rike mit ihrem Laptop in dem Einzelbüro. »Wo sind Friedhelm und Torben eigentlich?«

»Wir haben eine Schlägerei mit schwerer Körperverletzung reinbekommen. Die Streife hat Unterstützung vom KED angefordert. Brauchst du die beiden?«, fragte Tamme.

»Nein, ist schon okay. Wir zwei legen erst einmal los und Rike arbeitet vom Revier aus. Ich hätte nur gerne alle gegen fünf Uhr hier versammelt, um eine Besprechung abzuhalten. Schorlau steht uns heute auch zur Verfügung. Das sollten wir ausnutzen.«

»Geht klar, ich sage allen per Handy Bescheid. Lass mich nur noch einmal nach achtern verschwinden, dann können wir beiden Hübschen los!« Mit den Worten ging der Wikinger Richtung Waschräume. Faber trottete in die Kaffee-Ecke und schüttete zwei Tassen Kaffee mit Milch ein. Dann ging er in sein Büro. Rike war bereits in einer Datenbank vertieft.

Er stellte ihr die Tasse auf den Schreibtisch und sie sah kurz auf. »Danke!«, meinte sie und lächelte.

»Es ist doch für dich in Ordnung, dass ich mit Tamme losziehe? Mir ist es einfach nur lieber, wenn du das mit der Rechtsanwalts-kanzlei übernimmst. Du kannst mit solchen Leuten etwas besser umgehen und haust auch mal auf den Putz, wenn es sein muss«, erklärte er.

»Richard, das ist gar kein Problem, natürlich mache ich das. Du bist der Chef!«, meinte sie. »Aber falls du noch einmal mit Ava Beimes reden solltest, dann nimm sie bitte nicht so hart ran. Mir kommt sie vor wie ein Gewaltopfer.«

»Okay, ich werde vorsichtiger sein als gestern«, erwiderte er, trank seinen lauwarmen Kaffee aus und ging in den Flur, wo Tamme bereits wartete.

Die meiste Zeit der Fahrt hing Tamme an seinem Handy, um Friedhelm und Torben über die geplante Besprechung am heutigen späten Nachmittag zu informieren. Faber versuchte währenddessen, Schorlau per Freisprechanlage zu kriegen.

Nach etlichen Freizeichen hörte er dann nur Schorlaus genervtes Schnauben, bevor der schimpfte: »Was, verflucht noch mal?«

»Sorry, immer noch sauer wegen des Frühstückseies?«, konnte Faber sich nicht verkneifen, ihn zu provozieren. »Und, hast du was gefunden auf dem Dach?«

»Hör auf mir auf die Nerven zu gehen, ich führe hier gerade einen Trapezakt in lebensgefährlicher Höhe auf«, meinte Schorlau schroff.

Bevor Philipp auflegen konnte, berichtete Faber ihm noch von der Besprechung und dass Rike im Büro auf ihn warten würde. Kaum hatte er das letzte Wort ausgesprochen, war die Leitung bereits tot, Schorlau hatte ihn weggedrückt.

Zwanzig Minuten später parkte Faber den Audi auf dem Seitenstreifen der kleinen Siedlung etwas außerhalb von Campen. Der Siedlerweg bestand nur aus fünf Häusern mit großen Grundstücken und lag zwischen dem Warfendorf und dem Campingplatz. Ein etwa Drei- oder Vierjähriger flitzte mit einem Laufrad die kleine Straße entlang und schien sich alleine königlich zu amüsieren. Als Faber und Tamme ausstiegen, war er jedoch ruckzuck bei ihnen und blieb mit seinem Rädchen vor Tamme stehen und sah hoch.

»Du büst aver groot«, meinte der süße Zwerg im tiefsten Platt und sah Tamme mit Kulleraugen an.

»Nich blot groot, ok grootartig!«, erwiderte Tamme, griff in sein Jackett und hielt dem Jungen ein Karamellbonbon hin. »Magst en Bontje? Kannst nehmen, wi sünd bi'd Polizei« Sofort erschien ein riesiges, an manchen Stellen zahnloses Lachen und der Kleine griff zu. Geschickt wickelte er das Bonbon aus, steckte es in den Mund und drückte Tamme das Papier wieder in die Hand.

»Weest bedankt«, nuschelte der Junge, drehte sich um und raste auf seine Mutter zu, die ihn von der Haustür aus gerufen hatte.

»Das ist Haus Nummer sechs, wahrscheinlich der Sohn von Eibo Mattes«, sagte Faber und sie gingen auf die beiden zu. Er machte sich nicht die Mühe zu fragen, was Tamme und der Zwerg miteinander besprochen hatten, die Situation war auch so verständlich gewesen.

»Was kann ich für Sie tun?«, fragte die Bauersfrau sofort. Sie hatte Gummistiefel an, eine Kittelschürze und auch ein Tuch in den Haaren. So sah sie aus, als wäre sie gerade erst aus dem Gemüsebeet gekommen.

Faber hielt ihr seinen Dienstausweis hin. »Es geht um Timmo Beimes, wir müssten mit Ihrem Mann sprechen«, meinte er freundlich.

»Kommen Sie rein, mein Mann muss jeden Moment zum Essen hier sein. Als wir gestern hörten, dass man Timmo ermordet hat, sagte mein Mann schon, dass bestimmt die Polizei kommt.« Sie öffnete die Haustür, um die beiden einzulassen, und drehte sich dann noch einmal zu ihrem kleinen Sohn. »Enno, spöölst noch en bietje, denn gifft dat Eten!« Das ließ sich der kleine Abenteurer nicht zweimal sagen und raste bereits davon. Frau Mattes führte die beiden in die gute Stube, die makellos sauber war und glänzte. »Kann ich Ihnen etwas anbieten?«, fragte sie mittlerweile auf Strümpfen und lud sie ein, Platz zu nehmen.

»Nein, danke! Machen Sie sich keine Mühe. Aber wenn Sie einen Moment Zeit hätten?«

»Ich schalte nur die Arvtensopp runter«, erwiderte sie und verschwand kurz in die Küche.

»Erbsensuppe, bevor du fragst«, meinte der Wikinger zu Faber und der reagierte ganz automatisch mit einem Nicken. Es ist ja nett, dass Rike und Tamme immer für mich übersetzen, dachte Richard. Es wäre aber schön, wenn sich beide nur auf das Wesentliche konzentrierten würden bei ihren Erklärungen. Wen interessiert schon Erbsensuppe?, fragte er sich ernsthaft. Dann jedoch sah er den gebürtigen Ostfriesen an und verstand, dass Erbsensuppe im Leben des Wikingers wahrscheinlich eine sehr wesentliche Rolle spielte.

»So, was kann ich für Sie tun?«, fragte Frau Mattes, die jetzt bei ihnen saß und sich ihre Hände an einem Trockentuch abwischte. Mittlerweile zog der köstliche Essenduft auch in die gute Stube und Faber revidierte seine Ansicht über die Wichtigkeit von Erbsensuppe.

»Wie gut kennen Sie eigentlich Ava Beimes?«

Frau Mattes stöhnte auf. »Ava und ich waren einmal gute Freundinnen, gerade in den ersten Jahren, als sie noch nicht besonders gut Deutsch sprach.«

»So?«, fragte Faber. »Sie ist nicht von hier. Das hätte ich nicht gedacht. Als ich gestern mit ihr redete, war ihre Aussprache perfekt, sogar mit einem kleinen Einschlag von Platt.«

»Ja, sie hat sich sehr viel Mühe gegeben, es Timmo recht zu machen. Dennoch hat sie das nie geschafft, weil er gar kein Interesse an ihrer Perfektion hatte. De Swienhund hat nur darauf gewartet, dass sie etwas falsch machte, damit er sie bestrafen konnte«, erwiderte die Frau traurig. »Seien Sie mir nicht böse, allerdings hat Timmo verdient, was er bekommen hat.«

»Sie sagen also, dass er Ava geschlagen hat?«

»Nicht am Anfang. Ava und ich sind gleichalt, und ich heiratete meinen Eibo im gleichen Jahr wie Ava Timmo. Sie wurde sofort schwanger mit Klaas, aber unsere Kleine kam erst viel später, als wir schon gar nicht mehr darauf hofften. Sonst hätte ich auch so einen großen Sohn«, schweifte sie ein bisschen ab, besann sich dann aber wieder der Frage des Polizisten. »Als Klaas so drei, vier Jahre alt war wie jetzt unser Enno, da fing Timmo an, sie zu verprügeln.«

»Das haben Sie gesehen?«, überzeugte sich Tamme.

»Nein, aber ich habe Ava mehr als einmal verarztet, einmal sogar ins Krankenhaus gefahren, weil ihre Schulter ausgekugelt war. Ein paar Monate danach hatte Ava einen Milzriss und musste ein paar Wochen in der Klinik bleiben«, flossen jetzt ihre Worte und sie klang aufgebracht und gleichzeitig betrübt. »Trotzdem konnten wir Ava nie davon überzeugen, zur Polizei zu gehen oder ihn anzuzeigen. Sie war zu ängstlich und hatte immer noch Sorgen, dass sie bei einer Scheidung wieder nach Polen zurückmuss. Wissen Sie, Ava ist Schlesiendeutsche, wie man das so schön nennt, aber eigentlich aus Polen. Timmo hatte ihr immer damit gedroht, sie nach Polen in ihr Dorf zurückzuschicken. Völlig aus der Luft gegriffen, doch so, wie Ava im Osten aufgewachsen ist, bleibt die Angst wohl für immer ein Begleiter.«

»Und dann hat es auch zwischen Timmo Beimes und Ihrem Mann eine ordentliche Handgreiflichkeit gegeben, nicht wahr?«, fragte Faber weiter.

»Ja, aber das kann er Ihnen selber erzählen. Er kommt gerade«, meinte die nette Bauersfrau und im Flur hörte man den kleinen Enno mit seinem Vater lachen. Dann trat Eibo Mattes mit seinem Sohn auf dem Arm in die gute Stube.

»Enno sagt, wir haben einen Riesen und einen normalen Polizisten zu Besuch«, meinte er an die beiden Beamten gewandt. Faber und Tamme lachten, standen auf und reichten dem Mann die Hand. »Na, mien Jung, dat sünd nu beid Kavantsmannen!« Eibo Mattes sah mit seinen ein Meter fünfundsiebzig zu den beiden großen Kripobeamten hoch. Das brauchte Tamme für Faber nicht zu übersetzen, denn den Ausdruck Kaventsmann kannte man auch in Hessen. Wobei das in Mitteldeutschland anders als in Ostfriesland nicht nur auf die Größe, sondern oft auch auf die Breite einer Person angewendet wurde.

»Na komm, Enno, wir beide gehen schon mal Suppe essen«, meinte seine Frau und nahm ihm das Kind ab. »Sie wollen über Timmo mit dir sprechen.«

Er drückte seinem Kleinen einen Kuss auf die Wange und meinte: »Haust rin, mien Jung, umdat du ok groot un manns worst!«

»Herr Mattes, warum haben Sie sich mit Timmo Beimes geschlagen?«, fragte Faber, nachdem die Frau mit dem Kind gegangen war und sich alle wieder gesetzt hatten.

»Der Swienhund hatte mal wieder seine Familie am Kanthaaken. Ava war an mir vorbeigeradelt, als sie am Morgen Brötchen bei Joken holte. Das machen die für die Gäste in den Ferienwohnungen, Brötchenservice, verstehen Sie. Da sah ich ihr blaues Auge und wurde stinksauer. Als dann der werte Herr Beimes eine Stunde später bei mir am Feld vorbeikam, da hielt ich ihn an. Ein Wort gab das andere und ich schwöre, er langte zuerst zu. Bevor ich mich versah, war das eine richtige Klopperee. Wir trugen beide unsere Blessuren davon. Ich zeigte ihn an, weil meine Augenbraue im Krankenhaus genäht werden musste. Doch es stand Wort gegen Wort und er machte ebenfalls eine Anzeige. So ließ man die Sache fallen.«

»Sagen Sie mal, gab es überhaupt jemanden, der Timmo Beimes irgendwie mochte?«, fragte Faber frustriert. Eigentlich war es ethisch nicht korrekt, aber der Kriminalhauptkommissar zweifelte langsam daran, ob es wirklich so wichtig war, Beimes' Mörder zu finden. Hier war ein echter Widerling erschossen worden.

»Trotz allem Ärger, den Timmo auch seinem Bruder machte, hielt Niclas, wenn es hart auf hart kam, immer zu ihm«, erzählte der Bauer bereitwillig.

»Kann es sein, dass Niclas seiner Schwägerin etwas näher steht, als er das vielleicht sollte?«, fragte Tamme und griff damit Fabers Beobachtungen auf.

Eibo Mattes lachte auf. »Nee«, sagte er und schüttelte den Kopf. »Ik glööv, der Niclas is annersum!«

»Wie bitte?« Faber runzelte die Stirn.

»Na ja, ich könnte es nicht beschwören, doch wenn Sie mich fragen, ist der Niclas schwul!«

***

»Herr Doktor Dörrweiler, ich verstehe Ihre Position, aber es handelt sich um einen Mord. Wollen Sie wirklich darauf bestehen, dass wir eine richterliche Verfügung beantragen, damit Sie die Namen Ihrer Mandanten, dieser Investoren, nennen?«, fragte Rike ruhig. Sie nahm sich sehr zusammen, denn dieser Anwalt war alles andere als entgegenkommend.

»Frau Kommissarin, wenn Sie wollen, dass ich Ihnen die Namen meiner Mandanten nenne, dann brauchen Sie wahrhaftig eine richterliche Verfügung«, erwiderte der aalglatte Kerl am Telefon. »Sehen Sie, meine Mandanten haben sich ausdrücklich Anonymität bei der Investition vorbehalten, aber nicht, weil sie etwas zu verbergen haben. Meine Mandanten sind Ausländer und stehen in ihrem Land im Rampenlicht. Sie möchten einfach nicht, dass die Presse von ihrem Vorhaben weiß und das an die große Glocke hängt.«

»Herr Anwalt, ich bin von der Kriminalpolizei und behandle solche Angaben vertraulich. Es wäre für unsere Ermittlung nur wichtig, dass wir die Namen kennen!«, erwiderte sie und dachte daran, dass besonders sehr reiche Araber, meistens Ölscheichs, momentan in Europa Grund und Boden kauften. Sie wunderte sich, ob so jemand hinter den mysteriösen Investoren steckte.

»Ach ja! Und warum? Hilft es Ihnen, den Mörder zu finden? Sie haben mir erklärt, dass Herr Beimes erschossen wurde. Nur in dem Fall, dass meine Mandanten irgendwie verdächtig wären, würde es Sinn machen, die Herausgabe der Namen zu verlangen. Und das ist ja wohl lächerlich!«

»Ihre Mandanten haben ein großes Interesse an dem Verkauf des Campingplatzes und wir wissen mittlerweile, dass Timmo Beimes nicht verkaufen wollte«, versuchte Rike wieder Druck zu machen, obwohl sie genau wusste, dass sie nicht wirklich eine Handhabe hatte.

Jetzt lachte Doktor Dörrweiler laut auf. »Kommissarin Waatstedt, ich bitte Sie, jetzt machen Sie sich wirklich lächerlich. Meine Mandanten wollen mit einer hohen Summe in ein Hotel an der Nordsee investieren. Glauben Sie mir, wenn Herr Beimes nicht verkaufen wollte, dann wäre das auch kein Beinbruch gewesen. Wir hätten ein anderes Objekt gefunden. Die Summe, die meine Mandanten Herrn Beimes angeboten haben, war meiner Meinung nach sowieso viel zu hoch. Für das Geld hätte man ein wesentlich größeres Baugrundstück an der Ostsee erwerben können.«

»Aha, und warum haben Sie dann weiter mit Timmo Beimes verhandelt?«

»Glauben Sie mir, ich hatte dem Bauunternehmer, der in unserem Namen die Gespräche führte, bereits angedroht, dass meine Mandanten das Interesse verlieren. Ich kann Ihnen sogar ein paar Namen schicken von potenziellen Verkäufern an der Ostsee, die ich bereits kontaktiert habe«, erwiderte der Anwalt. »Herr Ekhoff hatte noch zwei Wochen, um das Geschäft unter Dach und Fach zu bringen, sonst hätten wir uns zurückgezogen.« Er schnaufte etwas verächtlich. »So, das wäre es von meiner Seite, ich schicke Ihnen eine Mail mit den Namen der Verkäufer an der Ostsee, damit Sie sich überzeugen können. Sprechen Sie mit denen und man wird Ihnen bestätigen, dass wir uns bereits umgesehen haben.«

»Und wenn ich mir doch eine Verfügung besorge, damit Sie die Namen Ihrer Mandanten offenlegen?«, provozierte Rike weiter. Sie wusste genau, dass sie keine Chance hätte, so eine Verfügung zu bekommen. Das wäre nur möglich, wenn ein handfester Verdacht gegen diese Mandanten vorläge.

Leider wusste der Rechtsanwalt das ganz genau, denn er meinte: »Na dann, viel Glück damit! Und einen schönen Tag.« Das Nächste, was Rike danach hörte, war ein Klicken, denn Dörrweiler hatte aufgelegt.

»Lick mi in de Moors!«, fluchte Rike und haute den Hörer heftiger als notwendig in die Station.

»Nicht ich, oder?«, fragte in dem Moment Philipp. Rike hatte nicht gemerkt, wie er in das Großraumbüro gekommen war. Sie sah auf die Uhr, es war bereits halb zwei. Rike hatte sich gleich früh am

Morgen um die Finanzen von Guido Ekhoff gekümmert, bis sie dann endlich diesen Rechtsanwalt erreicht hatte. Jetzt sah Rike Schorlau an, seufzte und schüttelte den Kopf.

»Natürlich nicht. Du siehst auch nicht happy aus, was ist los?«, fragte die Kommissarin, als sie seinen Flunsch sah.

»Nix ist los, ich bin jetzt mithilfe der Feuerwehr vier Stunden auf diesem Dach rumgerutscht. Sogar zwei der jüngeren Feuerwehrmänner haben mir geholfen. Trotz allem war das Ergebnis immer das gleiche«, meinte er völlig deprimiert und ließ sich auf den Stuhl am Schreibtisch gegenüber nieder. »Rike, auf dem Dach war kein Mensch! Das ist eine unumstößliche Tatsache.«

»Aber jemand hat durch das geöffnete Oberlicht Timmo Beimes erschossen!«, erwiderte sie sehr ernst. »Das hast du auch als zweifelsfreie Tatsache festgestellt. Der Kopfschuss kam genau aus diesem Winkel, von oben!«

»Ja, und damit habe ich ein Paradoxon, für das ich keine Lösung habe!«, murmelte er kleinlaut.

»Philipp, an solchen Punkten waren wir doch schon öfter. Es ergibt sich immer eine Erklärung. Komm, auch wenn du die ganze Zeit an der frischen Luft warst, lass uns eine Kleinigkeit essen gehen. Richard kocht zwar heute Abend, ein belegtes Brötchen könnte ich allerdings jetzt vertragen«, versuchte sie ihn aufzumuntern und griff nach ihrer Wildlederjacke am Stuhl.

»Kaufst du mir eine Currywurst mit Pommes und einer Riesenportion Mayonnaise?«, meinte er plötzlich. »So wie du das für deinen Richard machst, um ihn aufzumuntern.« Jetzt sah Schorlau schon viel fröhlicher aus und irgendwie wirkte seine Vorfreude wie die eines kleinen Jungen.

»Klar, ich gebe sie dir sogar aus!«

Sie ließen das verwaiste Großraumbüro hinter sich und schlenderten vom Bahnhofsplatz in Richtung Ringstraße. Der fünfzehnminütige Spaziergang durch die Fußgängerzone von Emden war ein Genuss und heiterte Philipp sichtlich auf. Vor allem, weil heute wieder ein schöner, sonniger Tag war. Als sie sich dann mit ihren Currywürsten auf eine Bank vor dem Martin-Luther-Gemeindehaus setzten und sich die Portion Pommes teilten, war Schorlaus Welt wieder in Ordnung. »Sag Richard nichts davon, er würde es als Affront ansehen, wenn wir uns am Mittag mit Fastfood vollstopfen und am Abend bei ihm zulangen!«, warnte Rike ihn.

»Das bleibt unser Geheimnis«, meinte Philipp und zwinkerte ihr zu. »Und ihr beide? Alles im grünen Bereich? Bist du glücklich?«, fragte Philipp plötzlich. Auch Doktor Schorlau hatte einmal ernsthaft um Rike geworben, war jedoch nie nachtragend gewesen, als sie sich für Faber entschieden hatte.

»Ja, schon. Du weißt wahrscheinlich selber, dass man sich aneinander gewöhnen muss, vor allem, da ich noch nie mit einem Partner zusammengelebt habe«, gab Rike zu. »Es ist auch nicht immer hilfreich, dass Knut mich verwöhnt hat, was den Haushalt angeht. Faber macht mir manchmal ganz schön Dampf, wenn ich alles rumliegen lasse!«

»Ach was, der soll nicht so knickerig sein und eine Putzfrau kommen lassen. Immerhin arbeitest du auch Vollzeit!«

»Stimmt! Aber das tut Richard auch, und da ich nicht kochen kann, übernimmt er das zusätzlich. Da kann er schon verlangen, dass ich auch mal eine Waschmaschine anstelle, ohne seine Oberhemden mit einer roten Socke rosa zu färben«, verteidigte Rike ihren Liebsten. »Außerdem wollte er schon eine Putzhilfe besorgen, doch ich kann mich nicht an das Konzept gewöhnen, dass ein anderer Mensch meinen Dreck wegmacht.« Rike sah ihn eindringlich an und wechselte dann das Thema: »Du, Philipp, ich will dir nicht schon wieder die Laune verderben, aber können wir noch einmal über unseren mysteriösen Fall sprechen? Den Schuss vom Dach.«

»Der ja anscheinend nicht vom Dach kam«, meinte Schorlau schon nicht mehr so mürrisch. Er tunkte eine Pommes bis zum Anschlag in die Mayonnaise, um sie dann voller Genuss in den Mund zu stecken.

»Weißt du, es ist ja nicht nur eigenartig, was den Schuss auf Timmo Beimes angeht. Wir rätseln genauso in dem Fall mit den Erpressungen, die jetzt unsere beiden Kommissarinnen bearbeiten«, grübelte sie. »Da haben wir auch keine Ahnung, wie man die Fotos gemacht hat.«

»Stimmt, wobei ich bei den Fotos noch an Teleobjektive dachte. Mit den richtigen Objektiven kannst du Fotos aus einer unglaublichen Entfernung machen. Wenn man da lange genug sucht, dann findet man schon eine Stelle, von der aus in das Hotelfenster und bei dem Landhaus fotografiert wurde«, meinte Schorlau.

»Okay, aber dann gilt das doch auch für den Schuss«, meinte Rike und schob sich ihr letztes Stück Wurst in den Mund. »Letztes Jahr hat ein kanadischer Sniper einen IS-Kämpfer über eine Distanz von dreieinhalb Kilometern erschossen«, nuschelte sie. Auf Fabers Initiative hin ging sie mittlerweile regelmäßig auf den Schießstand und wurde immer besser mit ihrer Pistole. Da es anfing, ihr Spaß zu machen, interessierten sie neuerdings auch solche Meldungen im Internet.

Schorlau schüttelte den Kopf und wischte sich einen Ketchupfleck von seiner Jacke. Dieses Mal war es nicht Rikes Schuld, weil sie mit vollem Mund geredet hatte. Philipp hatte sich selbst bekleckert. »Nein, der Winkel stimmt nicht, Rike. Der Sniper hätte dann schon auf einem sehr hohen Kran sitzen müssen oder einem Windrad, um das Opfer so zu erwischen. Doch es gibt weder einen Kran noch ein Windrad so nahe bei dem Hotel. Glaub mir, das habe ich geprüft.«

Rike brummte ratlos vor sich hin und meinte dann: »Lass uns gehen, Richard wird auch bald wieder ins Büro kommen, immerhin will er um fünf Uhr mit der Besprechung anfangen. Dann lernst du auch unsere beiden neuen Kommissarinnen kennen.«

Schorlau stand auf und schmiss die leeren Papierschalen in den nächsten Mülleimer. »Wenn Richard heute eh für uns kocht, dann lade die beiden Mädels doch auch ein. Die sind bestimmt froh, eine anständige Mahlzeit zu bekommen, wenn die in dem Service-Apartment leben.« Richard hatte Schorlau einmal dort untergebracht, was Philipp ihm lange übel genommen hatte. Es war am Anfang von Rikes und Fabers Beziehung gewesen. Damals hatten sie die Finger nicht voneinander lassen können und ihre Privatsphäre gebraucht. Mittlerweile gebührte Schorlau die Ehre des Gästezimmers in der Alten Schule. »Dieses Apartment ist wirklich etwas steril und von Luxus keine Spur«, merkte er noch an.

»Keine schlechte Idee, ich rufe Richard an und frage, was er davon hält«, erwiderte sie, und während beide zum Revier zurückliefen, sprach sie mit Faber. Kurz vor dem Bahnhofsplatz klingelte dann auch Philipps Handy, es war das Labor in Oldenburg.

***

Tamme und Faber hatten die Nähe genutzt und waren wegen Eibo Mattes' Vermutungen noch einmal zu dem Campingplatz gefahren. Sie wollten Niclas Beimes direkt auf die eventuelle Homosexualität ansprechen. Dort empfing der Sohn von Timmo Beimes sie und meinte, dass Ava und Niclas zu dem Beerdigungsunternehmer in

Pewsum gefahren wären. Auch wenn die Kriminalpathologie den Leichnam noch nicht freigegeben hatte, wollten die Angehörigen anscheinend schon alles für die Trauerfeier vorbereiten. Klaas meinte jedoch, dass seine Mutter und der Onkel schon ziemlich lange fort wären und jeden Moment zurückkommen würden, darum bat er die Polizisten herein.

»Könnten wir so lange mit dir sprechen?«, fragte Faber den Jungen, der sie in die Küche gebracht hatte.

»Was wollen Sie denn von mir, ich weiß doch nichts«, sagte der Junge sofort. Klaas hatte nicht das grobschlächtige Aussehen seines Vaters geerbt. Er sah eher aus wie seine Mutter. Mit seinen hohen Wangenknochen und den dunkelbraunen sanften Augen war er für einen pubertierenden Teenager richtig attraktiv.

»Komm, setz dich einfach mal zu uns, mien Jung«, meinte Tamme auffordernd. »Wie war denn das Verhältnis zu deinem Vater?«

Klaas atmete laut aus und setzte sich nur ungern zu den beiden Kriminalbeamten an den Küchentisch. »Wie soll es schon gewesen sein? Er war mein Vater«, erwiderte der Junge kurz und knapp. Typisch für die heutigen Jugendlichen, dachte Faber. Nur kein Wort zu viel, war deren Maxime, wenn sie mit Erwachsenen sprachen.

»Geht das auch ein bisschen genauer?«, fragte Faber unter dem Eindruck seiner Gedanken daher etwas zu hart.

»Ich hatte nicht so viel mit ihm zu tun. Musste auf dem Campingplatz helfen, dafür bekam ich Taschengeld«, machte Klaas den nächsten Ansatz und versuchte cool zu bleiben. Jedoch wurden seine Augen wässrig.

»Ist dein Vater deiner Mutter gegenüber einmal gewalttätig geworden?«, bohrte Faber trotzdem weiter.

»Du kannst es uns ruhig sagen«, griff Tamme wesentlich sensibler ein. Allerdings war bei Klaas bereits eine Schwelle überschritten und Tränen schossen in seine Augen. Er sprang auf und rannte aus der Küche in sein Zimmer. »Mann, Faber, manchmal bist du wie ein Elefant im Porzellanladen«, kritisierte Tamme seinen Chef.

»Du glaubst doch auch, dass dieser Timmo Beimes ein schlechter Vater war«, verteidigte sich Faber leise. »Was war denn so falsch daran nachzuhaken? Wenn der Mann sich an seiner Ehefrau vergriffen hat, dann bestimmt auch an seinem Sohn.«

»Ach so«, sagte Tamme zynisch. »Deshalb hast du ihn so einfühlsam befragt, weil er von seinem Vater geschlagen wurde. Na, herzlichen Glückwunsch, das war ja ein traumhafter Ansatz! Man merkt gleich, dass du psychologische Erfahrung hast mit Gewaltopfern!«

»Hör schon auf«, erwiderte Faber mit schlechtem Gewissen.

»Weißt du, mir geht die Wortkargheit der Teenager von heute auch auf den Senkel, aber fang du jetzt nicht auch noch an, ihre üblen Marotten zu übernehmen!«

»Wie meinst du denn das jetzt?«

»Wenn man Scheiße baut, dann entschuldigt man sich wenigstens. Sich entschuldigen können heutzutage die wenigsten, vor allem die Teenager! Aber bei dir würde ich es erwarten«, setzte ihm der Wikinger zu, sodass Faber fast so etwas wie Scham fühlte.

»Tut mir leid«, rang er sich ab. »Entschuldigung«, fügte er noch an. In dem Moment klingelte sein Handy. Rike hatte ihn gerettet und Faber war froh, die Sache nicht noch weiter mit Tamme auseinanderpflücken zu müssen. Während er mit ihr sprach, ging die Haustür auf und Ava und Niclas Beimes kamen ganz in Schwarz gekleidet herein. Sie waren sehr erstaunt, die beiden Kripobeamten schon wieder zu sehen.

»Ihr Sohn hat uns hereingelassen und meinte, wir könnten hier auf Sie warten«, erklärte Tamme. Faber begrüßte Rikes Idee, die beiden neuen Kommissarinnen heute Abend einzuladen, hielt das Telefongespräch mit ihr aber so kurz wie möglich.

»Möchten Sie Kaffee?«, fragte Ava höflich und machte sich an der Maschine zu schaffen, während Niclas sich schwerfällig am Tisch niederließ.

»Gerne«, bestätigte Tamme.

»Muss das denn schon wieder sein?«, fragte Niclas sichtlich erschöpft. »Wir kommen gerade vom Beerdigungsunternehmen. »Das hat Ava und auch mir ziemlich zugesetzt!«

»Tut uns sehr leid, doch die ersten achtundvierzig Stunden einer Mordermittlung sind sehr wichtig. Wir dürfen leider nicht zu viel Rücksicht auf Ihre Gefühle nehmen«, erklärte Faber jetzt in sehr freundlichem Ton. Ava stellte den drei Männern eine Tasse Kaffee hin und holte Sahne aus dem Kühlschrank. Dann nahm auch sie Platz.

»Dann fragen Sie jetzt schnell, danach muss sich meine Schwägerin hinlegen«, meinte Niclas Beimes und rührte Zucker in seine Tasse. Faber nahm von der Sahne und überließ Tamme das Wort.

»Wir haben vorhin mit Eibo Mattes gesprochen und auch mit seiner Frau«, fing er an. Kaum hatte er das letzte Wort ausgesprochen, hielt Ava sich ihre Hände vor das Gesicht.

»Dann hat Gesa Mattes Ihnen alles erzählt, nicht wahr?«, fragte sie leise durch ihre Hände, als würde sie sich schämen. Sofort stand Niclas bei ihr und drückte sie an sich.

»Ja, Frau Mattes erzählte uns, dass Ihr Ehemann Ihnen gegenüber regelmäßig gewalttätig war. Warum haben Sie uns das nicht gesagt?«, erkundigte sich der Wikinger so sanft wie möglich.

»Weil es Sie nichts angeht«, sprach Niclas für Ava. »Ava kommt aus einem Land, in dem so etwas Privatsache ist und man die Polizei nicht einschaltet.«

»Sie sind aus Polen?«, vergewisserte sich Faber sicherheitshalber.

Ava nickte nur, wieder war es Niclas, der antwortete. »Schlesiendeutsche, in Polen geboren, doch mittlerweile ist sie eine richtige Deutsche. Timmo hat ihr trotzdem immer gedroht, sie wieder abschieben zu lassen, falls sie sich scheiden lässt. Das war natürlich totaler Unsinn, doch Ava ist eine sehr zerbrechliche Frau, sie konnte sich nicht mit Timmo anlegen«, erklärte er und strich seiner Schwägerin liebevoll über ihr Haar. »Das konnte noch nicht einmal ich!«, gab er zu.

»Herr Beimes, ich würde Sie gerne etwas fragen, das Sie nicht beantworten müssen«, übernahm Faber den unangenehmen Teil der Befragung. »Sind Sie homosexuell?«

Jetzt ging Niclas wieder zu seinem Stuhl und setzte sich. Er schnaufte, dann meinte er: »Homosexuell hört sich wie eine Krankheit an. Ich bin schwul, ja, das stimmt, und wahrscheinlich hat Eibo Ihnen das gesagt. Der junge Bauer ist ein kluger Kopf und hat nicht nur für seine Viecher ein gutes Gefühl, auch für Menschen.«

Faber nickte sofort. Mittlerweile hatte Ava sich wieder aufgerichtet und wischte sich die Augen. »Wusste Ihr Bruder, dass Sie schwul sind?«

Niclas lachte höhnisch auf und meinte: »Hätte er es gewusst, dann wäre ich schon lange in Pewsum auf dem Friedhof. Timmo hätte mich totgeschlagen. Für ihn waren Homosexuelle, Ausländer und Kommunisten Dreck und keine Menschen, die es wert gewesen wären zu existieren.«

»Das hört sich an, als hätte Ihr Bruder eine extrem radikale Gesinnung gehabt«, deutete Tamme vorsichtig an.

Wieder lachte Niclas. »Er hatte nicht nur eine extrem radikale Gesinnung, er lebte sie. Was glauben Sie denn, was der Heimatschutzverein ist? Das sind alles Neonazis bei dem Verein. Von wegen historischer Verein. Die sitzen in der Kneipe und träumen von einem neuen Führer für ihre geliebte Heimat«, brach es jetzt aus Niclas Beimes heraus.

»Niclas, bitte. Er ist immerhin tot«, versuchte Ava ihn zu beschwichtigen.

»Was wahr ist, ist nun mal wahr. Das Arschloch hat sich mit seinen Kameraden besoffen, und wenn er dann nach Hause kam, warst du dran«, sagte er. Ava sah ihn mit großen, ängstlichen Augen an, doch er hatte sich bereits heiß geredet. »Wenn er dich nicht vergewaltigt hat, dann hat er dich verprügelt, besonders wenn ich nicht im Haus war.«

Ava wurde leichenblass, schlug ihre Hand vor den Mund und flüchtete genau wie ihr Sohn aus der Küche. »Ach verdammt, ich hätte das nicht sagen sollen«, bedauerte Niclas sogleich und stöhnte. »Kann ich zu ihr, bitte.«

»Gleich, Herr Beimes. Beantworten Sie mir nur noch eine Frage: Warum haben Sie nichts unternommen?«, bohrte Faber nach.

Niclas sah ihn verschämt an. »Mir gehört zwar die Hälfte des Campingplatzes, doch ich habe sonst nichts. Ich wohne hier mit im Haus und durch meinen Lebenswandel habe ich mich verschuldet. Wissen Sie, ich bin an den Wochenenden in Hamburg, um wenigstens zwei Tage so zu leben, wie ich es möchte. Das kostet alles Geld und Timmo hatte mich in der Hand. Das wusste er nur zu genau.«

»Der Verkauf wäre für Sie die Lösung gewesen, oder?«

»Natürlich! Nicht nur für mich wäre es die Lösung gewesen. Auch Ava hätte sich scheiden lassen können. Ich hätte sie unterstützt, ihr und Klaas geholfen, ein neues Leben anzufangen. Weg von hier«, gab er freimütig zu. »Mit einer halben Million wäre das alles möglich gewesen.«

»Herr Beimes, Ihre Aussage belastet Sie gerade sehr stark, darauf muss ich Sie hinweisen«, belehrte Faber ihn.

»Herr Hauptkommissar, ich war zu feige, meinen Bruder umzubringen, glauben Sie mir. Wenn ich ein bisschen mehr Rückgrat gehabt hätte, dann hätte ich es für mich, für Ava und meinen Neffen getan. Doch ich war es nicht«, sagte der Mann so ehrlich und aufrichtig, dass die beiden Kripobeamten ihm jedes Wort abnahmen. »Aber ich gebe zu, dass ich heute mit Ava eine Flasche Champagner trinken werde, und das nicht, weil wir zu Tode betrübt sind. Wir feiern und stoßen darauf an, dass er jetzt tot ist. Ava ist durch die Hölle gegangen, und das bin ich auch, weil ich nie so leben konnte, wie ich es wollte«, erzählte er weiter. »Damit haben Sie also recht, ich und Ava hatten allen Grund, uns seinen Tod zu wünschen. Wir waren es trotzdem nicht! Dafür sind wir beide viel zu ängstlich!«

Kapitel 6

Rike hatte im Großraumbüro die Glaswand vorbereitet und mittlerweile klebten die Fotos von dem Verstorbenen, seiner Frau, dem Bruder und auch der zwei weiteren Zeugen dort. Unter die Fotos hatte Rike in Stichpunkten einige Infos notiert, die sie zum größten Teil aus den Datenbanken oder gestern erfahren hatte. Faber und Tamme kamen fast zeitgleich mit den Kommissarinnen Heiligenstadt und Withuus auf dem Polizeikommissariat an. Erst kurz vor fünf kamen dann auch Friedhelm und Torben ins Großraumbüro.

»Chef, diese Schlägerei ist verdammt noch mal größer, als wir dachten. Wenn du uns bei dem Mordfall nicht brauchst, dann würden wir uns gerne weiter darum kümmern«, erklärte Torben.

»Um was geht es?«

»Wir befürchten, wir haben eine Gang in Emden, die denkt, sie könnte Schutzgeld erpressen. Möchtegern-Rocker, eine Motorradgang, die glaubt, ein Ableger der Bandidos oder Hells Angels zu werden. Wenn wir da nicht gleich am Anfang restriktiv einschreiten, dann terrorisieren die hier bald Restaurants, Diskotheken und Kneipen«, erläuterte Friedhelm die Angelegenheit.

»Okay, dann übernehmt ihr das! Wir anderen bleiben an dem Mordfall«, entschied Faber sofort.

»Maak wi, Chef«, bestätigte Friedhelm. »Aber für heute ist erst einmal genug. Wir machen uns auf den Heimweg, da unsere Frauen uns beide heute ins Theater schleppen.«

»Schade, ich hätte euch sonst gerne bei mir zum Abendessen eingeladen«, meinte Richard, als die beiden schon an der Tür waren.

Friedhelm zuckte die Schultern. »Ich hätte nix dagegen, doch meine bessere Hälfte würde mir das nicht verzeihen. Ein anderes Mal. Aber danke auch!« Mit den Worten und einem kurzen Abschied waren die beiden Polizeimeister bereits auf dem Weg.

»Wie sieht es denn mit dem Rest von euch aus? Wollt ihr heute bei mir essen, so gegen sieben Uhr?« Sogleich bestätigten die drei Kommissare. Dann wären sie mit Rike, Schorlau und Knut insgesamt sieben Leute, dachte Faber. Da müsste er schon einiges vorbereiten. »Okay, wenn es euch recht ist, dann lassen wir die Besprechung jetzt ausfallen und reden heute Abend beim Essen über den Fall. Ich denke, ich fahre jetzt besser los, etwas einkaufen, und mache mich ans Kochen. Gibt es irgendetwas, was Sie nicht mögen, Frau Heiligenstadt, Frau Withuus?«

»Außer für Innereien bin ich für alles zu haben«, meinte Laurien Heiligenstadt.

»Bin ein Allesfresser!«, erklärte KK Withuus ihre Essgewohnheiten.

»Na dann, bis später. Kommst du, Rike? Philipp, dich brauche ich auch als Hilfe in der Küche«, sagte Faber und zog sich die Jacke wieder über. Dann waren sie auch schon aus dem Büro verschwunden.

»Handhabt der Chef die Besprechungen immer so?«, fragte Sonja Withuus eher scherzhaft an Tamme gewandt.

Der Wikinger nickte und grinste. »Für meinen Geschmack sind diese Art Besprechungen wesentlich netter. Außerdem will Faber euch beide so willkommen heißen. Erstens kocht der Chef wie ein Weltmeister und zweitens lernt ihr Rikes Opa Knut kennen«, erklärte der Wikinger. »Knut gehört sogar irgendwie zu unserem Revier. Also wundert euch nicht, wenn wir den Fall offen vor ihm besprechen. Da gibt es keinen Grund zur Sorge, im Gegenteil. Opa Knut hat meist die besten Einfälle, wenn es um festgefahrene Ermittlungen geht!«

Sonja und Laurien sahen den Wikinger etwas erstaunt an, und Sonja Withuus konnte sich den Kommentar einfach nicht verkneifen: »Jetzt verstehe ich, was der Chef damit meinte, dass das Emder Kommissariat wie eine Familie ist. Er selbst lebt mit einer Kollegin zusammen, hier gibt es einen Wikinger und jetzt noch einen Opa Knut!«

»Hm«, stimmte Tamme nachdenklich zu. »Eigentlich finde ich, es fehlt nur noch ein Haustier hier. Was haltet ihr Hübschen von einem Hamster?« Erst in dem Moment bemerkten die beiden Kommissarinnen, dass er sie auf den Arm nahm. Daher holte Laurien aus und boxte dem Riesen auf seinen mächtigen Trizeps.

***

»Was willst du kochen?«, fragte Rike auf dem Weg nach Hause. Schorlau war mit seinem Wagen schon vorgefahren, während sie noch kurz beim Supermarkt halten wollten. »Wir sind sieben Leute, das ist fast eine kleine Party!«

»Na und, ich habe große Töpfe«, erwiderte Faber und bog rechts zum Real-Markt in Emden-Harsweg ein. Es lag auf dem Weg nach Greetsiel kurz vor Hinte. »Ich dachte an meine Curry-Ananas-Pfanne mit Reis und Salat. Die eine Hälfte mit Pute und die andere mit ein paar Tiger-Gambas. Das geht einfach und schmeckt immer gut.«

»Okay, und ich kümmere mich um Vanilleeis. Opa kann eines seiner eingelegten Cognackirschen-Gläser aufmachen, die wärmen wir ein bisschen an und reichen sie mit dem Eis«, erwiderte sie fröhlich. »Schön, dass alle zu uns kommen, das wird bestimmt ein netter Abend.«

»Ja, vor allem für unsere neuen Mädels. Dennoch müssen wir über den Fall sprechen und uns austauschen.«

»Das machen wir doch immer, ob nun geplant oder nicht«, sagte Rike. »Aber du solltest bei unseren beiden Kommissarinnen die Bezeichnung Mädels mal lieber aus deinem Wortschatz streichen«, ermahnte sie ihn, sprang aus dem Auto und holte einen Einkaufswagen.

Um Punkt sieben Uhr trafen KK Heiligenstadt, KK Withuus und Tamme ein. Die drei waren mit einem Wagen gekommen, sodass wenigstens zwei von ihnen etwas trinken konnten. Opa stand mit Schorlau in der Küche. Knut goss seine selbst eingelegten Cognackirschen in einen kleinen Topf, während Rike die letzte Serviette auf den ausgezogenen Esstisch legte.

»Hier riecht es herrlich«, begrüßte Tamme die vier und drückte Faber eine Flasche Pinot Noir in die Hand.

»Bist du verrückt?«, erwiderte der nur, als er sich das Etikett ansah. »Das ist ein Kesseler Höllenberg, der kostet ein Vermögen!«

»Hab ich in Oldenburg zum Abschied von den Kollegen bekommen und jetzt trinke ich den mit meinen lieben neuen Kollegen. Na, mach schon auf«, erwiderte der Wikinger nur. Schorlau hatte die Ohren gespitzt und kam aus der Küche, in der er sich tatsächlich bereit erklärt hatte, den Salat vorzubereiten. Natürlich gab es deshalb keinen schnöden Kopfsalat, sondern eine Kreation aus Friséesalat, Avocado und Physalis-Früchten an Vinaigrette. Er riss Faber die Flasche aus der Hand und betrachtete das Etikett.

»Tamme sei gesegnet«, meinte er und übernahm das Entkorken.

In dem Moment kräuselte Tamme die Stirn. »Wie teuer war denn das Geschenk, das ich Faber gerade gemacht habe?«, fragte er jetzt doch.

»In etwa einhundertzehn Euro«, rief Philipp fröhlich aus der Küche und dann hörten sie das typische Plopp, wenn ein Wein entkorkt wurde.

»Autsch«, erwiderte der Wikinger nur.

Faber schlug ihm kumpelhaft auf die Schulter und meinte: »Herzlichen Dank auch!«

Knut stellte sich den beiden Kommissarinnen vor, weil es sonst niemand tat. Dabei ließ er seinen ostfriesischen Charme spielen, sodass beide lächelten. Schorlau kam mit einem Tablett voller Rotweingläser. Das Wasserglas war für Frau Withuus, die heute Fahrerin war.

»Auf den edlen Spender Tamme, dieser Pinot Noir wäre auch zu schade gewesen, ihn zum Essen zu trinken. Als Aperitif ist er eine Gaumenfreude«, meinte Schorlau hochtrabend. Er hatte die Flasche auf sechs kleine Rotweingläser aufgeteilt. Als Begleitung für das Abendessen hatte er in der Küche ebenfalls einen Spätburgunder geöffnet, doch dieser kam aus Südafrika und war um einiges günstiger gewesen.

Nachdem sie angestoßen hatten, bat Faber zu Tisch und stellte einfach die beiden großen Pfannen mit dem Fisch- und dem Puten-Ananas-Curry zu dem Reis auf den Tisch. Schorlau brachte den auf kleinen Tellern angerichteten Salat und erwähnte mehrfach, dass er diese Kreation geschaffen hatte. Laurien Heiligenstadt ließ ihr helles Lachen hören, weil sie Philipps Kommentare für spaßig hielt. Sie würde Schorlau mit der Zeit noch kennenlernen. Sofort fielen Rike, Faber und Tamme mit ein, weil sie genau wussten, dass Philipp es todernst gemeint hatte und nur sein eigenes Ego gestreichelt haben wollte. So nahm er etwas irritiert Platz, doch beim ersten Happen des Currys war er wieder mit seinen Kollegen und der Welt versöhnt.

»Meine Güte, das ist lecker, Chef«, konnte sich Sonja Withuus nicht bremsen. »Tamme sagte schon, dass Sie kochen würden.«

»Das tut er immer. Ich kann das nicht, bin in der Küche nur Hilfskraft und darf Salat putzen und solche Dinge«, antwortete Rike.

»Mien Schuld, hebb de Lüttje verwennt«, meinte Opa auf Platt. »Hab Rike zu sehr verwöhnt«, übersetzte er dann, da er nicht wusste, ob die Neuen in Fabers Team ihn verstanden. »Jetzt muss mien Jung das ausbaden.«

»So schlimm ist es auch nicht«, beschwichtigte Faber und strich kurz über Rikes Arm.

Schorlau hob noch einmal sein Glas. »Auf unsere netten Gastgeber. Es schmeckt hervorragend, danke für die Einladung«, meinte er und es klirrten wieder die Gläser. »Wir sollten beim Essen allerdings jetzt kurz über den Fall reden, ich habe einige Neuigkeiten!«

»Gut, dann fang an, Philipp. Was hat deine erneute Dachbesichtigung gebracht?«, forderte ihn Faber auf und füllte jetzt die großen Weinkelche mit dem südafrikanischen Pinot.

»Wie ich Rike schon berichtete, nichts. Von dort oben kann kein Mensch geschossen haben. Alle Spuren sprechen dagegen. Wenn ich nicht durch und durch Wissenschaftler wäre, dann würde ich von einem Geisterschützen oder Außerirdischen reden, doch das ist Blödsinn«, plapperte Schorlau. »Irgendeine Lösung muss es ja geben!«, fügte er an und Kommissarin Heiligenstadt warf die Stirn in Falten. »Aber ich habe heute Nachmittag einen Anruf aus dem Labor bekommen. Wir haben bei Timmo Beimes auch die routinemäßige toxikologische Analyse machen lassen. Jetzt haltet euch fest: Der Mann wurde nicht nur erschossen, er wurde seit einiger Zeit mit geringen Mengen Quecksilber vergiftet.«

»Was?«, fragte Faber völlig überrumpelt von der Neuigkeit. »Hätte ihn das umgebracht?«

»Ja, irgendwann schon. Er wäre in ein paar Monaten wahrscheinlich an Leberversagen sowie Schäden des zentralen Nervensystems verstorben. Er war ein Gewohnheitstrinker und hatte schon vor dem Gift eine leichte Leberschädigung. In dem Fall hätte der Hausarzt wahrscheinlich einen ganz normalen Totenschein ausgestellt, ohne dass die Vergiftung je ans Tageslicht gekommen wäre«, berichtete Schorlau. »Ohne einen Kriminalpathologen ist eine Quecksilbervergiftung schwer festzustellen.« Dann nahm er, zufrieden mit sich selbst, noch eine zweite Portion Reis und griff dieses Mal zum Gambas-Curry.

»Hat ihm also jemand Quecksilber verabreicht?«, bohrte Faber weiter.

Schorlau schüttelte den Kopf. »Es ist zwar kaum zu glauben, doch elementares Quecksilber wird vom Körper so gut wie gar nicht resorbiert. Das heißt, man kann es verschlucken und damit in

Berührung kommen, ohne dass einem etwas passiert. Die Dämpfe sind das Problem«, nuschelte er. »Wir haben bei ihm Dimethylquecksilber gefunden, das erzeugt der Körper selbst, wenn die Dämpfe aufgenommen werden«, erklärte Schorlau weiter mit vollem Mund und schluckte schnell. »Wenn ich sage, er wurde vergiftet, dann von den Dämpfen. Entweder er war zufällig einer Quelle ausgesetzt oder jemand hat ihn einer Quelle ausgesetzt.«

»Du machst mich wahnsinnig«, wurde Faber jetzt ungeduldiger. »Was denn nun?«

Schorlau stöhnte und legte seine Gabel erst einmal auf den Teller. »Ja, woher soll ich das denn wissen?«, moserte Philipp. »Wenn der Typ so schusselig war und zerbrochene Kompaktleuchtstofflampen in einem Werkraum gelagert hat, in dem er regelmäßig arbeitete, und nie gelüftet hat, dann kann er sich langsam, aber sicher selbst vergiftet haben«, holte Schorlau jetzt aus. »Oder eine andere Person hat alte Fieberthermometer gesammelt und bewusst das Quecksilber in einem Raum versteckt, in dem das Opfer viel war. Natürlich durfte dann nur er darin sein, sonst hätten auch andere es eingeatmet. Jetzt verstanden?«

»Heißt das jetzt, dass wir einen zweiten Täter haben? Oder ist dem gleichen Täter die Geduld ausgegangen und er hat sich eine Waffe besorgt?«, fragte Tamme nicht minder erstaunt.

»Na ja«, warf jetzt Knut ein. »Für mich hört sich das wie zwei unterschiedliche Täter an. Gift wird ja in den meisten Fällen von Frauen benutzt, wobei Täterinnen nur in seltenen Fällen zu Schusswaffen greifen.«

»Stimmt, Herr Waatstedt, Sie kennen sich aus«, warf Sonja ein und nickte. »Dann müssten wir der Witwe noch einmal auf den Zahn fühlen. Sie ist vorerst die einzige weibliche Person, die im Zusammenhang mit dem Mord steht.«

Faber wollte sich die Sache erst einmal durch den Kopf gehen lassen, daher diskutierte er jetzt nicht weiter darüber. Stattdessen berichtete er von ihren heutigen Recherchen. Er erzählte dem Team von der Gewalttätigkeit Timmo Beimes' gegen seine Ehefrau, von der Homosexualität seines Bruders und auch, dass Niclas Beimes sich sein Leben lang vor seinem Bruder verstecken musste.

»Außerdem wurde uns erzählt, dass der Heimatschutzverein, in dem Timmo Beimes so aktiv war, wohl eher eine rechte Kameradschaft war. Um es mal vorsichtig auszudrücken, scheint der

Heimatverein nicht unbedingt nur aus Geschichtsliebe zur Krummhörn zu existieren. Das könnte ein weiterer Grund sein, warum der geplante Verkauf eine Farce war. Er diente wohl dazu, die Politiker und auch Guido Ekhoff an der Nase herumzuführen. Uns wurde von verschiedenen Seiten bestätigt, dass Timmo Beimes nie verkaufen wollte«, beendete Richard seinen Bericht.

»Bis auf Enrik Joken hätten sich die Politiker zu Tode geärgert, wenn das Hotel nicht entstanden wäre. Obwohl Joken auch in der gleichen Partei ist, war er gegen den Verkauf, weil er im Naturschutz aktiv ist. Er konnte Beimes zwar nicht leiden, war mit ihm aber einer Meinung, den Platz nicht zu verkaufen«, fügte Tamme an.

»Hm«, machte KK Heiligenstadt. »Dann haben die Ehefrau, der Bruder und die Politiker ein ziemlich gutes Motiv, den Mann zu töten.«

»Nicht zu vergessen Guido Ekhoff«, warf Rike ein. Sie schluckte schnell ihren Bissen herunter, bevor sie weiterredete. »Ich habe heute Morgen die finanzielle Situation des Mannes geprüft, soweit das ohne gerichtliche Verfügung möglich war. Ich habe ein bisschen rumtelefoniert, da ich einige andere Bauunternehmer in der Krummhörn und Umgebung persönlich kenne. Es wird behauptet, ohne den Bau des Luxushotels und den Verkauf des Campingplatzes muss er Konkurs anmelden, weil er sein letztes Projekt in den Sand gesetzt hat!«

»Schau mal einer an, dann sieht es bei Ekhoff finanziell schlimmer aus, als er vor uns zugeben wollte. Auch er hat damit ein handfestes Motiv«, murmelte Faber nachdenklich. Er sah seine Gäste an.

»Was ist denn eigentlich mit dem Investor?«, fragte Knut. »Wenn Timmo Beimes bei einem solchen Millionenprojekt nur rumspielt, dann hat er die doch bestimmt auch sehr verärgert, oder?«

»Das hatte ich eigentlich auch gedacht«, erwiderte Rike. »Doch abgesehen davon, dass dieser Staranwalt in Düsseldorf die Namen seiner Mandanten nicht rausrücken will, sind die wohl etwas entspannter mit dem Verkaufsprozess umgegangen. Die haben sich bereits an der Ostsee umgesehen. Dieser Doktor Dörrweiler meinte, er hätte Guido Ekhoff noch zwei Wochen gegeben, um alles unter Dach und Fach zu bringen. Wäre der Verkauf bis dahin nicht zustande gekommen, hätte man ein anderes Grundstück ausgesucht.«

»Putzig«, meinte Knut und wollte damit sagen, dass ihm die Sache eigenartig vorkam. »Da wollen die so viel Geld ausgeben für een ollen Campingplatz und sind nicht verärgert, wenn der Beimes gar nicht verkaufen wollte?«

»Knut hat recht. Vielleicht sollten wir uns die Investoren ein bisschen genauer ansehen«, meinte Faber. »Das nehme ich morgen selbst in die Hand.«

»Ohne richterliche Genehmigung kommst auch du da nicht weiter. Ich wüsste nicht, wie du die bekommst. Bestimmt nicht, wenn du nur auf gut Glück rumstocherst«, hielt Rike dagegen. Dann sah sie, dass Tamme endlich seinen Teller leer gegessen und den Rest des Salats auch niedergemacht hatte. »So, ihr Lieben, wer verträgt noch ein Vanilleeis mit Opas heißen Cognackirschen?«

Dazu konnte keiner Nein sagen und so ging Rike in die Küche, um die Kirschen heiß zu machen und das Eis zu portionieren. »Dann müssen wir allen Personen, die ein Motiv haben, noch einmal auf den Zahn fühlen. Ich befürchte, wir brauchen Sie jetzt bei dem Mordfall, KK Heiligenstadt und KK Withuus. Die Erpressung muss dann erst einmal auf Eis gelegt werden«, wies Faber die Damen an.

»Wie sollen wir vorgehen?«, fragte Rike und servierte jedem den köstlich duftenden Nachtisch.

»Ich spreche morgen früh mit dem Staatsanwalt, ob er uns aufgrund der Quecksilbervergiftung einen Durchsuchungsbefehl für das Haus und den Campingplatz erwirken kann. Falls ja, dann fahren Tamme und Rike noch einmal dahin. Schorlau, kannst du sie begleiten, wegen der Suche nach dem Gift?« Philipp nickte sogleich.

»Sie beide würde ich bitten, Guido Ekhoff in die Zange zu nehmen«, verteilte Faber die Aufgaben. »Vernehmen Sie ihn morgen noch einmal. Bringen Sie ihn mit dem Konkurs ins Schwitzen. Versuchen Sie herauszufinden, ob er irgendwelche Kontakte mit dubiosen Leuten hat, die einen Auftragsmord begehen könnten. So mysteriös, wie der Schuss durch das Oberlicht gefallen ist, würde es mich nicht wundern, wenn ein Profi daran beteiligt ist. Möglicherweise hat er auch im Darknet einen Killer gesucht und gefunden. Versuchen Sie es beim Staatsanwalt, vielleicht ist es möglich, seinen PC zu beschlagnahmen. Obwohl das schwierig werden könnte, ohne handfeste Beweise.«

»Chef, da fällt mir noch etwas ein«, meldete sich Laurien Heiligenstadt jetzt zu Wort. »Als Doktor Schorlau vorhin nicht ganz ernsthaft von einem Phantom sprach, da musste ich wieder an den Unfall von Herrn Bergemann denken. Wir haben uns die Unfallstelle

119

ebenfalls angesehen. Sonja und ich dachten erst an einen Lichtstrahler. Sie wissen schon, so ein Halogenstrahler, der bei Flutlichtanlagen benutzt wird«, erklärte sie. »Wenn die Autobahn leer war, hätte sich jemand entfernt im Feld mit einem sehr hellen Strahler postieren können. Plötzlich eingeschaltet hätte Herr Bergemann so schlimm geblendet werden können, dass er seinen Jaguar verrissen und sich mehrmals überschlagen hätte.«

Faber dachte kurz darüber nach. »Plausibel«, meinte er dann, war jedoch nicht überzeugt.

»Die Sache hat einen Haken, wenn man so etwas plante«, fuhr jetzt KK Withuus fort. »Erstens hätte die Autobahn völlig leer sein müssen, was man vorher nie weiß. Und zweitens gehört im Dunkeln schon einiges an Organisation dazu, ausgerechnet den richtigen Wagen, in dem Fall den Jaguar, zu treffen«, fuhr sie fort. »Wir dachten, wenn es die Erpresser waren, die Bergemann drohten und ihm eine Abreibung verpassen wollten, dann hätten sie seinen Wagen manipulieren können, den Mann irgendwo abfangen und zusammenschlagen oder auf ihn schießen können. Warum der Aufwand an der Autobahn?«

»Den hätte ich nur veranstaltet, wenn ich eine sichere, einfache Methode hätte, die zu einhundert Prozent funktioniert«, bestätigte auch Schorlau.

»Genau«, sagte Laurien. »Wenn man es schafft, an einer Stelle zu sein, dort jemanden beim Fahren zu stören oder von ihm heimlich Fotos zu machen, ohne eigentlich wirklich dort zu sein!«

»Das hört sich jetzt aber genauso geisterhaft an, wie es Philipp vorhin beschrieb«, meinte Faber etwas enttäuscht und schob sich einen Löffel Eis mit Kirschen in den Mund.

»Richtig«, machte es Laurien Heiligenstadt spannend. »Das haben wir uns auch gesagt und dann wirklich lange nachgedacht und nach solchen Phänomenen gegoogelt.« Dann grinste sie. »Wir sind fündig geworden! Erinnern Sie sich, wie im Dezember letzten Jahres der Flughafen in London-Gatwick für Stunden keine Starts und Landungen erlaubte? Am achten Januar schloss dann der Flughafen London-Heathrow und am zweiundzwanzigsten Januar gab es Störungen am Newark Airport in New York. Last, not least, am zweiundzwanzigsten März dieses Jahres wurde am Frankfurter Flughafen der Flugbetrieb für eine halbe Stunde ausgesetzt«, kam sie langsam auf den Punkt. Alle hatten aufgehört zu essen und sahen Laurien interessiert zu.

»Drohnen«, meinte dann Knut, der als Erster von ihnen schaltete. Als eifriger Zeitungsleser hatte er alle diese Nachrichten gesehen.

»Genau, Herr Waatstedt. Es waren Drohnen, die das alles bewirkten«, bestätigte Laurien jetzt und lächelte dem alten Ostfriesen zu. »Seit November 2018 bis Ende März 2019 gab es weltweit achtzehn Anzeigen, die mit Drohnenkriminalität zusammenhingen. Das reicht von versuchtem Abwurf von Drogen über amerikanischen Gefängnissen, Drogenschmuggel über Grenzen, Zusammenstößen mit Boeings, die die Maschinen geringfügig beschädigten, bis hin zum privaten Ausspionieren. Außerdem gab es einen Autounfall mit Verletzten, ein illegales Überfliegen eines Atomkraftwerks in Frankreich und auch über das KKW Brokdorf.«

»Meine Güte, das ist die Lösung, so sind die Fotos von Meeser im Romantikhof entstanden. Eine Drohne, die Videoaufnahmen gemacht hat oder Fotos«, sagte Rike begeistert. »Daher wurden auch die Aufnahmen von Bergemann mit seiner Freundin von so hoch oben gemacht, obwohl kein Gebäude dort stand. Das erklärt alles.«

»Das ist ganz fantastische Arbeit«, lobte auch Faber die beiden Kommissarinnen, die sich sichtlich darüber freuten.

Nur Schorlau schwieg und schien vor sich hin zu grübeln. »Sagen Sie mal, Frau Heiligenstadt, wir reden hier von sogenannten Hobbydrohnen, oder?«

»Ja, Doktor Schorlau«, bestätigte sie sofort. »Die sind, was die Technik betrifft, nicht zu unterschätzen. Die teuersten Drohnen kosten bis zu zwanzigtausend Euro und werden eigens für Kunden angefertigt.«

»Ob man auf einer solchen Drohne eine Schusswaffe installieren kann? Per Kamera könnte man dann das Ziel anvisieren und einen Schuss fernzünden. Was meint ihr?«, fragte Philipp. »Denn dann hätte ich endlich eine Erklärung, wie man Timmo Beimes erschießen konnte. Mit einer Drohne hinterlässt man keine Spuren auf dem Dach.«

»Aber ich dachte, solche Drohnen sind laut. Die hört man doch«, gab Knut zu bedenken.

»Leider sind diese Biester mittlerweile wesentlich leiser geworden, sodass man sie nicht unbedingt hört«, beantwortete Sonja Withuus die Frage, denn sie hatte sich die neuste Technik im Internet angesehen. »Das trifft auch für die richtig teuren Hobbydrohnen zu. Und um auf Ihre Frage zurückzukommen, Doktor Schorlau: Mich würde nicht wundern, wenn so etwas möglich ist. Eigentlich braucht man dafür doch nur einen cleveren Bastler, der auch etwas von Elektronik versteht. Wenn die Waffe richtig gut installiert wurde und mit einem elektrischen Impuls die Abzugsmechanik betätigt wird, dann braucht man eigentlich nur einen erfahrenen Drohnenpiloten.«

»Der von irgendwo eine alte Makarow-Pistole aufgetan hat, um die auf der Drohne zu installieren«, ergänzte Faber. »Also, dann haben Sie beide morgen noch eine weitere Aufgabe. Stellen Sie Guido Ekhoffs Vernehmung erst einmal zurück und sprechen Sie mit den potenziell besten Hobbydrohnenbauern in Deutschland. Finden Sie raus, ob man aus so einem Ding eine Todesmaschine machen kann. Außerdem müssen Sie in Erfahrung bringen, wie schwer so eine Drohne dann zu steuern ist«, wandte er sich noch einmal an seine beiden Kommissarinnen.

***

Am anderen Morgen war Tamme mit Rike als Erstes zum Staatsanwalt gefahren. Sie hatten gehofft, trotz der dünnen Beweislage einen Durchsuchungsbefehl für das Haus der Beimes und die Schuppen auf dem Campingplatz zu bekommen. Jedoch war es der Staatsanwalt, der ihnen den entscheidenden Tipp gab, womit der Durchsuchungsbefehl rechtlich nicht anfechtbar war. Er hatte die Verfügung unter dem Aspekt des präventiven gesundheitlichen Schutzes ausgestellt. Somit ging es bei der Durchsuchung primär darum, weitere Menschen vor den giftigen Dämpfen zu bewahren und die Quecksilberquelle zu finden. Dabei sollte man erst einmal davon ausgehen, dass Timmo Beimes' Vergiftung ein Unfall war und nicht vorsätzlich arrangiert. So konnten sich die Kommissare auch besser auf die Reaktion von Ava und Niclas Beimes konzentrieren. Und die beiden hoffentlich erst einmal in Sicherheit wiegen, falls sie etwas damit zu tun hatten. Sie warteten jetzt nur noch auf die Unterschrift des Richters. Dann wollten sie zurück aufs Revier und Schorlau Zeit geben, sein Team anzufordern, bevor sie nach Campen fahren würden.

KK Withuus hatte es übernommen, sich um die Drohnenhersteller zu kümmern, da sie technisch versierter war als ihre Partnerin. Kommissarin Heiligenstadt klopfte unterdessen die rechtlichen Aspekte ab, um an Guido Ekhoffs Computer zu kommen. Sie war der Meinung, dass jemand wie der Bauunternehmer nur durch das Darknet an einen Auftragskiller kommen konnte. Solche Spuren waren nicht einfach von einem PC zu entfernen und Faber hatte ihr erzählt, dass Tamme ein absoluter Experte war, wenn es um digitale Abdrücke ging.

Richard wollte gerade den Telefonhörer in die Hand nehmen, um persönlich mit der Rechtsanwaltskanzlei Dörrweiler und Kreuzner zu sprechen, als der Wachhabende von unten durchklingelte.

»KHK Faber, ich habe hier zwei Kollegen, die dringend mit Ihnen sprechen wollen.«

»Und wer ist das?«, fragte Faber. Wären es Kollegen aus Emden, Leer oder Oldenburg gewesen, hätte der Wachhabende sie einfach zu ihm hochgeschickt.

»Ein Kriminalkommissar Wegener vom LKA Nordrhein-Westfahlen und eine Kollegin vom BKA Wiesbaden, Kriminalhauptkommissarin Weiss«, berichtete sein Mann vom Eingangsbereich. Faber war erstaunt und wunderte sich, was hinter einem solchen Besuch stecken konnte.

»Ich komme runter und hole die Kollegen persönlich ab«, meinte er kurz entschlossen. Er legte auf, zog sich sein Jackett an und ging die zwei Stockwerke auf der Treppe nach unten zum Empfang. Dort begrüßte er die beiden und stellte sich vor. Der Mann vom LKA schien irgendwie verärgert zu sein und tat so, als wäre es Fabers Idee gewesen, ihn herzubestellen. Auch von einer freundlichen Gesichtsmimik hatte KHK Wegener anscheinend noch nichts gehört. Die kleine, grauhaarige BKA-Beamtin hingegen wirkte entspannter und lächelte ihn an, als er sie hoch in sein Büro bat. Faber schätzte die Frau auf Mitte fünfzig. Sie trug legere Zivilkleidung, eine schwarze Jeans mit Bluse und einen hellgrauen Tweed-Blazer. Wegener sah in seinem dreiteiligen Businessanzug aus wie ein schmieriger Kredithai.

»Nehmen Sie Platz. Kann ich Ihnen einen Kaffee anbieten?«, fragte Faber dennoch sehr höflich.

»Nein danke, wir wollen so schnell wie möglich zurück zu unseren Teams. Dass wir hier rauffahren mussten, hat uns schon genug Zeit gekostet«, moserte ihn dieser Wegener auch gleich an.

»Ich kann mich nicht daran erinnern, Sie herbestellt zu haben!«, gab Faber genauso unfreundlich zurück. »Kommen Sie lieber mal zur Sache und sagen, was Sie wollen. Ich denke, Sie haben es eilig?« Eigentlich war es nicht Fabers Art, sich sofort auf das gleiche unhöfliche Niveau zu begeben wie sein Gegenüber. Doch es war sein Polizeipräsidium und er ließ sich nicht von einem LKA-Mann sein Revier streitig machen. Leider hatte Faber im Laufe seiner Karriere nicht immer die besten Erfahrungen mit den Kollegen der Landes- und Bundespolizei gemacht. Manche von ihnen litten an erheblicher Selbstüberschätzung, nur weil sie für diese Institutionen arbeiteten. Besonders heftig war er einmal mit dem Verfassungsschutz aneinandergeraten, darum zögerte er mittlerweile nicht mehr und machte seinen Standpunkt von Anfang an klar.

In dem Moment intervenierte Frau Weiss. »Bitte, meine Herren, ganz ruhig. KK Wegener, ich glaube nicht, dass KHK Faber der Blitzableiter Ihrer Frustration sein sollte«, nahm die kleine Frau kein Blatt vor den Mund. Wegener wollte bereits wieder einen Kommentar abgeben, sie schaffte es allerdings, ihn mit nur einem Blick unter Kontrolle zu bringen. »KHK Faber, Sie sind der Leiter des KED hier in Emden und für Sie arbeitet eine Kommissarin Waatstedt, ist das richtig?«, wandte sie sich dann an Richard.

»Das stimmt, Rike Waatstedt ist in meinem Team. Worum geht es?«, erwiderte Faber schon wesentlich ruhiger. Frau Weiss schien nicht der Typ Polizist zu sein, der es nötig hatte, mit dem Ausweis der Bundesbehörde hausieren zu gehen.

»Hat Kommissarin Waatstedt gestern mit einem gewissen Doktor Dörrweiler der Anwaltskanzlei Dörrweiler und Kreuzner in Düsseldorf gesprochen und gedroht, eine richterliche Anweisung zu erwirken? Sie wollte die Offenlegung einiger von Dörrweilers Mandanten. Was können Sie uns dazu sagen?«, fragte sie professionell.

Faber sah sie erstaunt an und bemerkte auch, wie Wegener mit seinen Backenzähnen zu mahlen begann. »Warum fragen Sie das, wenn Sie es schon wissen? Haben Sie eine TKÜ in der Kanzlei eingerichtet? Was ist denn da im Busch?«, fragte er, anstatt eine Antwort zu geben.

124

KK Weiss seufzte. »Bestätigen Sie mir doch bitte erst einmal, ob Ihre Mitarbeiterin das Gespräch geführt hat und warum. Dann können wir vielleicht über die Telekommunikationsüberwachung dort reden.«

Faber lehnte sich hinter seinem Schreibtisch zurück und fixierte die Bundeskriminalamt-Beamtin. »Ja, es stimmt. Es geht um einen Mordfall, der vor ein paar Tagen hier in der Nähe passierte. Einem Mann wurde in den Kopf geschossen. Mit der Androhung einer richterlichen Verfügung hat meine Kollegin nur ein bisschen auf den Putz gehauen, um Reaktionen zu bekommen. Wir haben kein Indiz, was die Kanzlei oder die Mandanten angeht. Daher hätte ein Richter so etwas nie unterschrieben.«

»Auf den Putz gehauen? Aha«, mischte sich jetzt wieder Wegener ein. »Auf den Putz gehauen«, wiederholte er, »und damit vielleicht die Arbeit von zwei Jahren kaputtgemacht.«

»Hören Sie, entweder Sie klären mich jetzt auf, anstatt sich zu benehmen wie im Kindergarten, oder Sie gehen!«, machte Faber jetzt völlig ruhig klar.

Wegener stand sofort erbost auf. »Wir sind so kurz davor, der 'Ndrangheta endlich etwas zu beweisen«, schimpfte er und hielt seinen Zeigefinger nur Millimeter von seinem Daumen entfernt. »Und dann kommt dieser Feld-Wald-und-Wiesen-KED aus dem letzten Kaff an der Nordsee und macht uns einen Strich durch die Rechnung. Ich bin überrascht, dass Sie überhaupt wissen, was eine TKÜ ist«, provozierte der Mann Faber weiter.

Richard kümmerte sich überhaupt nicht mehr um den Typen, sondern sagte zu KK Weiss: »Sie sind hinter der kalabrischen Mafia her?«, denn er wusste genau, was die 'Ndrangheta war. »Etwa der Faredo-Marivota-Clan?«

»Ja«, bestätigte KK Weiss völlig emotionslos.

»Sie wollen die Drahtzieher und denken, die Mandanten der Kanzlei gehören der Mafia an. Verstehe, jetzt wird mir alles klar«, sagte Faber und wollte gerade weiterreden.

Wegener unterbrach ihn jedoch. »Sie verstehen gar nichts. Wenn Vincenzo Marivota sich jetzt zurückzieht wegen dieser inkompetenten Kommissarin Waatstedt, dann sorge ich dafür, dass es auch Ihren Kopf kostet.«

»Entweder Sie binden Ihrer Bulldogge jetzt einen Maulkorb um oder ich schmeiße ihn persönlich aus dem Kommissariat. Dann sorge ich aber auch dafür, dass er eine Dienstaufsichtsbeschwerde bekommt«, wurde Faber jetzt scharf und machte somit der BKA-Beamtin klar, dass er es verdammt ernst meinte. »Niemand diskreditiert eine meiner besten Kriminalkommissarinnen. Niemand, noch nicht mal das LKA, verstanden!«

»Wegener, gehen Sie eine rauchen!«, wies die Frau den LKA-Mann lapidar an. Der drehte sich wütend auf dem Absatz um und verschwand zu Fabers Erstaunen. KHK Weiss hat ihren Kollegen im Griff, dachte er. »Tut mir leid, aber ich verstehe auch die Frustration meines Kollegen. Er und die Abteilung Schwere und Organisierte Kriminalität haben wirklich viel Mühe darauf verwendet, endlich an die kalabrische Mafia heranzukommen. Wegener ist mit seinem Team seit zwei Jahren an der Sache und das BKA unterstützt seit einem Jahr seine Bemühungen. KH Wegener hat nur Angst, dass Vincenzo Marivota sein Geschäft jetzt stoppt und alles umsonst war«, versuchte sie den Kriminalhauptkommissar zu besänftigen. »Jedoch bin ich anderer Meinung. Bisher hat dieser Anwalt Dörrweiler Marivota nicht über den Anruf Ihrer Kollegin informiert. Wenn Sie jetzt nicht weiter bei der Kanzlei nachhaken, ist noch nichts verloren.«

»Worum geht es überhaupt? Um das Luxushotel? Das Geld, das dort investiert werden soll?«, fragte Faber. Er spürte zwar immer noch eine ordentliche Wut über das Vorgehen dieses Ermittlers, zwang sich aber trotzdem zur Höflichkeit gegenüber der BKA-Beamtin. Dieser Kommissarin konnte er nichts vorwerfen. Typisch für eine Frau in diesem Beruf war sie sofort deeskalierend vorgegangen. Auch wenn das bedeutete, dass sie Wegener erst einmal an die Luft geschickt hatte, damit er sich beruhigen konnte.

»Ja, es ist eine Geldwäsche von mehr als zwölf Millionen Euro. Bisher hatte die Mafia sich auf kleine Unternehmen ihrer Landsleute in Deutschland spezialisiert, um dreckiges Geld zu waschen«, berichtete sie jetzt freimütig. »Plötzlich stellte das LKA NRW fest, dass man die Geldwäsche im größeren Stil betreibt. Anscheinend werden diese Gangster dreister, da sie von Banken unterstützt werden. Ihnen scheint es egal zu sein, ob sie in auffällige Prestigeobjekte investieren. Natürlich wird eine Geldwäsche durch das Zwischenschalten von Banken auch undurchsichtiger und gibt der ganzen Sache einen gefühlt legalen Charakter.«

»Und darum wollen die hier auf dem Land solch ein Wellnesshotel für Superreiche bauen«, fügte Faber an. »Das wäre eine verdammt große Geldwaschmaschine, und das für Jahre. Denken Sie nur an den Devisenaustausch, der durch reiche Touristen hier anlaufen würde. Schnell wäre unsere Krummhörn dann die Riviera an der Nordsee«, sprach er laut seine Gedanken aus. »Aber wenn Sie den Anwalt bereits abhören, haben Sie dann nicht schon genug Beweise?«

Die Bundespolizistin schüttelte den Kopf. »Wir müssen abwarten, bis die Geldtransaktionen gelaufen sind. Nur dann bekommen wir Vincenzo Marivota und auch die mailändische Bank, die ihn bei der Geldwäsche unterstützt. Wir haben bereits einen Maulwurf in der Bank, der uns und die italienischen Behörden sofort informiert.«

»Wissen Sie, ich denke, unser Opfer wurde erschossen, weil er das Grundstück, auf dem das Luxushotel gebaut werden soll, überhaupt nicht verkaufen wollte. Es hat den Anschein, dass er allen Beteiligten nur eins auswischen wollte. Die Posse eines derben, gewalttätigen Mannes, der dafür mit dem Leben bezahlte«, meinte Faber, denn er fand, es war an der Zeit, ganz ehrlich gegenüber der BKA-Kommissarin zu sein. »Glauben Sie, die italienische Mafia könnte ihm den Schuss in den Kopf verpasst haben?«

»Skrupel hat da keiner, wenn Sie das fragen. Wenn Vincenzo wusste, dass der Verkauf nicht über die Bühne gehen würde, wäre er der Letzte, der seine Killer zurückhält«, bestätigte sie.

Faber strich sich mit einer Hand über sein Kinn und grübelte einen Moment. Dann fragte er: »Hat das BKA schon von Hobbydrohnen gehört, die mit Schusswaffen aufgerüstet wurden?«

Frau Weiss schien nicht erstaunt über die Frage. »Schon 2015 erschien das erste YouTube-Video, bei dem ein Bastler eine Drohne zeigt, die per Fernbedienung Schüsse abgibt«, erwiderte sie. »Wir befürchten, das wird sich weiterentwickeln. Schon heute versuchen Kriminelle mit Drohnen zu schmuggeln, zum Beispiel Drogen in Justizvollzugsanstalten. Aber von einer nichtmilitärischen Tötung mit einer Drohne haben wir bisher keine Kenntnisse. Wieso fragen Sie? Glauben Sie, Ihr Opfer wurde von einer ferngesteuerten Drohne angegriffen?«

»Wenn man nicht an Geister glaubt, ist das die einzige Erklärung. Gleichzeitig haben wir zwei Erpressungsfälle, bei denen intime Fotos gemacht wurden, die auch nur per Drohne entstanden sein können«, berichtete ihr Faber. Dann sah er sie eine Weile an, bevor er fragte: »Also, wie sollen wir jetzt mit Ihren kalabrischen Investoren weiter vorgehen? Falls ein Auftragskiller der Mafia für unseren Mord verantwortlich ist, dann fällt der Fall in den Auftragsbereich der Bundespolizei und Sie wären zuständig.«

»Ja, das ist richtig. Gut, dass Sie das auch so sehen«, meinte sie gerade, als HK Wegener wieder in das Büro trat.

»Es tut mir leid, wenn ich nicht den richtigen Ton getroffen habe. Doch die Ermittlung gegen Marivota ist mir momentan das Wichtigste. Ich arbeite einfach schon zu lange daran!«, kamen plötzlich ganz andere Worte von dem Mann. Schau mal an, was so ein bisschen Nikotin bewirken kann, dachte Faber zynisch.

»Schon gut, wir besprechen gerade die nächsten Schritte«, erwiderte er und deutete ihm mit der Hand an, Platz zu nehmen.

»Es stimmt, dass wir bei einem Mordfall, der durch einen italienischen oder deutschen Auftragskiller begangen wurde, zuständig wären. Dennoch würde ich vorschlagen, dass wir uns primär erst einmal auf die Geldwäsche konzentrieren und Ihr KED nicht versucht den Verkauf zu blockieren«, ergriff wieder Frau Weiss das Wort. »Wir haben einfach schon zu viel in die Angelegenheit investiert und sind vorbereitet. Haben Sie denn noch andere Verdächtige, auf die Sie sich erst einmal konzentrieren können?«

Faber grübelte einen Moment, bevor er sagte: »Ja, das haben wir, und natürlich werde ich den Spuren zuerst nachgehen, doch wenn wir in der Richtung nicht weiterkommen, dann gebe ich den Fall an das BKA weiter. Was Sie dann damit machen oder wie Sie die Ermittlung zeitlich priorisieren, ist dann Ihre Sache.«

»Das hört sich gut an«, meinte KK Weiss erleichtert und auch auf Wegeners Gesicht zeigte sich ein zufriedener Ausdruck.

»Aber ich sollte Sie noch warnen. Der Bauunternehmer, der für den Anwalt den Verkauf einfädeln soll, steht auch auf meiner Liste, genau wie auch die Erben des Grundstücks. Da kann ich nicht lockerlassen und ich hoffe, unsere Ermittlungen werden den Verkauf nicht aufhalten.«

»Wenn Sie sensibel vorgehen, bestimmt nicht. Wir wissen, dass Guido Ekhoff mit der Anwaltskanzlei zusammenarbeitet. Im Übrigen steht ihm das Wasser bis zum Hals und egal wie, er wird auf einen ganz schnellen Verkauf drängen«, erwiderte sie sofort. »Wir brauchen nur noch ein paar Tage. Wenn die Million für das

128

Grundstück transferiert wurde, haben wir Marivota und Sie können Ekhoff haben.«

»Gut, wir werden Guido Ekhoff nicht offiziell unter Druck setzen, aber ihn ohne sein Wissen von hinten bis vorne durchchecken«, bestätigte Faber. »Ich wäre Ihnen im Übrigen dankbar, wenn Sie uns Zugang zu seinen digitalen Daten und den Audioaufnahmen geben könnten. Ich nehme an, Sie haben auch bei ihm eine TKÜ veranlasst, denn dann brauche ich mir keinen mehr abbrechen, um eine richterliche Verfügung zu bekommen.«

Weiss nickte. »Einverstanden, seinen E-Mail-Verkehr, die Internetbewegungen und die Audioaufnahmen.«

»Super!«, meinte Faber beeindruckt. »Dafür werden wir auch bei Ava und Niclas Beimes, den neuen Verkäufern, nicht so viel Druck machen. Dann sollte einem schnellen Verkauf nichts im Wege stehen. Doch halten Sie mich auf dem Laufenden, wenn Sie etwas in Erfahrung bringen. Sobald das Geld geflossen ist, rufen Sie mich an und ich übernehme hier oben. Und der Mord hat Vorrang vor dem Mafiageschäft, falls Guido Ekhoff der Täter ist oder an der Geldwäsche beteiligt sein sollte.«

»Einverstanden«, sagte die BKA-Beamtin. »Sie haben mit der Mordsache Vorrang, wenn wir Vincenzo und den Anwalt festgenagelt haben. Erst wenn Sie mit den Verkäufern und dem Bauunternehmer fertig sind, kommen wir ins Spiel und erheben Strafanzeige wegen Verwicklung mit der Mafia. Falls diese vorliegt«, fasste sie die Übereinkunft noch einmal in ihre Worte.

Sie standen auf und Faber schüttelte beiden die Hand. »Dann haben wir einen Deal. Regelmäßiger Austausch, damit wir alle auf demselben Stand sind, okay?« Weiss und Wegener nickten und legten ihm ihre Visitenkarten auf den Schreibtisch. Auch Faber versorgte sie mit seiner Karte und brachte sie dann runter zum Eingang. Dabei beschlich ihn ein ungutes Gefühl, welches ihm sagte: Das war alles viel zu einfach!

Kapitel 7

»Signore Ekhoff, ecco Signora Cazzangia. Un momento per favore«, sagte die Frau, als Guido den Anruf entgegennahm. Er verstand zwar nicht alles, doch wusste mittlerweile, dass er warten sollte. Beim ersten Mal hatte er einfach aufgelegt, weil er das Ganze für einen Witz hielt. Es dauerte einen weiteren Anruf, um zu verstehen, dass er verbunden wurde.

»Signor Ekhoff, buongiorno«, hörte er die männliche Stimme nach ein paar Minuten. Dann wechselte der Anrufer in gebrochenes Deutsch. »Wie ich hörte, sind die Probleme beseitigt, genauso wie Sie es versprochen hatten. Ich bin, come ci dice in tedesco?«, grübelte sein Anrufer für einen Moment über das deutsche Wort nach und sagte endlich: »Beeindruckt.«

»Wissen Sie, eigentlich sollten Sie mir nicht danken, denn …«, setzte Guido schnell an, wurde aber sofort unterbrochen.

»Ich bitte Sie, hier geht es nicht nur um einen Gefallen, den Sie mir getan haben. Obwohl ich la tua modestia, Ihre Bescheidenheit, mag. Ihre Mühen werden entsprechend honoriert. Sie erhalten den Betrag, über den wir letztes Mal gesprochen haben. Ich lasse Ihnen über die Kanzlei einen Scheck schicken.«

Guido schluckte. Zwanzigtausend Euro, dachte er, die können mich erst einmal über Wasser halten. Eigentlich kann es mir egal sein, was dieser Mann glaubt. »Gut, Signore, Doktor Dörrweiler soll einen Verrechnungsscheck schicken und als Anzahlung für Beratungsleistung ausweisen.« Er hoffte nur, dass das Deutsch des Mannes gut genug war, um dies zu verstehen.

»Bene, es ist ein Vergnügen, mit Ihnen Geschäfte zu machen. Sie haben mir einen Gefallen getan und so etwas vergesse ich nicht«, erwiderte der Mann. »Bitte, falls Sie jemals Hilfe brauchen, wenden Sie sich an mich! Und nun, hoffe ich, steht dem Verkauf nichts mehr im Wege.« Dann war die Leitung tot.

Guido Ekhoff wischte sich den Schweiß von der Stirn. Timmo Beimes' plötzlicher Tod war ein Segen, dachte er, und jetzt war er auch noch zwanzigtausend Euro reicher. Es kam nur darauf an, dass er das Geschäft schnell mit Ava und Niclas Beimes zu Ende brachte. Darum hob er den Hörer ab und wählte die Nummer der Beimes draußen in Campen. Nach ein paar Klingelzeichen hob Niclas ab.

»Hallo Niclas, hier ist Guido«, sagte Ekhoff. »Ich würde gerne zu euch rauskommen, wir sollten endlich den Vorvertrag unterzeichnen, damit wir den Verkauf vorantreiben können. Die Rechtsanwaltskanzlei hat mir den neuen Vertrag bereits gemailt, in dem Ava und du jetzt als Verkäufer angegeben sind. Wenn dann alles mit Timmos Erbschaft erledigt ist, können wir zum Notar.«

»Okay, Guido«, erwiderte Niclas. »Ava und ich sind ebenfalls daran interessiert, die Angelegenheit schnell über die Bühne zu bringen. Warum kommst du nicht einfach heute Nachmittag vorbei?«

»Prima, so gegen fünfzehn Uhr. Wäre euch das recht?«

»Klar, bis später«, meinte Niclas und legte auf.

Guido Ekhoff lehnte sich zurück und legte seine Hände zufrieden ineinander. Zu den zwanzigtausend Euro kam bei Vertragsunterzeichnung noch ein Bonus von zehn Prozent der Kaufsumme. Wenn dann die ersten Bagger die Hütten auf dem Campingplatz abrissen, würde schon einmal eine Million Euro Abschlagszahlung erfolgen. In dem Moment wären alle seine Geldsorgen Vergangenheit. Er konnte seine Gläubiger befriedigen und wäre wieder groß im Geschäft. Aus ihm würde der berühmte Bauunternehmer Ekhoff, der das Fünfsternehotel in Campen baute. Wieder griff er nach dem Telefon.

»Gerhard, hier Guido. Die Sache läuft, heute Nachmittag mache ich den Vorvertrag fertig. Dann ist der Campingplatz so gut wie verkauft. Dem Bau des Hotels steht nichts mehr im Weg!«

»Ausgezeichnet! Kann ich dann unseren Ministerpräsidenten informieren? Du musst dir aber völlig sicher sein, bevor ich das an so hoher Stelle bestätige«, erwiderte Gerhard Hoffmann.

»Kannst du, Herr Bürgermeister, oder soll ich besser sagen: zukünftiger Minister für Umwelt, Energie, Bauen und Klimaschutz?«, fragte Guido und lachte.

»Du worst al weer vörielig. Rüstig. Dag um Dag en bietje mehr«, ermahnte ihn der Bürgermeister wegen seiner Voreiligkeit. »Wenn du die Unterschriften hast, öffnen wir eine Flasche Champagner darauf!«

***

131

Faber grübelte immer noch über den Besuch der BKA- und LKA-Beamten nach und überlegte, wie er die Sache hier in Emden angehen sollte. Eines war ihm klar geworden: Auch wenn er eingelenkt und sich kollegial auf einen Deal eingelassen hatte, vorbehaltlos trauen durfte er den beiden nicht. Dieser Wegener war der Cholerische von beiden gewesen. Doch wenn man jahrelang die zermürbende Ermittlung eines Sondereinsatzkommandos bei der Abteilung Schwere und Organisierte Kriminalität, SO, leitete, konnten einem schon mal die Pferde durchgehen. Oft wurde so viel Energie hineingesteckt, diese Mafiabanden dingfest zu machen, dass es zu einem persönlichen Anliegen wurde. Vor allem, wenn diese Verbrecher dann davonkamen, wegen Verfahrensfehlern oder cleveren, hochbezahlten Verteidigern. Faber nannte das die Krankheit der Machtlosigkeit, die einen Polizisten dann befallen konnte und geistig, seelisch und auch körperlich regelrecht überforderte. Er war sich sicher, dass Wegeners Frustration diesen Hintergrund hatte. Vielleicht war er hinter seiner jähzornigen Fassade ein ganz anständiger Ermittler und Mensch.

Was jedoch KHK Weiss anging, so erinnerte die Frau Richard an Sander, den Mann vom Verfassungsschutz, den er letztes Jahr bei einem Fall kennengelernt hatte. Er war arrogant bis in die Knochen gewesen und ein Mann, der nur sein eigenes Spiel spielte. Und zum Dank, dass er Faber das Leben schwer gemacht hatte, hatten Richard und Rike diesem Menschen auch noch das Leben gerettet. Irgendwie hatte Faber das Gefühl, dass KHK Weiss vom BKA ähnlich gestrickt war. Zwar war sie alles andere als arrogant aufgetreten, dennoch traute er ihr nicht. Hat die Bundes- und Landespolizei irgendjemanden erst einmal wegen Geldwäsche und Kontakten zum organisierten Verbrechen am Kanthaken, dachte er, dann wäre der Mord an Timmo Beimes Nebensache. »Mein Mord, mein Mörder!«, schimpfte er gerade laut, sodass Rike mit Tamme und Schorlau im Schlepptau an seiner Tür stutzte und stehen blieb.

»Ich habe es dir schon einmal gesagt«, meinte Tamme an Rike gewandt. »Wenn du nicht im Büro bist, dann führt er Selbstgespräche.« Rike sah Faber schmunzelnd an.

»In fünf Minuten alle im Großraumbüro«, meinte der Kriminalhauptkommissar nur und ignorierte die Bemerkung.

»Aber wir haben den Durchsuchungsbefehl. Schorlau wollte nur noch sein Team anrufen und herbestellen, dann fahren wir nach Campen«, erwiderte sie.

»Erst müssen wir reden«, ordnete Richard an und stand auf.

Nachdem auch die zwei Kommissarinnen ihre Telefone aus der Hand gelegt hatten, fasste Faber zusammen, was er von den beiden Beamten erfahren hatte. Das Team war einigermaßen erstaunt und es war Schorlau, der die anschließende Stille unterbrach.

»Italienische Mafia?«, fragte er etwas ironisch. »Soll das ein Witz sein?«

»Nein«, erwiderte Faber ernst. »Die kalabrische Mafia, 'Ndrangheta, operiert schon seit den neunziger Jahren in Deutschland. Am bekanntesten ist wohl das Blutbad von 2007, als sechs Männer vor der Pizzeria Da Bruno in Duisburg erschossen wurden. Es war ein Racheakt für den Mord an einer ihrer Ehefrauen, die in San Luca getötet wurde«, erklärte Faber. Er hatte sich sofort in die Datenbanken eingeloggt und so viele Informationen wie möglich über die 'Ndrangheta herausgesucht. »Damals hat man den Haupttäter und Drahtzieher der Morde erwischt und 2011 zu lebenslanger Haft verurteilt.«

»Gab es nicht letztes Jahr eine gemeinschaftliche Razzia unserer Leute und der Carabinieri, bei der viele Mitglieder der Mafia festgesetzt wurden?«, fragte Rike, denn sie erinnerte sich, darüber gelesen zu haben.

Faber nickte bestätigend und meinte: »In Deutschland hat der Clan operative Zellen in der Nähe von Frankfurt, Wiesbaden, München und Stuttgart gehabt, von wo aus unter anderem das Geschäft mit Wein, Molkerei-Produkten und Öl organisiert worden ist. Die Mafia hat italienische Restaurants dazu gebracht, Weinprodukte lediglich von Unternehmen anzukaufen, die von der kriminellen Vereinigung kontrolliert wurden.« Er zuckte mit den Schultern. »Und jetzt sieht es so aus, als ob die hier in eine große Geldwäsche einsteigen wollen, mit dem Bau des Luxushotels. Das Einzige, was mich wundert, ist, dass die plötzlich so dreist werden und ein Millionenprojekt abwickeln wollen.«

»Stimmt, das war eigentlich nie die Masche der italienischen Mafia«, bestätigte Kommissarin Heiligenstadt. »Deutschland diente bisher der diskreten Geldwäsche. Nur kein Aufsehen erregen, das war die Devise.«

»Genau so war es«, bekräftigte Richard. »Man kaufte und investierte in Pizzerien, Restaurants und in nicht allzu prätentiöse Immobilien. In Deutschland wurden die Geschäfte immer so unauffällig wie möglich abgewickelt. In Italien hingegen war die 'Ndrangheta wesentlich offener, dort wurde sich in die Politik eingemischt und auch korrupte Polizisten angeworben.«

»Aber handelten gerade die italienischen Banden nicht nach dem Motto: Keine deutschen Mitglieder und Opfer?«, fragte Tamme. »Wenn Timmo Beimes auf das Konto der Mafia ginge, dann wäre das schon wieder eine sehr untypische Sache.«

»Ehrlich gesagt glaube ich das auch nicht«, erwiderte Faber sofort. »Aber die Mafia profitiert natürlich von seinem Tod.«

»Also ich für meinen Teil bin jetzt verwirrt«, warf Schorlau trotzig ein. »Jemand versucht diesen Beimes mit Quecksilber zu vergiften, oder er war so blöd, sich selbst den Dämpfen auszusetzen. Und dann wird er höchstwahrscheinlich mithilfe einer umgebauten Hobbydrohne in der Tennishalle erschossen«, holte er aus. »Die Ehefrau hat ein Motiv, da er gewalttätig war, aber ein Alibi. Der Bruder hatte ein Motiv, da er das Geld brauchte und seine Homosexualität ausleben wollte. Der Bauunternehmer hatte ein Motiv, weil er den Auftrag für das Luxushotel braucht oder pleitegeht. Beide Männer haben aber das beste Alibi, da sie bei dem Mord dabei waren!« Schorlau sah Faber an. »Und jetzt kommst du mit der Mafia und Geldwäsche daher.«

»Nicht ich, das BKA und das LKA. Darum müssen wir unser Vorgehen auch vorsichtig koordinieren. Wenn wir überstürzt handeln und der Kauf nicht zustande kommt, dann läuft unsere Bundesbehörde Amok!«

»Das ist ja alles schön und gut, Faber«, meldete sich wieder Philipp zu Wort. »Doch diese Quecksilberdämpfe sind nicht zu unterschätzen. Wenn Beimes durch Zufall oder falsches Handling von Kompaktleuchtstofflampen oder anderen quecksilberhaltigen Dingen schleichend vergiftet wurde, müssen wir den Campingplatz durchsuchen. Andere Menschen können in Gefahr sein! Ich warte nur noch, bis mein Mitarbeiter mit dem Messgerät und der Schutzkleidung da ist, dann müssen wir da raus!«

»Richtig, und das kannst du auch gleich, allerdings machen wir das vorsichtig. Wir reden nur von einem Unfall, um weder Ava noch Niclas Beimes zu verunsichern«, ordnete Faber an. »Rike und

Tamme begleiten dich wie geplant. Rike, könntest du versuchen, dann noch einmal mit dem Jungen zu reden?«

Rike nickte sofort. »Und du?«

»Ich sehe mir mit KK Withuus und Heiligenstadt das Material von Ekhoffs Telefongesprächen und seinem Computer an, das uns das BKA hoffentlich mittlerweile geschickt hat. Außerdem kümmern wir uns weiter um die Drohnenhersteller und -verkäufer«, antwortete er.

»Apropos«, sagte Kommissarin Withuus. »So ein bisschen weiter bin ich in der Hinsicht schon gekommen. Ich habe mit Deutschlands größtem Internethändler für Drohnen gesprochen. Er sagte, dass es kein Problem sei, auch größere Videogeräte auf eine Drohne zu bauen und diese mit elektrischen Impulsen auch mechanisch von einer Steuerungseinheit zu bedienen. Natürlich habe ich nicht von einer Waffe geredet, sondern ihn wegen eines Aufzeichnungsgeräts ausgefragt, das vom Gewicht und der Größe mit einer Handfeuerwaffe zu vergleichen ist.«

»Und braucht man dafür spezielle Kenntnisse?«, fragte Tamme. »Ich meine, ich würde mir zutrauen, so etwas auf eine Drohne zu bauen, aber ich bin ein Computer-Crack.«

»Erstaunlicherweise sagte der Mann, es wäre überhaupt nicht schwierig. Man fände fast alles im Internet und die Drohnen-Fans wären meistens sehr gute Hobbybastler«, beantwortete Sonja Withuus seine Frage. »Aber«, warf sie ein, »der Mann ging ja davon aus, dass ich einen Fall von Verletzung des höchstpersönlichen Lebensbereiches durch Videoaufnahmen untersuche. Daher sagte er, das Installieren eines Aufzeichnungsgeräts ist nicht das Problem. Die Drohne als Pilot so fliegen zu können, dass man unbemerkt an eine Person herankommt, sei der schwierigste Teil der Sache.«

»Stimmt allerdings«, bestätigte Tamme. »Ich habe mal so ein billiges Ding von meinem Neffen geflogen. Der hätte mich fast umgebracht, weil ich kurz vor einem Absturz stand.«

»Okay, das bedeutet, wir suchen jemanden, der wirklich Erfahrung mit dem Lenken von Drohnen hat«, grübelte Faber.

»Ja, und damit sind alle Alibis auch wieder hinfällig, denn sowohl Ava und Niclas Beimes als auch Guido Ekhoff hätten einen guten Drohnenpiloten beauftragen können, um das Opfer durch die Dachluke zu erschießen«, meinte Rike und atmete frustriert aus.

***

Rike saß wieder am Steuer mit Tamme neben sich. Schorlau hatte die Materialien, die ein Streifenwagen von Oldenburg nach Emden gebracht hatte, im Kofferraum verstaut. Er plante, die Untersuchung alleine vorzunehmen, denn mit dem Quecksilbermessgerät würde er die Quelle schnell finden können. Jetzt saß er auf dem Rücksitz und dachte nach. »Rike«, meldete er sich, kaum dass sie Emden hinter sich gelassen hatten. »Ich will ja nicht wie ein Idiot wirken, daher habe ich vorhin im Revier nicht gefragt, aber erklär mir die Sache mit der Geldwäsche doch mal.«

Tamme drehte sich erstaunt um. »Philipp, hast du gerade zugegeben, dass du etwas nicht weißt?«

»Ich bin Wissenschaftler und kein Ökonom, du rothaariges Riesenbaby«, knurrte Schorlau ihn an. »Und deshalb frage ich ja Rike. Faber hätte sich bei der Frage für Tage auf meine Kosten amüsiert«, erklärte Schorlau. »Also, wie läuft so etwas bei einer Geldwäsche?«

»Du weißt doch, dass schmutziges Geld aus illegalen Aktivitäten wie Diebstahl, Erpressung, Drogen und Waffengeschäften stammt«, fing Rike an, ohne sein Anliegen ironisch zu kommentieren. »Um die illegalen Einnahmen erklären zu können, bedarf es einer Geldwäsche. Ergo muss dieses Geld irgendwie in den legalen Wirtschafts- und Finanzkreislauf überführt werden, damit sich seine illegale Herkunft nicht mehr nachvollziehen lässt. So weit klar?«

»Aber ja, das war mir schon klar«, meinte Philipp, schnallte sich ab und rutschte zwischen die Vordersitze, um Rike besser zu verstehen. »Und fahr nich so schnell, ich bin abgeschnallt«, schickte er noch hinterher.

»So eindeutig klar ist das gar nicht, denn bei der Überführung des Geldes kann es sich um Bargeld, um Überweisungen, aber auch um Bitcoins handeln. Außerdem gibt es noch die Situation, dass es sich um durchnummerierte Scheine handelt. Von einer Erpressung oder einem Bankraub. Dann kann man dieses Geld nicht einfach einzahlen, da Banken die Nummern solcher gezeichneten Geld-scheine bekannt sind. Die würden uns dann benachrichtigen«, holte Rike weiter aus.

»Okay, wie geht das dann vonstatten mit der Geldwäsche?«, fragte Schorlau ungeduldig.

Rike war bereits wieder auf der Landstraße und hatte Wybelsum hinter sich gelassen. »Geht es um ein paar hundert Euro im Monat, dann zahlt der Kriminelle einfach so viel wie möglich in bar. Bei mehr Geld kann er teure Elektronikartikel bar erwerben und von dem Umtauschrecht Gebrauch machen oder er verkauft die Sachen privat weiter.«

»Eine gute Möglichkeit war auch immer das Kasino, wobei die großen Kasinos mittlerweile auch eine Liste durchnummerierter Scheine haben und Stichproben per Computer machen«, übernahm Tamme. »In den Kasinos tauscht der Geldwäscher einen großen Bargeldbetrag in Jetons, spielt ein paar Stunden, und selbst wenn er dabei verliert, bekommt er am Ende des Abends für die restlichen Jetons sauberes Geld zurück. Diese ganzen kleinen Transaktionen nennen wir Einspeisung.«

»Clever, verstehe«, meinte Schorlau. »Und was ist mit der Mafia? Da geht es um enorme Summen. Die schicken ihre Leute doch nicht dauernd ins Kasino.«

»Bei deutlich größeren Geldwäschen, die wir Verschleierung nennen, fängt das mit Scheinfirmen, die Barzahlungen einer Dienstleistung deklarieren, an. Handwerksbetriebe und Restaurants sind sehr beliebt. Doch reden wir von Geldwäsche im großen Stil, dann wird als Erstes ein Scheingeschäft mit einem korrupten Unternehmen durchgeführt. Diese sitzen dann in Ländern, die uns, der Polizei, nur spärliche Auskünfte geben«, ging Rike jetzt auf seine nächste Frage ein.

»Das sind meistens Offshore-Unternehmen und Briefkastenfirmen und so werden viele Transaktionen mit möglichst vielen verschiedenen Partnern durchgeführt. Verträge werden zum Teil rückdatiert und meistens die Geldmittel von vielen verschiedenen einzelnen Mafia-Angehörigen miteinander verwoben«, steuerte Tamme wieder bei. »Am Ende der ganzen Sache sind es oft viele verschiedenen Transaktionen, die kaum nachvollziehbar und vor allem nachweisbar sind. Es sieht dann wie eine rentable Investition aus.«

»Okay, aber das Hotel, wie soll denn das gehen?«

Rike blickte in den Rückspiegel und meinte: »Das ist dann wohl der schlimmste Fall. Die Mafia hat Leute bei den Banken platziert und die ganze Verschleierung passiert dann dort. Stell dir vor, es kommt ein hoher Betrag von einem Offshore-Konto zu einer größeren lokalen Bank in Italien, von dort wird das Geld dann auf ein Investitionskonto transferiert. Höchstwahrscheinlich im Namen mehrerer Investoren. Dann wird die Summe für das Luxushotel, in unserem Fall zwölf Millionen Euro, auf eine Bank in Deutschland weitergeleitet. Das Geld verwaltet dann eine Anwaltskanzlei und kauft damit ein Grundstück und finanziert den Bau.«

»Jetzt habe ich es verstanden. So ist aus dreckigem Geld eine ordentliche Investition geworden, die in der Zukunft auch noch ganz legal Gewinn abwirft«, meinte Schorlau und nickte. »Und diese kriminellen Banden zahlen wahrscheinlich dann auch brav Steuern darauf, nur um nicht in Schwierigkeiten zu kommen. Dabei entsteht ein Fünfsternehotel an der Nordsee, beherbergt die Hautevolee und wurde aus den verfluchten Einnahmen von Kinderpornos, Prostitution und Drogenhandel gebaut!«

»Tja, so ist das«, meinte Rike und bog in Campen wieder an der Ecke ab, an der sie Enrik Jokens Laden sehen konnten. »Deutschland ist nun einmal ein wirtschaftlich reiches Land. Nach der Wende wurde investiert nach dem Motto: Kauft, was ihr könnt! Denn damals wurde nicht besonders auf die Investitionen geachtet. Es herrschte erst einmal Chaos. So gründeten sich mafiöse Investitionsfirmen, die jetzt legal existieren und Andockpunkte für weitere Mafiageschäfte sind. Doch die Banken sind das größte Problem, ob freiwillig oder unfreiwillig arbeiten sie der Mafia zu und helfen bei den Geldwäschen. Wir leben in einem Kapitalismus, in dem das Geldverdienen zum Selbstzweck geworden ist!«

»Verdammt«, fluchte Schorlau. »Und wenn eine Mafiafirma das lange genug macht, ist sie wirklich mit all ihren Transaktionen legal, geht womöglich auch noch in die Politik und regiert ein Land! Frustrierend, irgendwie hatte ich gehofft, dass das Buch *Der Pate* von Mario Puzo doch mehr Fiktion in sich hat. Aber anscheinend ist dem nicht so«, meinte er eigentlich etwas naiver, als man es von ihm gewohnt war.

In dem Moment stellte Rike den Wagen auf dem Parkplatz vor den Ferienhäusern ab. »Tamme und ich gehen schon mal rein und sprechen mit der Familie. Wir fangen mit dem Wohnhaus an und nehmen uns dann die Ferienwohnungen vor, nur um sicherzustellen, dass niemand gefährdet ist. So können die Leute dann auch wieder in die Wohnungen. Anschließend musst du dich dann um die Schuppen und Gerätehäuschen auf dem Platz kümmern, Philipp.«

»Nicht zu vergessen die Camper und Anhänger, die der Familie Beimes gehören und vermietet werden«, erwiderte Schorlau beim Aussteigen. »Aber das ist kein Problem, denn mit dem Messgerät, das ich dafür habe, entdecke ich schnell etwas. Wir haben das in spätestens zwei Stunden hinter uns gebracht. Geht jetzt erst einmal und holt die Familie Beimes raus. Ich ziehe mich vor dem Haus um und gehe dann mit dem Atemgerät und dem Light-915 ins Haus.«

Ava und Niclas Beimes waren wirklich überrascht, als Rike ihnen den Durchsuchungsbefehl zeigte und erklärte, was es damit auf sich hatte. Beide wirkten etwas verwirrt und Schorlau musste die Sache noch einmal im Detail zusammenfassen, bis sie begriffen, was los war. Während die beiden mit Rike und Tamme im Garten saßen, hatte Schorlau sich den weißen Spurensicherungsanzug übergezogen. Er trug ein Atemgerät mit Vollgesichtsmaske, welches an einer Drei-Liter-Sauerstoffflasche angeschlossen war. In der Hand hielt er einen blauen schuhkartongroßen Kasten, an dem eine Stange befestigt war. Philipp schwenkte die Stange grob durch die Räume und prüfte die Messwerte auf der Skala.

Das Light-915-Quecksilber-Messgerät war ein Kompaktgerät, das entwickelt worden war, um Messungen an Arbeitsstellen vorzunehmen, die ein erhöhtes Risiko einer Verunreinigung durch Quecksilber hatten. Das System eignete sich natürlich auch bestens zur Quecksilberbestimmung nach einem Unfall und zur Überprüfung der Dekontaminationsschritte. Das Gerät hatte den Vorteil, dass es nur etwa drei Kilo wog, einfach anzuwenden war und ohne Zufuhr von technischen Gasen funktionierte. Ursprünglich zur Notfallmessung nach einem Quecksilberunfall, Überwachung der Reinigungsprozesse, Arbeitsplatzüberwachung bei der Arbeit mit Quecksilber, Leuchtstoffröhren-Entsorgung und Abfallüberprüfung angewendet, hatte es auch seinen Weg in die Kriminalforensik gefunden. Giftmörder wurden immer einfallsreicher und es war nicht das erste Mal, dass Schorlau nach einem Quecksilbergiftmord die Quelle suchte.

»Das Haus ist sicher«, meinte Schorlau, als er nach zwanzig Minuten zu den beiden Hausbewohnern und seinen Kollegen in den Garten herausgekommen war. »Sind momentan Gäste in den Ferienwohnungen? Hat sich Ihr Mann viel darin aufgehalten?«

»Timmo war so gut wie nie in den Ferienwohnungen. Ich habe dort gereinigt, und falls es Reparaturen gab, hat Niclas das gemacht«, erwiderte Ava. Sie trug wieder schwarz und war tadellos frisiert und geschminkt. Auch ihre Hände und Fingernägel sahen eigentlich nicht danach aus, als ob sie jemals Spülwasser gesehen hätten. »Timmo reparierte nur die Hütten, die Camper und machte alles, was auf dem Platz notwendig war, zum Beispiel Rasenmähen.«

»Gut, dann stelle ich die Ferienwohnungen erst einmal zurück. Hatte Ihr Mann denn eine Werkstatt oder Hütte, in der er rumhantierte?«, bohrte Schorlau weiter.

»Ja«, erwiderte dieses Mal Niclas Beimes. »Nur, dass er da nicht viel gearbeitet hat, dort hat er sich regelmäßig besoffen, wenn er nicht in der Kneipe war. Oft hat er dort auch übernachtet. Es ist der alte Geräteschuppen. Kommen Sie, ich hole den Schlüssel und bringe Sie hin.«

Schorlau und Herr Beimes gingen voran. Tamme schleppte für Philipp den Einsatzkoffer und Rike folgte ihnen mit Ava im Schlepptau. »Wo ist eigentlich Ihr Sohn? Ich müsste endlich mal mit ihm sprechen. Wir hatten noch nicht die Gelegenheit.«

»Bitte, ist das denn notwendig? Der Junge ist völlig durcheinander, redet kaum mit uns«, flehte Ava sie fast an. »Gott sei Dank ist heute sein bester Freund gekommen. Jens und sein Vater sind jedes Jahr ein paar Wochen hier auf dem Campingplatz und jetzt extra gekommen, weil das mit Timmo passierte. Jens und Klaas sind im gleichen Alter, und ich hoffe, dass Jens' Anwesenheit meinen Jungen etwas aufmuntert.«

»Dann ist Klaas jetzt mit Jens und Herrn …?«

»Herrn Schleefendörfer zusammen. Ja, er hat die beiden Jungen mitgenommen und ist mit ihnen unterwegs. Ich denke, sie kommen erst am späten Nachmittag wieder«, erklärte die Witwe. »Sagen Sie, brauchen Sie noch lange? Niclas und ich erwarten noch Besuch. Herr Ekhoff kommt, damit wir den Vorvertrag für den Verkauf fertig machen.«

Rike lächelte sie an. »Keine Sorge, wir sind bald wieder weg. Es geht nur um die Gesundheit der Menschen hier. Wie ich Ihnen schon erklärte, passieren diese unfreiwilligen Vergiftungen mit Quecksilberdämpfen immer wieder. Ihr Mann war dem Stoff lange ausgesetzt und Sie wollen doch die Gesundheit Ihrer Familienmitglieder und Gäste nicht aufs Spiel setzen.« Rike nickte ihr zu. »Wir müssen aber dennoch mit Klaas sprechen. Könnten Sie heute Abend noch mit Ihrem Sohn auf das Revier kommen? Wir brauchen die Aussage vor dem Wochenende.«

»Vielleicht kann Rüdiger, Herr Schleefendörfer, später mit Klaas kommen. Wäre das in Ordnung? Ich habe versprochen, die Hochzeitsfeier im Gasthaus am Markt wenigstens am Abend zu bedienen. Den Kaffee musste schon meine Kollegin alleine ausrichten. Das schafft die nicht allein beim Abendessen und mit den Getränken im Saal.«

»Natürlich! Schicken Sie beide so gegen halb sechs vorbei.«

Niclas Beimes schloss die große Holzhütte auf, in der Timmo seine Werkstatt hatte. »Bleiben Sie zurück«, wies ihn Philipp an und zog wieder die Atemschutzmaske über. Er hielt die Stange mit dem Messgerät hinein und sah sofort den enormen Ausschlag. Schorlau hob einen Daumen in Tammes Richtung, ging in die Hütte und schloss die Tür hinter sich. Er fand den Lichtschalter und dann erhellte eine Neonröhre den chaotischen Raum. Außer dem statischen Rauschen der Lampe und Philipps Atemzügen durch die Maske war es völlig still. Man hörte noch nicht einmal die Stimmen von draußen. Gut isoliert der Schuppen, dachte Schorlau und blickte sich um.

Neben einer Werkbank stand eine ausgeklappte Liege mit Kissen und einer Decke. Auch an leeren Flaschen Bier und Schnapsflaschen ließ es nicht zu wünschen übrig. Sie lagen in allen Ecken verteilt. An die Wände waren einfache Regalbretter genagelt, auf denen alles Mögliche stand. Gläser mit Pinseln, Farbeimer, Werkzeug, Kabel und auch Glühbirnen und Steckdosen. Schorlau schwenkte mit dem Messkolben langsam von rechts nach links und verfolgte den Ausschlag des Zeigers auf der Skala. Je näher Schorlau der Werkbank und der Liege kam, umso höher wurde der Ausschlag. Doch schien die Quelle nicht nur von einer Seite zu kommen. Zuerst zog Philipp den Stahlcontainer auf der rechten Seite unter der Werkbank hervor und fand dahinter einen Plastikeimer. Bevor er unter die Bank krabbelte, um den Eimer hervorzuholen, zog er sich noch ein paar lederne Arbeitshandschuhe über die Latexhandschuhe.

»Sieh einer an«, murmelte er in die Atemmaske, als er in den Abfalleimer blickte. Er war halb gefüllt mit zerschlagenen Energiesparlampen, es waren sogar einige alte Birnen dabei, die schon seit Längerem auf dem Markt verboten waren. Philipp konnte einfach nicht glauben, dass dieser Timmo Beimes so dumm gewesen war und die zerschlagenen Leuchtmittel hier aufbewahrte. Vor allem stellte sich die Frage, warum der Abfalleimer hinter dem Container unter der Werkbank gestanden hatte, wo man ihn nicht einfach erreichen konnte. Eine Logik konnte Schorlau darin nicht sehen, außer jemand hatte den Eimer dort versteckt, weil er wusste, dass Beimes hier schlief und die Hütte nicht viel lüftete.

Nachdem der Forensiker den Abfalleimer samt Inhalt sorgsam und vor allem luftdicht eingetütet hatte, ging er der anderen Quelle in der Nähe der Liege nach. Er musste heftig an der Liege zerren, um an die Stelle der hinteren Rückwand zu kommen, die einen noch größeren Ausschlag anzeigte als die zerbrochenen Leuchtmittel. Vorsichtig löste Philipp mit einem Schraubenzieher eine Holzverkleidung dort ab, die etwas vorstand. Wenn man nicht explizit danach suchte, fiel es kaum auf, dass es dort eine verkleidete Aussparung gab. Als der Forensiker endlich das Brett abgelöst hatte und hineinleuchtete, wurde ihm klar, dass jemand vorsätzlich versucht hatte, Timmo Beimes zu töten.

In einem dieser winzigen Marmeladengläschen, wie sie in Hotels benutzt wurden, schwamm am Boden eine dünne Schicht des typisch zähflüssigen, silbernen Quecksilbers. Der Deckel war stark durchlöchert, sodass die Dämpfe ungehindert austreten konnten, und das direkt an der Kopfseite der Liege. Es war kein Wunder, dass die Vergiftung bei dem Opfer weit vorangeschritten war. Philipp stellte das Gläschen in einen speziellen Behälter. Nach einem letzten Durchgang mit dem Messgerät öffnete er das Fenster und den Rollladen, ging nach draußen und ließ die Tür weit offen.

Er nahm Tamme zur Seite, sodass der Bruder des Opfers ihn nicht hören konnte, und meinte: »Hier hat jemand nachgeholfen, es war ein Mordversuch.« Er berichtete kurz von den zerbrochenen Birnen und dann von dem offenen Quecksilber. »Keine große Menge. Wenn jemand an ein paar alte Thermometer gekommen ist, dann reicht das. Sind vielleicht fünf Gramm, also fünf Fieberthermometer. Zusammen mit den versteckten zerbrochenen Lampen braucht es eine Weile, aber früher oder später hätte es den Mann erwischt.«

»Gut, wir reden den beiden gegenüber nur von den Lampen und sagen, dass Timmo Beimes anscheinend unvorsichtig war«, erwiderte der Wikinger. »Bestell dein Team, sie sollen versuchen Spuren zu finden. Wir nennen das dann eine vorsorgliche Säuberung. Und geh trotzdem noch kurz durch die Ferienwohnungen und über

142

den Platz, damit die keinen Verdacht schöpfen. Rike sagte mir, dass der Bauunternehmer bald mit dem Vorvertrag kommt. Wenn unterschrieben ist und du Fingerabdrücke findest, können wir die beiden festnehmen.«

»Dafür muss ich Frau und Herrn Beimes aber auch die Fingerabdrücke abnehmen«, meinte Schorlau und dachte kurz nach. »Mir fällt schon was ein, dass sie nicht misstrauisch werden. Wenn sie es überhaupt waren«, fügte er skeptisch an.

»Wer denn sonst? Der Schlüssel zu der Werkstatt hing doch im Wohnhaus, damit hatte die Ehefrau und auch der Bruder Zugang«, hielt Tamme dagegen. »Fang du jetzt an mit den Ferienwohnungen, ich ziehe ein Absperrband großzügig um die Hütte.« Dann runzelte der Riese die Stirn. »Wie weit muss ich den Abstand halten, damit ich mir nichts davon einfange?«

»Solange du nicht reingehst und da drinnen Atemübungen machst, ist es ungefährlich! Es sei denn, du steckst deine Nase in den Abfalleimer in der Beweistüte«, erwiderte Schorlau lapidar. »Keine Sorge«, stellte er dann richtig. »Alleine, dass ich jetzt lüfte, reicht schon, um nicht kontaminiert zu werden. Du kannst ruhig in den Schuppen gehen und dich umsehen.«

Kommissar Hehler sah ihn zweifelnd an. »Mach ich aber nicht. Absperrband außen, das ist das Höchste der Gefühle!« Schorlau lachte nur meckernd und schlich mit dem Messgerät davon.

***

Kommissar Wegener stand am Fenster des Hotels am Delft in Emden und blickte auf das braune Wasser des Binnenhafens. Im Hintergrund liefen noch einmal die letzten Telefonate von heute, die Guido Ekhoff aus seinem Büro geführt hatte.

»Damit haben wir ihn. Wenn die um fünfzehn Uhr den Vorvertrag unterzeichnen und dieser Ekhoff ihn gleich an den Anwalt schickt, wird das Geld noch heute angewiesen«, sagte KHK Weiss und lächelte in sich hinein. Es war ein diabolisches Lächeln, denn wenn sie eine der maßgebenden Beamten war, die Vincenzo Marivota zur Strecke brachten, ständen ihr alle Türen offen. Wegener war zwar mit seiner SO vom LKA viel länger an dem Mann dran gewesen, trotzdem war sie genau zum richtigen Zeitpunkt mit eingestiegen. KHK Weiss war schon länger für eine Beförderung vorgesehen, und mit solch einem Fisch im Netz machte man sie vielleicht zur Chefin der Abteilung Schwere und Organisierte Kriminalität bei der Bundespolizei.

»Beten wir nur, dass dieser Faber und seine Truppe nicht dazwischenfunken«, brummte Wegener und drehte sich zu ihr. »Ich habe nicht im Geringsten verstanden, warum du diesem Landpolizisten überhaupt versprochen hast, die Telefonate und Mails von Ekhoff zugänglich zu machen. Glaubst du, der ist kompetent genug, um richtig zu reagieren?«

»Maarten«, erwiderte sie und drehte die Stimme der Aufzeichnung von Ekhoff leiser, der mittlerweile mit dem Bürgermeister der Krummhörn sein kurzes Telefonat führte. »Du bist manchmal selten dämlich!«

»Halt dich zurück, Elisabeth. Mir hat schon gestunken, wie du vor diesem Faber mit mir gesprochen hast«, knurrte Maarten Wegener sie an.

»Wir mussten mit dem Kriminalhauptkommissar reden, damit er nichts unternimmt. Doch glaubst du, ich habe mich vorher nicht über ihn erkundigt?«, fragte sie ihn und erntete ein Schulterzucken. »Der Mann ist ein Hotshot, hat jahrelang in Frankfurt gearbeitet, nicht nur bei der Kripo, auch bei der Drogenfahndung. Und dort hat er einiges an Erfahrungen mit dem organisierten Verbrechen gemacht.«

»Scheiße, was sucht denn so ein Kerl hier in der Provinz?«, war alles, was Wegener sagen konnte.

»Er hat sich aus privaten Gründen versetzen lassen. Die zwei Jahre, in denen er hier ist, blieb keiner seiner Fälle offen. Selbst einen Cold Case hat er geknackt. Was meinst du denn, wie der reagiert hätte, wenn ich ihm nicht die Informationen von Ekhoff versprochen hätte?«

»Schon gut, jetzt verstehe ich. Aber wenn du ihm die Aufnahmen von den zwei Telefonaten von heute schickst, dann weiß er, dass Guido Ekhoff diesen Timmo Beimes hat beseitigen lassen. Denkst du, Faber hält dann still? Wenn er Ekhoff verhaftet, bevor wir Vincenzo und den Anwalt haben, hat Faber wahrscheinlich unseren Hauptzeugen kassiert. Der wird ihm bei Auftragsmord keinen Deal anbieten, damit der Bauunternehmer gegen Vincenzo aussagt.«

»Stimmt genau. Mord hin oder her, Guido Ekhoff ist ein wichtiger Belastungszeuge. Denn selbst wenn wir die anderen haben, wir brauchen jemanden, der alles vor Gericht bezeugt. Wenn ich mit

Ekhoff einen Deal mache, was die Beseitigung von Timmo Beimes angeht, dann sagt er aus«, erklärte KHK Weiss ihren Schlachtplan. »Denn ich will, dass die Carabinieri erst einmal Vincenzo hinter Gittern haben, und das passiert, sobald die Bank das Geld transferiert. Dann schlagen unsere Leute in Düsseldorf zu und schnappen Dörrweiler. Der einzige Grund, warum wir beiden Hübschen noch hier in Emden rumhängen, ist, diesen Ekhoff mitzunehmen, sobald wir grünes Licht aus Düsseldorf haben. Außerdem wird auch erst dann das Dezernat 35 des LKA sich die Parteispenden von Gerhard Hoffmann ansehen. Das gibt Aufregung genug, wenn das Ministerium erfährt, dass ihr zukünftiger Minister Hoffmann von der italienischen Mafia Spenden bekommen hat. Unser Moment, heimlich mit Ekhoff zu verschwinden.«

»Okay, das hört sich schon besser an. Dann schickst du diesem Faber nur das unverfängliche Zeug?«, fragte Maarten.

»Nein, das würde dem Chef der Kripo Emden auffallen. Vergiss nicht, er ist clever. Er bekommt alles bis auf die beiden Telefonate heute mit Vincenzo und Hoffmann. Und natürlich auch nicht das erste Telefonat mit Marivota vor einer Weile, als er Ekhoff bat, das Problem mit Timmo Beimes zu lösen«, beantwortete sie seine Frage. »Schmeißen wir ihm ruhig auch diesen Bürgermeister als Köder hin. Den kann er von mir aus verhaften, das Dezernat 35 wird ihm die Angelegenheit schon aus der Hand nehmen, wenn die erst einmal die Parteispenden der Mafia gefunden haben. Dafür sorgt dann schon der Ministerpräsident.«

»Wenn der dahinterkommt, dass Guido Ekhoff den Mord an Beimes in Auftrag gegeben hat und wir das wussten, dem Mann aber einen Deal anbieten, dann kracht es im Karton«, wies Wegener sie darauf hin. »Ich würde an Fabers Stelle jedenfalls einen Aufstand machen beim BKA und auch beim LKA!«

Hauptkommissarin Weiss stand auf und nahm sich ein Sprudelwasser aus der Minibar. Sie öffnete den Drehverschluss und trank direkt aus der Flasche. Dann stellte sie sich neben Wegener und blickte rüber nach Schreyers Hoek. Das war die Landzunge zwischen Ratsdelft und Altem Binnenhafen, von der aus früher die Frauen der Heringsfischer ihre Männer zum Fang verabschiedet hatten. »Lass ihn doch, wir haben bei der organisierten Kriminalität mehr Spielraum als ein einfacher Kripobeamter. Vor allem wird man es nicht zulassen, dass wir mit Dreck beworfen werden. Wir servieren der Regierung immerhin einen der Topmafiosi und auch noch einen ambitionierten und korrupten Politiker auf dem Silbertablett.«

»Mhm«, machte Wegener. Er kannte KHK Elisabeth Weiss nun seit einem Jahr. Wenn er etwas gelernt hatte, dann, dass sie eine knallharte Polizistin war und sich vor allem mit interner Polizeipolitik auskannte. Er griff nach ihrer Wasserflasche und leerte den Rest mit einem Zug. »Gut, dann lassen wir diesen Faber vor die Wand laufen. Ich mochte den Kerl schon heute Morgen nicht!«

Kapitel 8

»Himmel, will das BKA uns mit Ton- und Datendateien erschlagen?«, schimpfte Kommissarin Heiligenstadt. Faber, KK Withuus und Laurien Heiligenstadt saßen im Großraumbüro über ihren Laptops. Während Sonja Withuus sich immer noch mit den Hobbydrohnen, deren Piloten und registrierten Drohnensichtungen in Niedersachsen befasste, hatte Faber die vom BKA eingetroffenen Dateien gleich auch an KK Heiligenstadt weitergeleitet.

»Genau das habe ich auch schon gedacht«, murmelte Faber. »Wir müssen das aufteilen, Sie die Tondateien, ich die Dateien von Ekhoffs Computer?«

KK Heiligenstadt sah auf und blickte ihn an. Er hatte sich auf Rikes Platz niedergelassen und sie saß an Tammes Schreibtisch, damit Sonjas ständiges Telefonieren sie nicht dauernd in ihrer Konzentration störte. »Macht das denn Sinn?«, kommentierte Laurien seinen Vorschlag. »Erstens bin ich der Meinung, wir sollten mit den neuesten Daten und TKÜ-Aufnahmen beginnen, und zweitens lieber nach Datum vorgehen. So kennen wir beide die ungefähren Inhalte der Telefonate und Dateien.« Faber runzelte erst einmal die Stirn. »Wenn nur ich mir die Telefonaufnahmen anhöre, dann ist die Gefahr groß, dass ich irgendwann etwas überhöre. Warum nehmen Sie nicht alle geraden Daten und kümmern sich um die gesamten Informationen dieser Tage und ich nehme die ungeraden Tage. Beginnend mit dem aktuellsten Datum.«

»Man merkt, Sie haben einen juristischen Hintergrund. Da weiß man besser, wie Unmengen von Daten verarbeitet werden müssen. Einverstanden«, sagte Richard und lächelte sie an. »Heute ist der fünfte April, dann haben Sie die aktuellsten Informationen«, bemerkte er, doch KK Heiligenstadt schüttelte den Kopf.

»Nein, erstaunlicherweise gibt es für heute noch nichts, dabei ist es schon Nachmittag. Die Dateien enden gestern, Donnerstag, den vierten April.«

»Vielleicht übertragen die nur einmal am Tag die Daten an die BKA-Beamtin. Eventuell erhält KK Weiss die Daten erst am Abend und schickt uns dann erst den ganzen Tag weiter«, vermutete Faber, merkte aber schon beim Aussprechen der Worte, dass es unlogisch klang.

So schüttelte KK Heiligenstadt auch gleich wieder den Kopf. »Würden Sie das tun, wenn Sie andere Kollegen mit ins Boot nehmen wollen? Na, ich jedenfalls nicht. Diese BKA-Kommissarin weiß genau, dass die aktuellsten Daten am wichtigsten sind.«

»Was wollen Sie damit sagen?«, fragte Faber, denn er hatte den Unterton in der Stimme seiner neuen Kommissarin gehört.

»Trauen Sie der BKA-Kollegin und dem LKA-Mann?«, fragte sie, anstatt ihm zu antworten.

Faber sah sie einen Moment ernst an, dann zog er die Augenbrauen kurz hoch und sagte: »Nein, aber fragen Sie nicht warum, es ist ein Bauchgefühl. Etwas, auf das ich bei Ermittlungen eigentlich nicht gerne höre. Ich stehe mehr auf Fakten.«

»Tun die meisten Männer«, erwiderte sie lapidar. »Ich denke, Ihre Zweifel sind berechtigt. Chef, heute ist Freitag, der Arbeitstag fast zu Ende und es gibt ausgerechnet für heute keine Daten. Dafür hat diese KHK Weiss jedoch Daten vom ganzen letzten Jahr beigefügt. Selbst wenn wir alle hier in Emden das ganze Wochenende daran arbeiten, bekommen wir diese Menge nicht bearbeitet.«

»Aber wir wären dann zu beschäftigt, um etwas anderes zu machen, das KK Weiss vermeiden will«, beendete er ihren Gedanken, aber besann sich eines Besseren. »Spinnen wir gerade Verschwörungstheorien zusammen?«, fragte Faber laut.

KK Heiligenstadt lachte. »Nein, trotzdem denke ich, die Strategie dieser Weiss ist, den Feind abzulenken. Das ist Sun Tzu, die Kunst des Krieges, und dort gehören Täuschung und Vorspiegelung falscher Tatsachen zur Kriegsführung. Würde mich nicht wundern, wenn auch das BKA solche Strategien anwendet.«

»Okay, jetzt lasse ich mich mal einen Moment auf Ihre Gedanken ein. Wieso sollte das BKA uns mit Nebenschauplätzen und Daten überschütten? Wovon sollen wir nichts wissen? Was sollen wir nicht tun?« Richard sah sie erwartungsvoll an.

»Rufen Sie sich noch einmal die Worte der BKA-Kommissarin ins Gedächtnis. Was hat sie mit Ihnen vereinbart? Wenn es geht, so wörtlich wie möglich.«

Faber strich sich mit der Hand über sein Kinn und dachte nach. »Ich sagte ihr, der Mord hat Vorrang vor dem Mafiageschäft, falls Guido Ekhoff auch an der Geldwäsche beteiligt sein sollte. Damit wollte ich klarstellen, dass wir ihn noch einmal richtig vernehmen werden, falls aus seinen Daten hervorgeht, dass er etwas mit Timmo Beimes' Tod zu tun hat.«

»Und was hat sie darauf geantwortet?«

»Einverstanden«, meinte Faber.

»Jetzt kommen Sie schon, Chef!«, bedrängte ihn Laurien. »Die hat noch mehr gesagt, oder?«

»Sie meinte, ich hätte mit der Mordsache Vorrang, wenn sie Vincenzo Marivota und diesen Anwalt Dörrweiler festgenagelt haben. Und erst, wenn wir mit dem Bauunternehmer und den Verkäufern, sprich Ava und Niclas Beimes, fertig wären, würde das BKA Strafanzeige gegen die drei wegen Verwicklungen mit der Mafia stellen.« Er runzelte die Stirn und meinte noch: »Das war ziemlich genau das, was KK Weiss versprach.«

»Chef«, ermahnte die Kommissarin ihn. »Sie versprach, erst dann einer Strafanzeige nachzugehen, wenn wir mit denen fertig sind. Doch wenn sie den Mafiaboss und auch den Anwalt festgenagelt haben, brauchen sie Zeugen, Leute, die vor Gericht aussagen. Nur die TKÜ-Aufnahmen reichen da nicht. Was, wenn die dem Bauunternehmer einen Deal anbieten und ihn ins Zeugenschutzprogramm stecken, damit er gegen diesen Marivota aussagt? So sind schon ganz andere Auftragsmörder davongekommen.«

»Herrje, Laurien«, fluchte Faber und benutzte das erste Mal ihren Vornamen. »Sie sind ja genauso schlimm wie Rike. Hören wir da Flöhe husten?«

»Nein«, erwiderte KK Heiligenstadt professionell. »Ich habe nur die letzten zwei Jahre in einem Kollegenumfeld gearbeitet, in dem ich ständig um die Ecke denken musste, um nicht in die Falle dieser Kerle zu treten. Man hat Sonja und mir nicht nur auf plumpe Art und mit Beleidigungen das Leben schwer gemacht. Unsere lieben Ex-Kollegen haben auch ziemlich clevere Tretminen ausgelegt, damit wir unseren Job verlieren.«

»Und meinen Sie nicht, dass Sie vielleicht dadurch etwas überempfindlich sind? Auch wenn ich KK Weiss nicht traue, so heißt das nicht, dass sie uns verarschen will!«, redete Faber jetzt Tacheles und bemerkte, wie sie skeptisch den Mund verzog. »Aber gut, was schlagen Sie vor, sollten wir tun?«

»Gehen wir doch einfach mal oberflächlich alle Daten durch und sehen uns die Tage an, die man uns nicht geschickt hat. Dann hören wir uns die Aufnahmen von den Tagen zuvor an. Vielleicht finden wir so eine Andeutung, warum das Material für uns von Weiss selektiert wurde.«

»Mhm, kann ja nicht schaden«, stimmte Faber zu. Innerlich hoffte er, dass es nicht nur mit seiner Beziehung zu Rike zu tun hatte, dass er immer mehr seiner und anderer Menschen Intuition nachgab. Vor einem Jahr noch hätte er ohne jegliche Fakten ein solches Vorgehen nicht einmal erlaubt. Auf der anderen Seite musste er zugeben, dass Rike mit ihren Bauchgefühlen bisher immer richtig gelegen hatte. Wenn Laurien Heiligenstadt und Sonja Withuus mit ihrer weiblichen Intuition sein Team noch zusätzlich weiterbrachten, dann wollte er das nicht so einfach ablehnen.

***

Kurz nach sechzehn Uhr kam Rike mit Tamme wieder aufs Revier. Schorlau war mit seinem Team bereits losgeflogen. Sie hatten die Spuren in der Hütte gesichert und wollten diese schnellstens untersuchen. Nur im Labor konnte er ohne Gefahr Fingerabdrücke von dem Gläschen und den zerschlagenen Glühbirnen nehmen. Er hatte versprochen, Rike sofort anzurufen, wenn er etwas gefunden und natürlich mit den Abdrücken von Niclas und Ava Beimes verglichen hatte. Seit dem Fund des Marmeladengläschens war eindeutig, dass es kein Unfall war. Jedoch wirkte die ganze Angelegenheit so amateurhaft, dass der Forensiker hoffte, den einen oder anderen Abdruck auf den zerschlagenen Glühbirnen zu finden. Es war ein Ammenmärchen, dass auf zerschlagenem Glas keine Abdrücke mehr zu rekonstruieren waren. Zwar war es eine Sisyphusarbeit, solche Scherben wieder zusammenzusetzen, aber durchaus möglich.

»Und, hast du schon einen Anruf vom BKA bekommen?«, wandte sich Rike an Faber, als sie ins Großraumbüro kam.

»Nein, wieso fragst du?«

»Weil Ava und Niclas Beimes den Vorvertrag des Grundstückverkaufs unterzeichnet haben, und zwar vor einer Stunde«, erklärte sie. »Ich habe das Gespräch mit Guido Ekhoff belauscht. Er versprach, den unterzeichneten Vertrag sofort an den Anwalt zu schicken. Damit sollten die beiden einen Teil der Kaufsumme noch heute auf ihren Konten haben. Das bedeutet wahrscheinlich, dass die mailändische Bank die Summe noch heute nach Deutschland transferiert. Der Moment, in dem das BKA und die Carabinieri zuschlagen wollten.«

Faber sah KK Heiligenstadt vielsagend an. »Nein, keiner hat mich angerufen und davon erzählt. Und wenn Guido Ekhoff sich heute mit Ava für einen Termin verabredet hat, dann bestimmt telefonisch von seinem Büro. Kein Wunder, dass die Aufnahme fehlt.«

»Chef, Sie sollten schleunigst jemanden losschicken und Guido Ekhoff festnehmen lassen, bevor das LKA und diese Weiss ihn sich schnappen!«, sagte KK Heiligenstadt.

»Fahren Sie und Tamme jetzt los. Vorläufige Festnahme wegen …«, er stoppte kurz und meinte dann: »Werden Sie einfach kreativ!«

»Was ist los?«, fragte der Wikinger, doch KK Heiligenstadt befestigte bereits ihr Holster, griff seinen Arm und zerrte ihn hinter sich her. Was bei ihrer zierlichen Erscheinung sehr komisch aussah, denn der riesige Mann folgte ihr brav, als hätte er keinen eigenen Willen.

»Tamme, das erkläre ich dir auf der Fahrt, jetzt haben wir es zu eilig!«, war alles, was sie sagte.

»Darf ich erfahren, was hier los ist?«, meinte Rike und schälte sich aus ihrer Einsatzlederjacke. Faber fasste schnell zusammen, in welche Richtung Lauriens und seine Gedanken gingen, und Rike quittierte das mit einem »Oh Mann!«.

»Aber das ist noch nicht alles. Wir haben nach mehr Lücken bei den Aufzeichnungen gesucht und noch eine weitere Auslassung gefunden. Etwa eine Woche vor Timmo Beimes' Tod waren die vier Männer ebenfalls Tennis spielen und dann bei einem Abendessen. Da hat Timmo Beimes Guido Ekhoff anscheinend nach dem Essen mitgeteilt, dass er vielleicht gar nicht verkaufen will.«

»Woher weißt du das?«

»Weil Ekhoff noch an dem Abend bei Dörrweiler angerufen hat, um ihm das mitzuteilen«, erklärte Richard. »KK Heiligenstadt und ich glauben, dass Guido eventuell am anderen Tag einen Anruf von dem Anwalt oder vielleicht sogar von dem Mafioso bekam.«

»In dem man ihn damit beauftragte, das Problem zu lösen«, beendete Rike seinen Gedanken. »Und das alles und die Gespräche von heute wollte das BKA uns nicht geben, weil?«

»Weil sie nicht wollen, dass wir Ekhoff wegen des Auftragsmordes verhaften. Wenn die ihn zuerst in die Finger bekommen und ihm Zeugenschutz anbieten, sagt er vielleicht gegen Vincenzo Marivota aus. Dann müssen wir den Bauunternehmer ziehen lassen, auch wenn er den Mord in Auftrag gegeben hat. Lege ich jedoch zuerst meinen Finger auf Ekhoff, wird es nicht leicht, ihm einen Deal anzubieten. Denn selbst der Bundesstaatsanwalt tut sich schwer, jemandem einen Deal anzubieten, wenn er offiziell zugegeben hat, der Auftraggeber eines Mordes zu sein. KK Weiss wird vorhaben, Guido Ekhoff zu briefen, damit er nichts Dummes sagt.«

»Verstehe, es ist zum Kotzen, dass wir jetzt schon gegen unsere eigenen Leute in Konkurrenz treten.« Sie seufzte und meinte dann: »Ach, bevor ich es vergesse, gegen halb sechs kommt Klaas Beimes mit einem Bekannten, einem Rüdiger Schlefenstädert oder so ähnlich. Ist wohl ein guter Bekannter der Beimes, den Ava und Klaas schon ewig kennen. Dann können wir endlich mit dem Jungen sprechen.«

In dem Moment hob Sonja Withuus den Kopf und fragte: »Meinst du vielleicht Rüdiger Schleefendörfer?«

Rike wischte mit ihrem Zeigefinger über das Tablet, bis sie die Aufzeichnung gefunden hatte. »Stimmt, woher kennst du den Namen?«

»Weil Rüdiger Schleefendörfer einer der größten Hobbydrohnenhersteller in Ostdeutschland ist und bekannt für seine Sonderanfertigungen. Außerdem beschäftige ich mich seit heute Morgen mit nichts anderem. Ich habe ihn sogar in Leipzig angerufen, doch man sagte mir, er wäre erst Ende nächster Woche wieder da, mache Urlaub und wäre nicht zu erreichen.«

»Was passiert denn hier gerade?«, rutschte es Faber heraus. Das ist eine verwirrende Entwicklung, dachte er. Aber wenn Ekhoff den Mann kennt, schoss es ihm durch den Kopf. Dann riss er sich zusammen und meinte an KK Withuus gewandt: »Können wir irgendwie feststellen, ob dieser Schleefendörfer Guido Ekhoff kennt? Ach, und noch etwas: Baut der Mann die Drohnen nur oder fliegt er sie auch?«

»Natürlich fliegt er sie auch, wenn er einer der Drohnenexperten in Deutschland ist. Ich habe sogar gesehen, dass er bei einem Wettbewerb ziemlich gut abgeschnitten hat.«

»Super, dann soll der Herr mal kommen. Ich denke, wir haben jetzt nicht nur an Klaas ein paar Fragen!«

***

Eine halbe Stunde später kamen Tamme und Laurien wieder aufs Revier. Sie waren außer Atem, weil sie die zwei Stockwerke hochgerannt waren. Faber saß immer noch bei Rike im Großraumbüro und besprach mit ihr eine Taktik, wie sie mit diesem Schleefendörfer umgehen sollten. In zwanzig Minuten wollte der Mann mit Klaas dort erscheinen. KK Withuus hatte ihnen alles mitgeteilt, was sie über den Drohnenhersteller in Erfahrung gebracht hatte.

»Wir waren zu spät«, sagte Laurien Heiligenstadt schnaufend. »Er war weder in seinem Büro noch bei sich zu Hause. Seine Frau sagte, dass er, nachdem er aus Campen zurück war, noch kurz ins Büro wollte, um einen Vertrag weiterzuschicken«, berichtete sie und holte tief Luft. »Danach wollte er mit ihr feiern, deshalb wunderte sie sich, wo er blieb. Er meldet sich auch nicht auf seinem Handy.« Jetzt musste sie erst einmal durchatmen.

Darum setzte Tamme den Bericht fort. »Wir sind dann schnell noch einmal in sein Büro und haben das Personal vom Café Sikken befragt, welches genau gegenüberliegt. Tatsächlich hatte eine der Kellnerinnen gesehen, wie Ekhoff von einer Frau und einem Mann begleitet das Haus verließ. Die Frau war relativ klein mit grauem kurzem Haar und der Kerl ein großer, schlaksiger Mann mit blondem Haar. Die Bedienung meinte, dass Guido Ekhoff nicht begeistert aussah zwischen den beiden.«

»Gotts verdori!«, schimpfte Faber. »Das war die Weiss und der LKA-Fritze. Sie sind uns zuvorgekommen!«

»Und kein Anruf und keine Mail«, sagte Rike wütend.

»Rike, ruf bitte Niclas Beimes an und frage ihn, ob er per Onlinebanking den Status seines Kontos abfragen kann. Wir müssen wissen, ob der Geldtransfer ausgeführt wurde«, wies er sie an und zog selbst die Visitenkarte von KHK Weiss aus dem Jackett.

Während Rike per Festnetztelefon versuchte Niclas Beimes zu erreichen, ließ Faber es auf dem Handy der BKA-Beamtin durchklingeln. Bereits nach dem dritten Klingelton wurde er auf die Mailbox von KHK Weiss umgeleitet. »Hier ist Hauptkommissar

Faber aus Emden, rufen Sie mich sofort zurück. Es brennt und ich will unbedingt auch die heutigen Telefonaufzeichnungen von Guido Ekhoff, damit wir uns richtig verstehen. Falls er sich selbst bei einem Telefonanruf als Auftraggeber des Mordes an Timmo Beimes belastet, dann gehört er mir. Denken Sie daran, was Sie zugesagt haben!«, sprach er scharf auf ihre Box, bevor er auflegte.

In dem Moment wedelte Rike immer noch mit dem Telefon am Ohr wild mit der Hand, um seine Aufmerksamkeit zu bekommen. Als er sie endlich ansah, hob sie den Daumen in seine Richtung. »Das ist einfach nicht zu glauben«, fluchte er vor sich hin. Dann sagte er an sein Team gewandt: »Der Geldtransfer ist gelaufen. Die erste Rate scheint bei den Beimes angekommen zu sein. Das bedeutet, in Italien ist der Anführer des Marivota-Clans wahrscheinlich schon verhaftet und dieser Anwalt Dörrweiler auch. Doch bei uns bescheuerten Landbullen muss man keine Versprechen halten. Die haben uns Ekhoff vor der Nase weggeschnappt«, schimpfte er jetzt lauthals.

»Reg dich nicht auf, das bringt nichts«, meinte Rike, als ihr Festnetz wieder klingelte. Sie wechselte ein paar Worte und legte auf. »Klaas Beimes und Rüdiger Schleefendörfer sind unten. Wie gehen wir jetzt vor?«

»Auch wenn ziemlich sicher ist, dass Guido Ekhoff den Mord in Auftrag gegeben hat. Es gibt einen Drohnenpiloten, der die Tat ausführte. Wir nehmen den Schleefendörfer in die Mangel. Rike, geh bitte runter. Hol beide hoch und bringe sie getrennt in zwei Verhörräume«, wies Faber sie an. »KK Heiligenstadt, Sie und Tamme befragen den Jungen. Ich und Rike nehmen uns den Mann vor. Da Sie all das Insiderwissen über die Drohnen haben, werden Sie, KK Withuus, mit mir und Rike kommen«, sagte er gerade, als sein Handy klingelte.

»Philipp, mach schnell, ich habe wenig Zeit«, drängte er und hörte zu. Dann stoppte er den Forensiker, stellte sein Handy auf Lautsprecher und meinte: »Okay, jetzt können dich alle hören, sag das noch mal.«

Man hörte Schorlau am anderen Ende missbilligend grunzen. Er ließ sich dann dazu herab, das Gesagte zu wiederholen: »Ich bin fertig mit den Untersuchungen der zerschlagenen Glühbirnen und dieses Quecksilbergläschens, die für die Vergiftung unseres Opfers verantwortlich waren. Das Marmeladengläschen ist abgewischt worden. Das hat man auch bei den Leuchtmitteln versucht, doch da war ein Dilettant am Werk. Ein hübscher Daumen- und Zeigefingerabdruck wurde übersehen, und zwar an der Fassung. Das ist passiert, als die Birne zerschlagen wurde. Wahrscheinlich war es die erste Lampe und unserem Hobbymörder fiel zu spät ein, sich Handschuhe anzuziehen. Oder er hat sich dabei am Glas verletzt und dann erst Handschuhe angezogen. Ich habe nämlich auch eine winzige Blutspur an einer der Scherben gefunden.«

»Fingerabdrücke und DNA«, jubelte Rike. »Schorlau, jetzt rücke endlich mit dem Wichtigsten raus! War es Ava oder Niclas Beimes?«

Philipp genoss wie immer seinen theatralischen Moment und meinte erst nach einigen Sekunden: »Weder noch. Der Preis geht an … Klaas Beimes, den Sohn des Opfers. Seine Fingerabdrücke!«

»Aber«, warf jetzt Tamme ein. »Woher hast du denn die Fingerabdrücke von dem Jungen? Der war heute Nachmittag gar nicht da. Wir haben nur von Ava und ihrem Schwager die Abdrücke genommen.«

»Na ja, nenn es Intuition oder auch Genie. Als ich das Wohnhaus der Beimes ausgemessen habe und nach der Quecksilberquelle suchte, war ich auch im Zimmer von Klaas Beimes. Da habe ich einfach auf gut Glück Abdrücke genommen. Was bin ich nur für ein cleveres Kerlchen«, lobte sich Schorlau selbst, weil sonst niemand etwas sagte.

Erst als das Gesagte bei Faber gesackt war, meinte er etwas fassungslos: »Dass die Aktion völlig illegal war und als Beweis nicht die Bohne wert ist, das weißt du aber?«

»Manchmal, Faber, zweifle ich sehr stark an deinem Intellekt. Mensch, bevor ihr den Jungen gleich verhört, bittet ihr um seine Fingerabdrücke und schickt sie mir umgehend elektronisch zu. Dann kann ich innerhalb von fünf Minuten zurückrufen, bestätigen und ihr konfrontiert ihn mit der Strafsache«, hielt Schorlau dagegen.

»Mann, Philipp, so arbeite ich nicht gerne. Es reicht, wenn das BKA und das LKA solche Nummern abziehen. Also merk dir für die Zukunft, dass wir hier völlig legal arbeiten«, hielt er Schorlau eine Moralpredigt.

»Sag mal, warum bist du dir so sicher, dass es Klaas' Abdrücke sind? Seine Mutter ist doch bestimmt oft in seinem Zimmer und fasst alles Mögliche an«, wechselte Rike das Thema, bevor Faber Schorlau noch mehr zusammenstauchen konnte.

155

»Erstens habe ich die Abdrücke natürlich mit denen von Ava Beimes und auch Niclas Beimes verglichen. Und zweitens war ich scharfsinnig. Ich habe Klaas' Nachtlektüre unter seinem Kissen gefunden. Ich denke mal, wenn er das unter dem Kissen versteckt, dann soll es wohl niemand sehen und in die Hand nehmen.«

»Igittigitt«, schoss es aus Sonja Withuus heraus. »Sie haben die Fingerabdrücke von Klaas' Pornos genommen, Doktor Schorlau?«

»Wer redet denn von Pornos? Irgend so ein Cowboybuch, Back Mountain oder so ähnlich. Das hatte der Junge unterm Kissen. Ich kann mir nicht vorstellen, dass sich ein Teenager auf das Buch einen …«, doch weiter kam Schorlau nicht, denn Richard fuhr dazwischen.

»Klappe, Philipp! Beherrsch dich mal ein bisschen, vor allem vor den neuen Kolleginnen. Deine Ausdrucksweise driftet ins Ordinäre ab«, schnitt Faber ihm das Wort ab, dann meinte er: »Okay, nehmen wir mal an, das ist alles so. Kann es aber nicht sein, dass die Fingerabdrücke an der Fassung nur daher rühren, dass Klaas die Birne irgendwann mal aus einer Lampe herausgedreht hat?«

»Jetzt hältst du mich nicht nur für ordinär, sondern auch noch für bescheuert, oder?«, knurrte Schorlau durchs Telefon. »Meinst du nicht, ich hätte das in Erwägung gezogen? Alle zerschlagenen Leuchtmittel waren nagelneu, nie benutzt. So, und jetzt nimm dem Jungen die Fingerabdrücke ab und schick sie mir, Herr Kriminalhauptkommissar Faber!« Nach den letzten Worten, die sich mehr wie ein Schimpfwort angehört hatten, legte Schorlau einfach auf.

»Du warst ein bisschen heftig zu Philipp, er hatte doch großartige Neuigkeiten«, wandte sich Rike an Faber. »Er hat da wohl was abbekommen, das für diese BKA-Beamtin bestimmt war.«

Richard seufzte und stand auf. »Vielleicht. Ich entschuldige mich nachher bei ihm. Gut, Leute«, wandte er sich dann wieder an das Team und klatschte kurz in die Hände. »Status! Wie es aussieht, hat Timmo Beimes' Sohn versucht, seinen Vater mit Quecksilberdämpfen zu vergiften. Dabei blieb es bei einem Mordversuch. Gestorben ist er durch die Kugel einer Makarow. Bevor ich es vergesse, ich habe in den Datenbanken nach solch einer Waffe gesucht. Kurz nach der Wende sind bei der NVA, der Nationalen Volksarmee der DDR, ganze Kisten mit den Pistolen verschwunden. In dem Chaos damals war es schwer zu beweisen, wer dahintersteckte, doch man mutmaßte, dass es die eigenen Soldaten waren, die damit Geschäfte betreiben wollten. Daher wird es schwer sein, den Ursprung der Waffe festzustellen.«

»Ich glaube, mich erinnern zu können, dass gerade die Makarow bei den militanten Rechten sehr beliebt ist. Wird immer wieder gefunden, wenn es mal zu Razzien kommt«, meinte Tamme. »Timmo Beimes gehörte diesem rechtslastigen Heimatschutzverein an. Vielleicht war es seine eigene Waffe, die er sich durch Verbindungen zu Kameraden im Osten besorgt hat.«

»Guter Gedanke, Tamme«, lobte ihn Faber. »Okay, Rike, geh jetzt Klaas und diesen Schleefendörfer hochholen, und Tamme beginnt mit den Fingerabdrücken des Jungen. Wenn wir die offizielle Bestätigung von Schorlau haben, dann müssen wir sowieso Ava Beimes anrufen und herbeizitieren. Tamme, dann frag, ob sie oder Niclas etwas von einer Waffe wissen.«

»Mach ich«, erwiderte Tamme und ging dann runter, um die beiden zu holen.

»Wir sollten auch Klaas fragen, ob er etwas von einer Waffe weiß«, meinte Kommissarin Withuus.

»Das mache ich, noch bevor wir Klaas wegen der Vergiftung unter Druck setzen. Wie hart kann ich den Jungen rannehmen, wenn wir die Abdruckbestätigung haben?«, fragte ihn Laurien Heiligenstadt.

»So hart, wie Sie es für richtig halten!« Faber drehte sich zu Rike. »Hol die Akte, wir brauchen vor allem die Tatortfotos. Dann geh schon einmal rein zu Schleefendörfer und warte mit der Befragung, bis ich auch da bin. Ich muss nur schnell noch mit dem Staatsanwalt telefonieren, damit der uns dabei hilft, dass Ekhoffs Frau ihr aktuelles Konto sofort offenlegt«, erklärte er. »Ich schicke dann Torben kurz hin, egal wie beschäftigt er mit der Ganggeschichte ist.«

***

»Muss das wirklich sein?«, fragte der Teenager, als Kommissarin Heiligenstadt ihn bat, seine Finger nacheinander auf den elektronischen Abdruckscanner zu legen.

»Nein, es kann dich keiner rechtlich dazu zwingen. Aber da deine Mutter und dein Onkel sich ebenfalls haben scannen lassen, dachte ich, es wäre kein Problem. Es handelt sich momentan sowieso nur um ein reines Ausschlussverfahren, Klaas«, beantwortete sie

157

freundlich die Frage, während Tamme ruhig neben dem Jungen saß. »Das ist reine Routine, auch die Fragen, die wir stellen möchten. Du hast nichts zu befürchten, oder denkst du?«

In dem Moment wurde Klaas rot im Gesicht. »Nee, was soll ich denn befürchten?«, sagte er hektisch. »Na, machen Sie schon«, sagte er dann und hielt ihr seine Hand hin, um die Finger scannen zu lassen. Als KK Heiligenstadt fertig war, stand Tamme auf, nahm das Gerät und wollte gerade den Verhörraum verlassen. »Und jetzt?«, fragte Klaas.

»Bevor ich gehe …«, meinte Tamme nebenbei, »… sag mal, hatte dein Vater eine Waffe?«

Klaas druckste etwas herum, dann nickte er. »Ja, er hat sie mir mal gezeigt und gesagt: Wenn ich mich nicht anständig benehme, dann brennt er mir damit einen auf den Pelz.« Die beiden Polizisten sahen sich entsetzt an. Dieser Timmo Beimes war wirklich ein ausgewachsener Schweinehund, dachte Tamme und der Junge tat ihm irgendwie leid.

»Weißt du auch, wo die Waffe ist?«, hakte Tamme nach.

»Die war immer in seinem Schuppen in einer der Schubladen der Werkbank. Doch anscheinend hat er sie plötzlich anderswo versteckt. Denn als er das letzte Mal total besoffen nach Hause kam und Mama verprügelt hat, da wollte ich sie klauen und ins Meer werfen. Sie war aber nicht mehr da«, erzählte der Junge aufrichtig. Tamme nickte und verließ den Raum. »Und jetzt, was passiert jetzt?«, wandte Klaas sich wieder an Laurien.

»Jetzt warten wir, was die Abdrücke ergeben. Das dauert nicht lange. Doch ich erkläre dir so lange schon einmal deine Rechte«, begann KK Heiligenstadt und leierte die Standardsätze herunter. »Außerdem, weil du eine sogenannte jugendliche Person bist, da älter als vierzehn, aber noch keine achtzehn Jahre alt, hast du das Recht, dass bei den Befragungen deine Mutter dabei ist.«

»Ich kapiere das nicht. Glauben Sie denn, ich habe meinen Vater erschossen? Ich habe seine Knarre nicht genommen, ehrlich. Ich war in der Schule an dem Morgen!«

»Darüber reden wir später«, erwiderte die Polizistin nur. Laurien entging nicht, dass Klaas mittlerweile kleine Schweißperlen auf der Oberlippe hatte, obwohl es in dem Verhörraum überhaupt nicht warm war. Er zupfte mit zwei Fingern an der Haut seines

158

Handgelenks. Es sah aus, als wollte er sich beruhigen und zwanghaft an etwas anderes denken.

Es erinnerte die Kommissarin an eine Methode der Verhaltenstherapie, das Thought-Stopping oder die Gedankenbremse, wie es auf Deutsch genannt wurde. Dabei befestigte man ein Gummiband am Handgelenk des Patienten. Immer wenn negative, unerwünschte Gedanken, die durch ein Trauma entstanden waren, wiederkamen, zupfte der Patient am Gummiband. Es handelte sich dabei um eine Neukonditionierung, denn beim Zupfen des Gummibandes sollte er sich im Geist immer wieder sagen: ›Stopp! Ich schaffe das!‹ Die Methode war mittlerweile weltweit anerkannt und hatte enorme Erfolge bei Betroffenen erzielt. Sie wollte ihn gerade fragen, ob er das öfter tat, als Tamme wieder in den Raum kam und sich zu ihnen setzte.

»Klaas, ich habe gerade deine Mutter angerufen. Sie ist auf dem Weg hierher«, begann der Wikinger.

»Aber wieso? Ich habe nicht geschossen, ich habe ihn nicht umgebracht!«, schrie der Teenager jetzt und Tränen schossen in seine Augen.

»Nein, das nicht. Aber wir haben das Quecksilber gefunden. Jetzt sag lieber nichts mehr, ich habe deiner Mutter schon geraten, einen Rechtsanwalt mitzubringen«, meinte Tamme. Klaas sah ihn entsetzt an, dann legte er seinen Kopf in die Arme auf den Tisch und fing an zu weinen wie ein kleiner Junge.

***

»Bitte, Herr Schleefendörfer, behalten Sie doch Platz«, sagte Faber und reichte dem Mann die Hand. »Ich bin Kriminalhauptkommissar Faber und das ist meine Kollegin, Kriminalkommissarin Waatstedt. Wenn es Ihnen recht ist, würden wir uns gerne kurz mit Ihnen unterhalten«, merkte Faber so freundlich an, wie es nur ging. Immerhin hielt der Kommissar den Kerl für einen möglichen Mörder.

»Mit mir?«, fragte der große, grauhaarige Mann erstaunt und kräuselte die Stirn. »Ich bin nur hier, um Klaas zu begleiten. Wäre es nicht besser, ich wäre jetzt bei ihm? Immerhin hat seine Mutter mich darum gebeten. Mir gefällt der Gedanke nicht, dass der Junge alleine befragt wird.«

159

»Machen Sie sich keine Sorgen. Wir haben gerade eben seine Mutter angerufen, sie wird sofort herkommen. Bis sie hier ist, werden wir den Jungen nicht befragen«, versuchte Rike den Mann zu beruhigen. Denn das Letzte, was beide wollten, war, dass er dichtmachte und sich einem Verhör widersetzte.

»Verstehen tue ich das nicht! Aber von mir aus, was wollen Sie denn wissen?«, fragte Rüdiger Schleefendörfer jetzt neugierig geworden. »Ich weiß wirklich nicht, wie ich Ihnen weiterhelfen könnte.«

»Vielleicht doch. Sie sind in Deutschland so etwas wie ein Experte, wenn es um Hobbydrohnen geht, richtig?«, fuhr Faber fort, während Rike die passenden Tatortfotos heraussuchte. Sie wollten ihm die Aufnahmen vom Dach zeigen, die Schorlau gemacht hatte, und von dem geöffneten Dachfensterflügel. Sie achtete darauf, ihm kein Bild mit der Leiche von Timmo Beimes vorzulegen.

»Ja, ich stelle Modellbauflugzeuge her und in den letzten Jahren habe ich mich auf Hobbydrohnen spezialisiert, da dies ein immer lukrativeres Geschäft wird.«

»Sagen Sie«, fuhr Faber fort. »Wäre es denkbar, eine Schusswaffe auf eine Hobbydrohne zu installieren und via eines elektronischen Impulses die Abzugsmechanik auszulösen?«

Ohne dass Schleefendörfer auch nur eine Sekunde nachdenken musste oder auch nur so tat, sagte er: »Absolut! Das ist kein Problem und funktioniert ziemlich gut.«

Rike und Faber starrten den Mann an. Wenn er der Todespilot der Drohne gewesen war und die Vorrichtung auch noch gebaut hatte, dann war er sich seines Alibis sehr sicher oder einfach nur völlig bescheuert. Denn jeder Mörder, der solch eine Vorrichtung jemals gebaut hatte, würde den Teufel tun, es bei der Polizei zuzugeben.

»Ähm«, setzte Faber an. »Das hört sich an, als ob Sie das schon einmal gemacht haben.«

Jetzt lachte Schleefendörfer, und Rike musste zugeben, der etwa vierzigjährige Mann kam sehr sympathisch rüber. »Um Gottes willen, kommen Sie nicht auf falsche Gedanken. Wir haben für den Stapellauf eines riesigen Kreuzfahrtschiffes solche Konstruktionen gebaut. Sie haben es vielleicht in den Zeitungen gelesen, der Luxusliner Caribbean Queen lief 2017 in den Hamburger Hafen, um von der Traditionswerft Blohm + Voss umgebaut zu werden«, berichtete Rüdiger Schleefendörfer bereitwillig. »Als sie dann letztes

Jahr wieder einsatzbereit war, gab es ein echtes Spektakel beim Stapellauf. Besser gesagt, die offizielle Ausfahrt vom Hafen zu den Landungsbrücken wurde groß gefeiert.«

»Aha«, meinte Faber skeptisch und wusste nicht so recht, worauf sein Gegenüber hinauswollte.

»An den Landungsbrücken gab es ein riesiges Feuerwerk. Die gesamte Hamburger Schickeria und eine Menge VIPs waren vor Ort. Die Caribbean Queen fährt unter Bermuda-Flagge, gehört aber dem US-amerikanischen Reiseunternehmen Dorsival. So, und die Amis wollten natürlich etwas ganz Besonderes. Jeweils acht Drohnen auf jeder Seite des Schiffes sollten mit dem Schiff zu den Landungsbrücken mitfliegen und simultan Leuchtraketen über dem Schiff abfeuern, damit sie im Bogen über dem Schiff aufsteigen. Wissen Sie, was ich meine? Ähnlich wie man ein Spalier bei einer Hochzeit über dem Brautpaar hält. Für die Aktion habe ich die Drohnen der Marke Voyager mit Leuchtpistolen bestückt und auf einem einzigen elektronischen Tablet abgestimmt. So konnte ich auf die Sekunde genau immer wieder simultan sechzehn Leuchtkugeln abschießen.« Der Mann war richtig euphorisch, als er darüber berichtete, und nickte stolz. Dann fügte er an: »Das sah natürlich irre aus und machte echt Eindruck, weil sich die Zuschauer nicht erklären konnten, woher alle drei Minuten die sechzehn Leuchtkugeln kamen.«

»Verstehe«, sagte Richard. Es war natürlich sehr einleuchtend, was der Mann erklärte, und vor allem nachprüfbar. »Dann ginge das auch mit einer Kleinkaliberpistole?«

»Was wiegt die denn?«

»Kommt auf das Modell an, aber zwischen fünfhundertsechzig Gramm und einem Kilo«, beantwortete Faber seine Frage.

»Dann sehe ich kein Problem, denn die Signalwaffen, die ich für den Stapellauf von der Hafenbehörde bekam, wogen ungeladen schon achthundertsechzig Gramm. Je leichter, je besser für die Flugeigenschaften der Drohne. Die Abzugselektronik ist genau die gleiche Vorrichtung. Vielleicht muss man das Zuggewicht am Abzug justieren, aber sonst ist es wirklich dasselbe.«

»Sehen Sie sich mal das Fenster an. Könnten Sie durch dieses offene Oberlicht eine Leuchtkugel schießen und einen markierten Fleck genau treffen?«, kam Rike jetzt zur Sache und zeigte ihm Fotos des Dachs und mit Einblick in die Tennishalle.

In dem Moment verdüsterte sich Schleefendörfers Blick, denn er verstand endlich, warum man ihn befragte. »Ist das die Tennishalle, in der dieser Kerl erschossen wurde?«

»Ja!«

»Ich weiß, das wird mich belasten, doch ich schwöre Ihnen, so gerne ich auch Timmo den Garaus gemacht hätte, ich war das nicht«, fing der Mann ganz ruhig an zu reden. »Und ja, Sie werden es eh herausbekommen. Mit einer bestückten Drohne und einem guten Übertragungsgerät könnte ich durch das offene Oberlicht wahrscheinlich ein Zweieurostück treffen. Ich hätte Timmo erschießen können, allerdings war ich es nicht.«

»Nein?«, fragte Faber jetzt und musste zugeben, dass er ihm irgendwie glaubte. Dennoch sagte er recht streng: »Sie machen nicht gerade einen Hehl daraus, dass Sie das Opfer nicht mochten. Sehen Sie, dann hätten wir fast alles zusammen, ein Motiv, die technische Möglichkeit und die Fertigkeit, es zu tun. Ich muss Sie jetzt nach Ihrem Alibi fragen.«

»Und ich wohl besser nach einem Anwalt«, sagte Rüdiger Schleefendörfer niedergeschlagen.

»Natürlich, wie Sie wollen. Aber warum versuchen Sie es nicht mit der Wahrheit?«, merkte Faber noch an. »Dies hier ist kein Verhör, nichts wurde aufgezeichnet. Ihr Verhalten ist nicht gerade typisch für jemanden, der schuldig ist. Also geben Sie uns die Chance, die Wahrheit zu hören.«

Rüdiger Schleefendörfer schien einen Moment nachzudenken. »Ich war immer ein anständiger Kerl, habe eine blütenweiße Weste. Also gut, ich sage Ihnen, wo ich war. Aber lassen Sie mich etwas ausholen, damit Sie es besser verstehen.«

»Wir hören und ich verspreche, wir sind auch anständig, wenn Sie uns die Wahrheit sagen. Dann finden wir auch einen Weg, die Wahrheit zu beweisen«, ermutigte Rike ihn. Faber war sich nicht sicher, ob sie damit nicht einen Schritt zu weit gegangen war. Doch anscheinend hatte Rike wieder eines ihrer sicheren Bauchgefühle, deshalb sagte er nichts.

»Ich komme mit meinem Jungen Jens schon seit fünfzehn Jahren auf diesen Campingplatz. Damals lebte meine Frau noch, Jens war gerade zwei Jahre, genau wie Klaas. Emma starb nur ein paar Jahre später an Krebs. Jens und Klaas waren in den Ferien unzertrennlich, und Ava half meinem Sohn sehr, über den schweren Verlust hinwegzukommen. Auch ich mochte Ava, wer kann sie nicht mögen? Sie ist einfach nur liebenswert und eine der attraktivsten Frauen, die ich kenne. Mit Timmo hatte ich nur am Anfang zu tun, da kam er mit Dosenbier an und wir tranken abends manchmal etwas zusammen«, berichtete Schleefendörfer sehr detailliert. »Schnell wurde ich seiner Naziparolen überdrüssig. Der dachte wirklich, nur weil ich aus Leipzig komme, verstände ich das rechte Gesocks. Er war ziemlich enttäuscht, als er spitzkriegte, dass ich dem linken Flügel angehörte. Außerdem war er einer dieser Menschen, die unter Alkoholeinfluss aggressiv werden.«

»Dann wussten Sie, dass er Ava schlug?«

»Nein, erst viel später. Vor etwa zwei Jahren kamen Ava und ich uns näher. Sie erzählte mir von ihrem grausamen Ehemann und wir beide begannen eine Affäre. Ich flehte sie gleich zu Anfang an, sich scheiden zu lassen. Aber sie hatte Angst um Klaas und wollte noch etwas warten, bis er ein bisschen älter wurde«, meinte der Mann einfühlsam. »Anfang des Jahres hatte ich sie fast so weit, dann kam das Angebot dieser Investitionsfirma.«

»Und Ava wollte den Verkauf abwarten, um bei der Scheidung nicht völlig mittellos dazustehen«, führte Rike seinen Gedanken fort.

»Genau. Dabei hatte ich ihr schon tausend Mal gesagt, dass ich genug für uns alle habe. Doch sie ist stolz, hat immer hart gearbeitet, härter als Timmo, daher wollte sie nicht arm wie eine Kirchenmaus aus dieser furchtbaren Ehe gehen«, fuhr Schleefendörfer fort. »Ava und ich mussten vorsichtig sein, wann und wo wir uns trafen. Ich war Anfang der Woche auf einer Drohnenmesse für kommerzielle Anwendungen in Hamburg. Anstatt zurück nach Leipzig zu fahren, bin ich an dem Morgen ganz früh in die Krummhörn und habe mich mit Ava getroffen. Das ältere Ehepaar auf dem Campingplatz kennt Avas Leid mit Timmo und hilft ihr manchmal. Sie decken Ava und sagen, dass sie bei ihnen war, wenn wir uns treffen.«

Faber atmete laut aus. »Das sieht nicht gut aus, denn jetzt hat sich Ihr Motiv noch verstärkt. Aber auch ich habe das Gefühl, Sie sagen die Wahrheit. Wo waren Sie mit ihr? Und vor allem: Hat Sie irgendjemand gesehen?«

»Wir waren in Norddeich, ich habe dort eine kleine Wohnung am Hafen gekauft. Damit wir uns treffen können und nicht in ein Hotel gehen müssen. Außerdem hat Ava immer den Schlüssel, um mit Klaas dorthin zu gehen, falls Timmo zu übergriffig wird.«

»Zeugen! Denken Sie nach!«, forderte Rike ihn auf.

»Ich weiß nicht, vielleicht der kleine Kiosk gegenüber am Deich. Den betreibt ein älterer Herr, ich habe schon öfter dort Fischbrötchen gekauft. Eventuell hat er uns durch Zufall um neun Uhr kommen sehen«, meinte Rüdiger Schleefendörfer, jedoch klang es nicht sehr zuversichtlich.

»Geben Sie mir die Adresse. Wir klären das noch heute Abend!«, sagte Faber und stand auf. »Ich muss Sie bitten, hier zu bleiben. Sie sollten einen Anwalt anrufen.«

Schleefendörfer schüttelte nur den Kopf. »Ich war das nicht, daher brauche ich auch keinen Anwalt. Wir leben in einem Rechtsstaat und nicht in einer Diktatur oder einem Polizeistaat, nicht wahr?«

Faber sah ihn an und nickte. »Stimmt, aber manchmal ist Recht nicht gleich Recht. Ich rufe für Sie einen Pflichtverteidiger an.«

***

Mittlerweile waren Fabers Polizeimeister auch wieder im Büro angekommen. Torben Husman berichtete seinem Chef, dass auf Guido Ekhoffs Konto zwanzigtausend Euro eingegangen waren. Es war Geld, das bei der Überweisung von einem Investmentkonto in Düsseldorf als Beraterhonorar deklariert worden war. Richard fragte sich, ob die Summe für den Auftragsmord bezahlt worden war oder wirklich für Ekhoffs Bemühungen beim Verkauf des Campingplatzes.

Nachdem Faber Friedhelm auf den Kiosk in Norddeich angesetzt hatte und ihm klargemacht hatte, wie wichtig das für sie war, zögerte PM Steiner nicht eine Sekunde. Es war ebenso wichtig, dass die beiden Polizeimeister sich um die Rockerbande kümmerten, bevor sich diese Art von Kriminalität auch in Emden festsetzen konnte. Dennoch merkte man, wie gerne die Polizeimeister auch Teil der Mordermittlung gewesen wären. Gerade dieser Moment in einer Ermittlung war immer am aufregendsten. Zwar ging es gerade zu wie in einem Bienenhaus, doch man fühlte regelrecht, dass die Lösung nahe war. So hatte auch Friedhelm kein Problem, sich um sechs Uhr an einem Freitagabend ans Telefon zu hängen, und den Kioskbesitzer ausfindig zu machen. So konnten die Kollegen in Norden noch heute mit einem gemailten Foto von Ava und Rüdiger zu dem Mann fahren.

164

»Wie sieht es mit dem Jungen aus?«, fragte Rike Laurien Heiligenstadt, die mit Tamme im Großraumbüro saß. Mittlerweile war auch Faber wieder bei ihnen.

»Die Mutter ist bei ihm und wir warten auf den Rechtsbeistand. Bisher hat er nichts gesagt. Als wir ihn mit den Beweisen konfrontiert haben, fing er an zu weinen und konnte sich gar nicht mehr beruhigen«, erklärte sie und verzog den Mund. »Der Junge ist sehr sensibel, ich kann mir gar nicht vorstellen, dass er das mit dem Quecksilber gemacht hat. Darum haben wir auch erlaubt, dass Ava mit ihm alleine ist, bis der Verteidiger da ist.« In dem Moment kam der Anwalt, den Ava Beimes angerufen hatte. Man führte ihn sofort in den Verhörraum, damit er sich mit seinen Klienten beraten konnte.

Es dauerte fast eine Stunde, bis der Anwalt wieder zu den Polizisten kam und ihnen mitteilte, dass Klaas und Ava Beimes eine Stellungnahme abgeben wollten. Mittlerweile war auch der Staatsanwalt eingetroffen, den Faber informiert hatte. Auch er wollte Richard und die beiden Kommissare mit in das Verhör begleiten. Rike stand vor dem Einwegspiegel, um die Befragung zu verfolgen, als Friedhelm zu ihr kam.

»Die Kollegen in Norden waren bei dem Kioskbesitzer. Er hat zwar Rüdiger Schleefendörfer und auch Ava Beimes auf den Fotos erkannt, jedoch kann er sich nicht daran erinnern, die beiden am Mittwochmorgen dort gesehen zu haben«, berichtete er ihr.

»Tja, dann ist Rüdiger Schleefendörfer wieder unser Hauptverdächtiger. Ist sein Pflichtverteidiger auch schon angekommen?«, fragte sie Friedhelm und der nickte bestätigend. »Gut, dann gehe ich mit Sonja und setze das Verhör des Mannes fort.«

»Soll ich mal in den Datenbanken nach dem Kennzeichen von Schleefendörfers Wagen suchen? Vielleicht ist er geblitzt worden oder hat ein Knöllchen bekommen an dem Morgen«, schlug Friedhelm vor.

»Das ist eine super Idee. Aber heute ist erst Freitag, ob die Blitzer von Mittwoch schon verarbeitet sind und in der Datenbank, ist fraglich. Versuch es trotzdem und wir sehen nächste Woche auch noch mal nach«, entschied sie und ging dann zu KK Withuus.

Faber und der Staatsanwalt saßen dem Verteidiger und Ava, die ihren Sohn im Arm hielt, gegenüber. Tamme und Laurien standen hinter ihrem Chef an der Wand, während der Anwalt anfing, eine Erklärung abzugeben.

»Frau Beimes hat mich gebeten, die Erklärung zu verlesen. In der letzten Stunde habe ich mich mit meiner Mandantin beraten und ihr explizit davon abgeraten, die Erklärung vor dem Staatsanwalt und den ermittelnden Beamten abzugeben. Jedoch besteht meine Mandantin darauf, um jeglichen Verdacht, der momentan auf ihrem Sohn Klaas Beimes lastet, zu zerstreuen.« Jetzt nahm der Anwalt das Blatt Papier vor ihm in die Hand und fing an zu lesen.

»Ich, Ava Beimes, geboren am neunzehnten August 1981, wohnhaft in Campen, Schusterlohne 10, gebe hiermit zu Protokoll, versucht zu haben, meinen Ehemann Timmo Beimes mit Quecksilber zu vergiften. Ich habe in einem Mülleimer diverse Energiesparlampen zerschlagen und in seiner Werkstatt versteckt. Auch habe ich ein kleines Marmeladengläschen mit dem Inhalt von fünf alten Thermometern gefüllt und in einer Holzverschalung in der Nähe der Liege meines Mannes versteckt. Ich wollte meinen Mann vergiften, da er sowohl bei meinem Sohn als auch bei mir immer wieder übergriffig wurde, uns schlug und mich vergewaltigte. Ich konnte einfach nicht mehr, Timmo war eine Gefahr für unser beider Leben. Mein Sohn hat mit dem Ganzen nichts zu tun. Falls Fingerabdrücke von meinem Sohn auf den Lampen oder dem Marmeladenglas waren, dann nur, weil er diese vorher angefasst hat. Er wusste nicht das Geringste, auch nicht, was ich mit den Sachen vorhatte. Ich trug Handschuhe, als ich die Lampen und das Glas dort deponierte, daher haben Sie meine Abdrücke nicht gefunden.« Der Anwalt sah mit ernstem Gesicht auf.

»Frau Beimes«, ermahnte Faber sie. »Ich verstehe, wenn Sie Ihren Sohn schützen wollen, aber das ist nicht der richtige Weg. Auch wenn Klaas seinen Vater vergiften wollte, ein Jugendrichter wird verstehen, dass es so etwas wie Notwehr war. Dennoch sollten Sie nicht die Schuld übernehmen. Ihre Strafe für versuchten Mord wird wesentlich höher ausfallen!«

Er sah Ava eindringlich an, sie jedoch schwieg vehement und hielt ihren Sohn fest. Klaas hatte sein Gesicht an ihrer Schulter vergraben, sodass man keine Reaktion ablesen konnte. »Meine Mandantin hat mich gebeten, Ihnen zu sagen, dass sie keine weiteren Angaben zu der Tat machen wird. Sie wird auch keine Fragen beantworten.«

»Frau Beimes, denken Sie noch einmal gut über die Worte des Kriminalhauptkommissars nach. Abhängig davon, wie der Richter Ihren Fall beurteilt, kann auf Sie eine Freiheitsstrafe von drei bis fünfzehn Jahren zukommen«, ermahnte der Staatsanwalt Ava noch einmal. Als sie wieder nicht antwortete, fügte er an: »Frau Beimes, ich werde jetzt einen Haftbefehl gegen Sie anfordern, da Sie die versuchte Tötung Ihres Ehemanns Timmo Beimes gestanden haben. Sie bleiben in Untersuchungshaft. Herr Anwalt, Sie können bei der Anhörung zwar einen Kautionsantrag stellen, doch ich werde wegen der Schwere des Verbrechens beantragen, dass die Angeklagte in Haft bleibt.«

Kapitel 9

Als Rike und Faber gegen halb neun endlich in ihrem Audi saßen und nach Hause fuhren, war die Stimmung der beiden auf dem Tiefpunkt angelangt. Nachdem man Ava abgeführt hatte, war der Staatsanwalt mit Rike den Fall Rüdiger Schleefendörfer durchgegangen. Die Indizien und die Tatsache, dass sein einziges Alibi für den Mord Ava war, reichten dem Staatsanwalt. Auch in diesem Fall beantragte er beim richterlichen Notdienst einen Haftbefehl und Schleefendörfer wurde ebenfalls in die Justizvollzugsanstalt Emden überstellt.

Niclas Beimes, der Ava mit aufs Revier begleitet hatte, war mit seinem Neffen zurück auf den Campingplatz gefahren. Er würde Schleefendörfers Sohn Jens unterrichten, was gerade mit seinem Vater passiert war, und sich auch um den Jungen kümmern. Außerdem hatte Niclas Beimes angekündigt, die besten Anwälte Hamburgs zu verpflichten, um seiner Schwägerin und deren Freund zu helfen. Auch wenn er noch nicht wusste, woher er das Geld dafür nehmen sollte, denn die Überweisung für den Verkauf des Campingplatzes war von der Polizei eingefroren worden.

Kaum dass Rike und Faber sich umgezogen hatten und wieder ins Wohnzimmer heruntergekommen waren, klopfte Knut an die Terrassentür. Faber öffnete sofort die Glastür für Opa.

»Als ich euch zwei vorhin habe aussteigen sehen, dachte ich mir, ihr könntet einen guten Schluck gebrauchen«, sagte er und wedelte mit einer Flasche Rotwein, die er Faber auch gleich in die Hand drückte. »Mach man auf, mien Jung. Und danke, ich nehme auch gerne ein Glas.«

»Ein Barbaresco von Giacosa, Knut«, meinte Faber erstaunt. »Guter Wein, wo hast du den her?« Er ging in die Küche und entkorkte die Flasche, während Rike die Gläser holte und etwas Käse und Brot auf den Tisch stellte.

»Geschenkt bekommen, ich glaube, zum siebzigsten Geburtstag. Wenn es eure Laune hebt, dann ist es mir die Flasche wert«, meinte Knut und nahm von Faber das gefüllte Glas entgegen. »So, mien Deern, denn vertell maal, wat los is.«

Rike seufzte und trank von ihrem Sprudelwasser. Ihre Laune war so schlecht, dass sie noch nicht einmal Wein mochte. Sie fing an zu berichten, was sich in dem Fall alles ergeben hatte. Faber schwieg, nippte nur manchmal an seinem Glas, denn ihm war der Appetit vergangen. Knut schob seine Mütze in den Nacken und stopfte seine Pfeife, während er seiner Enkelin konzentriert zuhörte.

Als sie endlich zum Ende gekommen war, meinte Richard deprimiert: »Jetzt haben wir einen Mann verhaftet, auf den alle Indizien zeigen. Er hat das Know-how, ein Motiv und kein Alibi, dennoch sträubt sich alles in mir, ihn als Mörder zu sehen.«

»Und Ava Beimes sitzt in der JVA Emden für versuchten Mord, den sie garantiert nicht begangen hat«, fügte Rike ebenso demoralisiert an wie ihr Verlobter. »Sie will nur ihren Jungen schützen. Klaas hat das mit der Quecksilbervergiftung gemacht, und eigentlich sollte ich als Polizistin das nicht sagen, aber verdenken kann ich es dem Jungen nicht. Sie kannte die Einzelheiten mit dem Marmeladenglas und dem Mülleimer hinter dem Container. Das wird Klaas ihr vorhin alles gesagt haben. Verdori, ik haat Ungerechtigheid! «

»Ja, es war furchtbar, als Avas Anwalt ihre Erklärung verlas. Wie dieser Beimes immer wieder übergriffig wurde bei ihr und dem Jungen. Sie sprach auch von regelmäßigen Vergewaltigungen«, fügte Faber an und schüttelte den Kopf. »Jetzt hatte sie endlich einen guten Mann gefunden und hätte sich vielleicht bald scheiden lassen. Und dann das alles!« Er seufzte entmutigt. »Das sind dann die Fälle, in denen ich meine Berufswahl infrage stelle.«

Knut zündete sich seine Pfeife endlich an und paffte für einige Minuten schweigend. »Seid ihr euch denn absolut sicher mit den Fingerabdrücken von Klaas?«

»Gnaad di Gott, wenn Schorlau dat höört«, erwiderte Rike auf Platt.

»Ik schiet hum wat!«, gab Knut selbstbewusst zurück und sah jetzt Faber an. »Also, wat nu?«

Knut hatte Glück, dass Faber alles verstanden hatte. So holte er aus und erzählte, wie Schorlau eigentlich erst einmal illegal die Fingerabdrücke von dem Buch unter Klaas' Kissen genommen hatte. Wie sie die Sache dann gedeichselt hatten, damit alles legitim wurde. »Es gibt keinen Zweifel, Klaas hat die Fassung der Lampe angefasst. Ava Beimes hat sich das zwar schön ausgedacht, doch es war der Junge.« Faber schnitt sich, obwohl er keinen Hunger hatte, ein Stück von dem belgischen Abteikäse ab und schob es sich in den Mund. Als er Knuts nachdenkliches Gesicht sah, nuschelte er: »Das ist

169

genau das Gesicht, das du immer machst, wenn dich ein Geistesblitz trifft. Nu rut daarmit!«, versuchte er es auf Platt und erntete erst einmal ein Schmunzeln von Knut.

»Das Buch, wie hieß das? Back Mountain?«, fragte er plötzlich völlig ernst. »Nicht vielleicht Brokeback Mountain?«

Während Faber nur mit den Schultern zuckte, meinte Rike: »Da gab es mal einen Film, mit diesem Jake Gyllenhaal.«

»Mien Jung, ruf mal den Doktor an und frage noch mal nach«, wies Knut Faber an. Der wunderte sich zwar, nahm aber sein Handy, klingelte bei Schorlau durch und stellte auf Lautsprecher. Philipp konnte sich nicht mehr genau an den Titel des Buches erinnern.

»Doktorchen«, mischte sich Knut ein. »Hieß das Buch vielleicht Brokeback Mountain?«

»Hallo Herr Waatstedt. Genau, jetzt, da Sie es sagen, bin ich mir sicher. Wieso wollt ihr das wissen, ist das relevant?«, konnte Philipp seine Neugier nicht zügeln. Auch Rike und Faber sahen Knut interessiert an.

»Ja, habt ihr den Film denn nie gesehen?«, meinte Opa, wartete jedoch nicht auf Antwort. »Ist schon eine ganze Weile her, da kam der hier in Deutschland raus und war ein ziemlicher Erfolg. Allerdings löste er in den USA eine bittere Debatte aus, denn der Begriff schwule Cowboys stand im Fokus einer sehr strittigen Diskussion.«

»Moment, ein Film, bei dem es um homosexuelle Cowboys geht?«, hinterfragte Rike und musste automatisch lachen. Sie wusste zwar, dass dieser Schauspieler Gyllenhaal mit dem Film eine steile Karriere startete, doch gesehen hatte sie den Streifen nie.

»Ich weiß ja nicht, was deine Fantasie dir gerade ausmalt, aber es ist ein sehr guter Film. Es geht um die Verleugnung der Liebe zweier Männer, die erst, als es zu spät ist, bereit sind, zu ihren Gefühlen zu stehen«, erklärte Opa.

»Herr Waatstedt, Sie sind ein sehr weltoffener Mann«, meinte Philipp anerkennend, als er den alten Mann mit einer gewissen Ehrfurcht über das Thema reden hörte.

»Jetzt verstehe ich«, meinte Faber, auch wenn ihn die Erkenntnis etwas verwunderte.

»Ein siebzehnjähriger Junge liest Brokeback Mountain und versteckt das Buch unter seinem Kissen«, fasste Opa die Situation noch einmal zusammen. »Das Kind eines despotischen, gewalttätigen Mannes, der auch noch als potenzieller Neonazi durchgeht. Ein so schlimmer Mann, dass noch nicht einmal sein eigener Bruder sich als Schwuler outet. Und dann ist auch noch sein eigener Sohn vom anderen Ufer.«

»Äh, Leute«, meldete sich Schorlau wieder. »Da stand eine Widmung in dem Buch. Ich dachte, vielleicht von einer Freundin oder auch von seiner Mutter. Da stand: für meinen Klaas. War aber nicht unterschrieben.«

»Richard, ob sein eigener Onkel …?«, fragte Rike, sprach jedoch nicht explizit aus, was sie dachte.

»Das kann ich mir nicht vorstellen«, erwiderte er, dann sah er auf die Uhr. Obwohl es bereits Viertel vor zehn war, sagte er: »Komm, Rike, wir fahren noch mal zu den Beimes. Ich muss das mit dem Buch sehen und den Jungen fragen, was da los ist. Denn wenn der Junge wirklich schwul ist, hätte sein Vater ihn wahrscheinlich umgebracht, in dem Moment, in dem er es erfahren hätte. Dann könnte man seinen Vergiftungsversuch anders bewerten. Ob das als Notwehr durchgeht, weiß ich zwar nicht, aber erst einmal bekommen wir seine Mutter aus der JVA raus.«

Rike rannte sofort hoch, holte ihre Ausweise und Waffen und innerhalb von fünf Minuten waren sie unterwegs. Knut blieb einfach sitzen, schüttete sich noch einmal großzügig das Glas mit Rotwein voll und sagte laut zu sich selbst: »Gott Loff un Dank hebben de Kinners mi!«

***

Innerhalb von sechzehn Minuten erreichten sie ihr Ziel. Rike bog vom Diekeweg rechts zum Campingplatz ab und dann sahen sie es bereits. Der kleine Parkplatz vor den Ferienhäusern wurde von Blaulicht erhellt. Ein Streifenwagen und auch eine Ambulanz standen dort. Genau in dem Moment klingelten auch Rikes und Fabers Handys.

»Faber«, meldete sich der Hauptkommissar und hörte zu. »In Ordnung! Bin bereits unterwegs.«

»Was ist los?«, fragte Rike.

»Es wurden Schüsse und Verletzte gemeldet. Wir sind hier ganz richtig!«, meinte er nur und beide sprangen aus ihrem Wagen und liefen dem Streifenbeamten entgegen. Der hielt die Urlauber davon ab, an einen ganz gewissen Campingwagen heranzugehen. Faber nickte dem Beamten zu, der die beiden gleich erkannte. »Was ist hier los?«

»Es wurden um einundzwanzig Uhr fünfzehn Schüsse gemeldet. Als wir und die Ambulanz eintrafen, waren die Opfer nicht mehr zu retten«, sagte der Polizist kurz und bündig.

»Rufen Sie in Oldenburg an und bitten die Spurensicherung unbedingt, Doktor Schorlau mitzubringen, auch wenn er zu Hause ist«, wies er den Mann an und ging dann zu dem Camper.

Vor dem großen Fahrzeug stand ein Notarzt in seiner typisch roten Einsatzkleidung. Auch er sprach leise mit einem Streifenbeamten und schüttelte gerade den Kopf, als die beiden Kommissare an ihn herantraten. »Was haben wir hier, Doktor?«, fragte Rike dieses Mal.

»Zweimal Kopfschuss, es wurde unter dem Kinn angesetzt. Männlich!«, meinte der Arzt nüchtern und schob seine Hände in die Hosentaschen. »Da die Waffe noch neben einer der Leichen liegt, sieht es nach Selbstmord aus. Doch das haben Sie zu beurteilen.«

»Zwei Männer?«, hakte Faber nach.

Der Arzt schüttelte resigniert den Kopf. »Männer waren die beiden noch nicht. Teenager, ich schätze so um die sechzehn Jahre. Der Onkel einer der toten Jungen hat sie gefunden. Er ist völlig zusammengebrochen, ich musste ihm eine ordentliche Menge Diazepam spritzen. Der Mann sagte, es wäre sein Neffe Klaas und dessen Freund, ein gewisser Jens Schleefendörfer. Aber der Mann liegt jetzt in der Ambulanz. Ich nehme ihn vorsichtshalber mit ins Klinikum Emden«, sagte der Mediziner leise.

»Danke, ich will Sie dann nicht weiter aufhalten. Bringen Sie Niclas Beimes ins Krankenhaus, wir reden morgen mit ihm«, meinte Faber und schüttelte dem Notarzt zum Abschied die Hand.

Sie streiften sich Latexhandschuhe über, hoben das Absperrband an und betraten vorsichtig den Camper. Es war ein furchtbarer Anblick, sodass selbst Faber etwas zusammenzuckte. Nicht, dass im ersten Augenblick viel Blut zu sehen war, es war eigentlich die Abwesenheit eines eindeutigen Todes, die die Szene so bizarr und grausam machte.

»Saterdag«, murmelte Rike und schluckte sichtlich. Die beiden Jungen lagen nebeneinander auf dem Doppelbett in Jeans und T-Shirts mit Aufdrucken irgendeiner Rockband. Sie hielten sich bei der Hand, und abgesehen von dem kleinen Einschussloch unterhalb des

172

Kinns, das wie eine Zigarettenverbrennung aussah, waren ihre Gesichter makellos. Nur die mit Blut durchtränkten Kopfkissen ließen erahnen, dass etwas hier nicht stimmte.

»Die Waffe liegt neben Jens Schleefendörfer«, durchbrach Rike die Stille. Da sie Klaas kannten, mutmaßte sie, der blonde Teenager neben ihm musste Jens sein.

Faber ging näher und sah sich die Waffe an, ohne sie zu berühren. »Das ist eine Makarow!«

»Das kann kein Zufall sein«, stammelte Rike und plötzlich fiel ihr Blick auf einen Briefumschlag, der auf dem kleinen Tisch an eine Vase angelehnt war. Vorsichtig öffnete sie den Umschlag und zog an der Ecke ein Blatt Papier heraus. »Faber, sieh dir das an«, meinte sie und breitete den Brief auf dem Tisch aus, damit auch Richard lesen konnte. Die Schrift war sauber und etwas kindlich, jedoch war der Brief von zwei unterschiedlichen Personen signiert, von Klaas und Jens.

Liebe Mama, lieber Papa,
es tut uns sehr leid, jedoch wussten wir nicht mehr, wie es weitergehen sollte. Alles war anders geplant und jetzt seid ihr beide im Gefängnis. Das konnten wir nicht zulassen. Wer immer diesen Brief findet, muss ihn unbedingt der Polizei geben, damit ihr beide freikommt.
Ich, Jens, habe den alten Beimes erschossen. Dieser Mann war die Pest, er schlug meinen Klaas und auch seine Mutter regelmäßig. Doch am schlimmsten war, dass er uns beide erwischte. Er verprügelte uns. Es war dieses Jahr, als wir Karneval hier auf dem Platz waren. Wir hatten euch gesagt, bei einer Feier in eine Schlägerei geraten zu sein, doch es war Timmo Beimes. Er sah nur, wie wir uns küssten und drohte, uns zu kastrieren, wenn ich noch einmal hier auf dem Campingplatz auftauchen würde.
Wir konnten das nicht zulassen, denn Klaas und ich lieben uns. Wir hatten so sehr gehofft, dass der Campingplatz verkauft wird und Ava und Klaas endlich zu uns nach Leipzig ziehen würden. Doch wir bekamen auch mit, dass der alte Beimes nie verkaufen würde. Das hat er selbst behauptet, denn er prophezeite Klaas, das gleiche Ende wie Niclas zu nehmen. Ein verarmtes Mitglied der Familie zu werden, das in einem Zimmer auf einem Campingplatz leben würde. In dem Moment wusste ich genau, dass etwas passieren musste.

Klaas hatte mir mal gezeigt, wo Timmo Beimes seine Waffe versteckte, so nahm ich sie an mich. Wie man sie auf eine Drohne installiert und abfeuert, das hatte ich beim Staffellauf der Caribbean Queen gelernt. Papa, ich hatte dir damals mit den Leuchtkugelwaffen geholfen und das Prinzip ist das gleiche. Nur dass ich dann anfing, ganz gezielt zu trainieren. Der Schuss durch das geklappte Oberlicht der Tennishalle, nur über den Bildschirm einer Übertragungskamera, war ein Meisterschuss. Klaas wusste von all dem nichts und hätte es auch nie erfahren.

Die Ironie des Schicksals ist jedoch, dass mein Liebling ebenfalls beschloss, seinen Alten umzubringen. Er kam auf die Idee mit dem Quecksilber. Er schwieg über seinen Plan, genau wie ich es tat. Hätten wir nur miteinander geredet, dann wäre vielleicht alles anders gekommen. Die Idee mit der Vergiftung war gut, aber das ist immer so gewesen, denn Klaas ist viel klüger als ich.

Als wir uns das heute Abend alles gestanden haben, nachdem man euch festgenommen hatte, waren wir von der Wahrheit völlig überrumpelt. Vor allem aber von der großen Liebe, die wir füreinander empfinden. Wir wollten und haben füreinander getötet. Doch jetzt gibt es keinen Ausweg mehr. Um euch aus dem Gefängnis zu holen, müssen wir beide gestehen. Dann werden sie uns verurteilen und für viele Jahre trennen. Aber das geht nicht, wir würden es nicht überleben! Somit ist es egal!

Dieser Ausweg ist uns lieber, wir entscheiden. Nur so können wir zusammenbleiben. Verzeiht uns bitte.

In Liebe eure Söhne Jens und Klaas

»Verdammt«, sagte Faber mit belegter Stimme. »Diese verdammten dummen Jungen, es hätte eine Lösung gegeben!«

»Woher sollten sie das denn wissen?«, meinte Rike und strich Faber sanft über den Rücken. »Wenn man einen Vater wie diesen Timmo Beimes hat, dann sieht man irgendwann keine Lösungen mehr. Die Jungen dachten, sie sitzen in der Falle, verlieren jetzt die einzigen anderen Menschen, die sie lieben.«

»Komm, wir haben hier nichts mehr verloren«, sagte Faber traurig. Die gegenseitige Hingabe der beiden jungen Menschen und ihre Liebe gingen ihm zu Herzen. »Ich rufe den Staatsanwalt an und wir sorgen dafür, dass Ava Beimes und Rüdiger Schleefendörfer noch heute Nacht aus der JVA herauskommen. Es ist mir egal, welche Hebel wir dafür in Bewegung setzen müssen!«

***

Es war eine Woche vergangen, seit Faber an dem unglücklichen Freitag die beiden jungen Menschen tot in dem Camper gesehen hatte. Jetzt stand er mit Rike in einiger Entfernung von der Grabstätte in der Nähe von Pewsum auf dem kleinen Friedhof. Schorlau hatte die Autopsie noch an dem gleichen Wochenende vorgenommen. Es war in forensischer Hinsicht und auch nach den Angaben der Zeugen unumstritten, dass es ein doppelter Selbstmord war. Es spielte keine Rolle, ob Jens Klaas bei der Selbsttötung geholfen hatte oder nicht. Nur seine Fingerabdrücke waren auf der Waffe gewesen, aber der Brief war authentisch und die Suizidabsicht klar ersichtlich. So hatte der Staatsanwalt den Fall schon Mitte der Woche zu den Akten gelegt.

Ava Beimes und Rüdiger Schleefendörfer waren noch in der gleichen Nacht entlassen worden. Faber und Rike hatten sie persönlich aus der JVA geholt und nach Hause gefahren. Es war für die beiden Kommissare die längste Fahrt ihres Lebens gewesen, denn sie hatten der Mutter und dem Vater nichts gesagt, bis sie im Haus der Beimes angekommen waren. Vorsichtshalber hatte Faber wieder einen Notarzt dort hinbestellt. Ava verlor das Bewusstsein angesichts der furchtbaren Nachricht und Rüdiger Schleefendörfer wurde schneeweiß und völlig apathisch. Da auch Niclas immer noch im Krankenhaus war und keine Unterstützung leisten konnte, entschied Rike, die nette Bauersfrau und ihren Mann, Gesa und Eibo Mattes, mitten in der Nacht zu holen. Es war die vernünftigste Entscheidung, die sie hatte treffen können. Bei Eibo Mattes und seiner Frau beruhigte sich Ava langsam und auch für Herrn Schleefendörfer wurde gesorgt.

Es fing an zu nieseln, als der Pfarrer die letzten Worte sprach und die beiden Urnen ins Grab hinuntergelassen wurden. Faber hatte das Gefühl, die feuchte Erde riechen zu können, die neben der Grube lag. Die Eltern der Jungen hatten entschieden, dass beide zusammen ihre letzte Ruhestätte bekamen.

Noch bevor das Grüppchen der Trauergäste kondolierte und sich verabschieden konnte, entfernten sich die beiden Kommissare unauffällig. Rike und Faber wollten den Eltern der Opfer eigentlich nicht mehr begegnen. Die Schuld, die alle plötzlich umgab, wenn sie sich ansehen mussten, war zu überwältigend. Faber und auch Rike fragten sich, was passiert wäre, wenn sie Ava und Rüdiger nicht in der Nacht verhaftet hätten. Wären die Jungen jetzt noch am Leben?

Ava Beimes hatte es in der Todesnacht in ihre eigenen schuldigen Worte gefasst und laut geschrien: »Warum habe ich Timmo nicht schon vor Jahren verlassen? Warum nicht vor Jahren umgebracht? Es ist alles meine Schuld!« Rüdiger Schleefendörfer trauerte still, doch Faber wusste genau, was er sich fragte: Hätte ich Ava und Klaas einfach mitnehmen müssen? Und auch Niclas Beimes stand die Schuld ins Gesicht geschrieben, denn er wusste, was Jens und Klaas verbunden hatte. Er kannte die Gefühle und auch die Angst vor der Entdeckung. Er wusste schon immer, welch eine üble Kreatur sein eigener Bruder gewesen war. Aber auch er hatte nichts getan. Das große Dilemma war: Man hatte es zwei fast noch Kindern überlassen, gegen den Tyrannen Timmo Beimes vorzugehen.

»Hast du eigentlich etwas vom BKA oder LKA gehört?«, fragte Rike. Sie waren die letzten Tage völlig damit beschäftigt gewesen, den Mordfall Timmo Beimes abzuwickeln, Protokolle zu schreiben und die Gerichtspapiere mit dem Staatsanwalt abzuschließen. Am Abend waren Faber und sie einfach nur froh gewesen, nicht mehr von dem Fall zu sprechen.

»Oh ja«, sagte Faber und griff erstaunlicherweise nach ihrer Hand, als sie langsam vom Friedhof in Richtung Parkplatz gingen. »Als klar war, dass Guido Ekhoff nichts mit dem Mord an Beimes zu tun hatte, habe ich seine Ehefrau verständigt.«

»Ich weiß, letzten Samstag, ich war doch dabei. Sie sagte dir, dass er sich wohl bei einem Telefonat mit Vincenzo Marivota belastet hat. Er hat die zwanzigtausend Euro von dem Mafioso wirklich für den Mord bekommen. Aber mehr, als dass er diesen Vincenzo angelogen und sich mit fremden Federn geschmückt hat, kann man Ekhoff bezüglich des Mordes nicht anlasten«, erwiderte sie und drückte seine Hand kurz, bevor sie ihn losließ und auf der Fahrerseite einstieg.

»Stimmt«, meinte Faber im Auto. »Doch das hatte zur Folge, dass der Anwalt von Ekhoff von einem Deal abgeraten hat. Guido Ekhoff wird nicht gegen Marivota aussagen. Erstens hat er zu viel Angst, selbst Opfer eines Mafiamordes zu werden, und zweitens ist es fraglich, was der Richter in die Gespräche der TKÜ hineininterpretiert.«

»Wie meinst du das?«, fragte sie und startete den Wagen, um rückwärts aus der Parklücke zu fahren. Der Scheibenwischer quietschte, als er den dünnen, feuchten Schleier von der Windschutzscheibe wischte.

»Wäre ich Ekhoffs Anwalt, würde ich behaupten, dass ich keine Ahnung gehabt hätte, dass Marivota zur Mafia gehört. Außerdem war die Überweisung des Geldbetrags als Beratungsleistung deklariert. Ich denke, die haben auf der Telefonüberwachungsaufnahme nichts Stichhaltiges!«

»Du bist dir aber sehr sicher«, meinte Rike etwas skeptisch und fuhr auf die Osterhuser Straße Richtung Hinte, um von dort wieder nach Emden auf das Revier zu kommen. Sie würden das Hotel Novum passieren, wo das ganze Drama begann.

»So wie diese Kriminalhauptkommissarin Weiss mich am Telefon angeschrien hat, bevor ich einfach auflegte, können die Guido Ekhoff wahrscheinlich nichts anhängen, daher auch nicht in den Zeugenstand zwingen«, erwiderte er nicht ohne eine gewisse Schadenfreude in der Stimme. »Aber mit dem Geldtransfer müssten sie die Indizien gegen Marivota eigentlich zusammenhaben. Übrigens ist Ekhoffs Existenz dahin, auch wenn er nicht verurteilt wird. Er ist pleite und seine Frau sagte mir, dass sie sich endgültig von ihm trennen wird. Anscheinend hat seine neue Freundin bei ihr angerufen und nach Guido gesucht, als er beim BKA war.«

»Auweia. Na, dann ist der Gerechtigkeit in der Hinsicht Genüge getan und die BKA-Beamtin und der Typ vom LKA haben auch ihren Gong bekommen«, erwiderte Rike. Sie nickte zur rechten Seite, als sie am Hotel Novum vorbeifuhren. »Es tut mir nur leid, dass Ava und Niclas das Geld für den Campingplatz jetzt nicht bekommen.«

»Vielleicht entscheidet sich die Krummhörn noch einmal über den Bau eines Hotels dort nachzudenken, wenn endlich der Skandal um Gerhard Hoffmann abgeklungen ist.«

»Hat man wirklich Spendengelder gefunden, die mit Marivota im Zusammenhang stehen?«, fragte Rike.

»Ich nehme es an. Es wurde ein Untersuchungsausschuss gebildet, um das offenzulegen. Das teilte mir ein sehr höflicher Herr Meeser

177

mit, der erst einmal das Amt des Bürgermeisters der Krummhörn vertretungsweise innehat«, informierte sie Faber. »Auf jeden Fall werden alle Parteien sich noch einmal ihren Spendeneinnahmen widmen. Denn wenn die kalabrische Mafia schon anfängt, mit Geld die Politiker in Deutschland zu kaufen, dann fragt sich, ob nicht auch die Russenmafia schon ihre Finger drin hat.«

Rike rollte die Augen und meinte: »Ah, kommt jetzt wieder deine Theorie, dass der Berliner Flughafen solch ein Mafiageschäft ist und deshalb Unsummen verschlingt?«

»Ganz genau, das denke ich! Zur Abwechslung darf ich auch mal ein Verschwörungstheoretiker sein.« Mittlerweile waren sie in Emden angekommen und Rike bog auf den Bahnhofplatz ein, um das Revier zum Parkplatz zu umfahren. Als sie fünf Minuten später in das Großraumbüro kamen, winkte sie KK Withuus zu sich.

»Wir haben auch den Fall der Erpressung bei Herrn Meeser und auch die Erpressung und den Unfall Bergemann aufgeklärt«, meinte sie, nachdem die beiden ihre Jacken ausgezogen und sich einen Stuhl geschnappt hatten. »Laurien ist gerade unterwegs zum Staatsanwalt, um den Papierkram zu erledigen. Die beiden Jugendlichen sitzen mit ihren Eltern in den Verhörräumen.«

»Jugendliche? Nicht schon wieder«, meinte Faber. Sogleich stellte sich wieder dieses bleierne Gefühl bei ihm ein, welches ihm auf der Seele lag, wenn er an den Selbstmord der Jungen dachte. »Was ist passiert?«

»Nachdem die Presse gestern den Suizid von Jens und Klaas auf die Titelseiten gebracht hat und von dem Mord berichtete, hatte einer der beiden Jungen aus Pewsum die Hose voll«, berichtete Sonja Withuus. »Der Junge heißt Dirk Naadler und ist sechzehn. Er ist ganz verrückt nach Hobbydrohnen. Er und sein Kumpel Florian Baumgärtner gingen mit Klaas Beimes in die Schule und haben so auch ihre Liebe für die Drohnen kennengelernt. Sie waren oft dabei, wenn Jens Schleefendörfer in den Ferien auf den Campingplatz kam und sie dort die Drohnen ausprobierten. Sie haben dann gemeinsam von Herrn Schleefendörfer eine Drohne gekauft.«

»Und ein lukratives Geschäft daraus gemacht, indem sie unmoralische Bürger mit dem Ding ausspionierten und erpressten«, murmelte Rike.

»Na ja, es ging darum, das Geld für eine absolute Superdrohne zusammenzubekommen. Sie wollten sich die Voyager kaufen, das ist die Drohne, mit der Rüdiger Schleefendörfer beim Stapellauf des Luxusdampfers gearbeitet hat«, versuchte KK Withuus die Jungen irgendwie in Schutz zu nehmen.

»Vergessen Sie nicht, es ist auch die Drohne, mit der Jens Timmo Beimes erschoss«, fügte Faber schonungslos an.

»Ich weiß. Auf jeden Fall kostet so ein Ding wohl an die zwanzigtausend Euro und Jens hatte versprochen, ihnen eine gebrauchte für fünfzehntausend zu besorgen. Darum fingen sie mit den Erpressungen an. Beim ersten Mal ging es gut. Ein gewisser Herr Waldner, er hat eine Bäckerei in Pewsum, zahlte«, fuhr Withuus unbeirrt fort. »Wir haben schon mit dem Mann gesprochen, er hat alles zugegeben und muss sich jetzt mit seiner Frau auseinandersetzen. Jetzt kann er erklären, warum er ein Verhältnis mit einer seiner Verkäuferinnen hatte.«

»Danach versuchten sie es mit Bergemann und dann mit Meeser, doch beide verweigerten die Zahlung«, beendete Rike Sonjas Bericht. »Aber was ist denn jetzt mit Bergemanns Unfall?«, fragte sie ungeduldig.

»Das war Florian Baumgärtner, sein Freund Dirk wusste es nicht. Er wollte Bergemann nur eins auswischen und wartete an dem Abend in den Feldern der Autobahn. Die Drohne schwirrte schon über der Autobahn, als Bergemann kam. Der Junge wollte dem Psychologen nur einen Schrecken einjagen«, meinte Sonja Withuus sanft. »Glauben Sie mir, dieser Florian hat geweint wie ein kleiner Junge, als er von dem Unfall erzählte. Er versicherte, sein Kumpel Dirk wusste nichts davon.«

»Wenigstens ist er anständig gegenüber seinem Freund«, brummte Faber und schüttelte über so viel jugendliche Dummheit den Kopf.

»Dennoch hat er weitergemacht. Das muss man ihm schon nachsagen«, fuhr KK Withuus fort. »Sie hatten gerade wieder einen Ehemann am Wickel. Auch mit dem Pewsumer Gastwirt haben wir geredet. Es stimmt, er hatte ein Verhältnis, von dem seine Frau nichts wusste.«

»Woher zum Teufel wissen zwei Teenager solche Sachen? Noch nicht einmal Knut weiß immer, wer es mit wem in Pewsum und Umgebung treibt«, meinte Faber verwirrt. »Als Teenager haben mich Gerüchte so viel interessiert wie ein Vokabeltest im Englischunterricht.«

179

Withuus musste schmunzeln, als er das sagte. »Die Mutter von Dirk ist die dorfbekannte Klatschbase. Die Frau erfährt einfach alles und ihr Sohn meinte, sie quatscht es ihm zu gerne aufs Ohr.«

»Sehr gute Arbeit, KK Withuus, und danken Sie KK Heiligenstadt ebenfalls. Ich bin froh, Sie beide hier im Team zu haben«, lobte Faber die junge Beamtin und Rike klopfte ihr kurz auf die Schulter. Dann drehte sich Faber zu dem Rest seiner Leute. Tamme, Friedhelm und Torben saßen an den Schreibtischen und waren in Unterlagen vertieft. »Hört mal, Leute«, meinte er laut und alle sahen auf. »Ich glaube, ich vergesse euch manchmal zu sagen, welch gute Polizisten ihr seid. Danke!«

»Hört, hört!«, rief Torben.

»Tja, und weil ihr den Laden so gut im Griff habt, haue ich jetzt zu einem verlängerten Wochenende mit meiner Liebsten ab«, erklärte Faber auch zu Rikes Erstaunen. Sie sah auf die Uhr und es war noch nicht einmal zwölf. Als Faber die nicht gerade ernst gemeinten kritischen Gesichter seiner Leute sah, fügte er an: »Ich muss Energie tanken, denn nächstes Wochenende habe ich Schorlau von Karfreitag bis Ostermontag bei mir.«

»Na dann, verschwindet mal lieber ganz schnell«, sagte Tamme sofort und sah beide mitfühlend an. »Schönes Wochenende. Wir melden uns nur, wenn hier eine echte Katastrophe passiert!«

***

Da es immer noch nieselte, konnte Faber nicht in den Garten, so wie er es geplant hatte. Gartenarbeit, das Wühlen in der dunklen Erde, das Pflanzen von Frühlingsblumen und selbst das eher lästige Unkrautzupfen, entspannte ihn ungemein. Wenn er sich nach zwei Stunden dann völlig verdreckt auf die Terrasse setzte, dann fühlte er eine innere Ruhe, die er als seine Stiefmütterchen-Mentalität bezeichnete. Dann war er eins mit der Welt. Doch bei diesem Wetter wusste er zu Hause erst einmal nichts mit sich anzufangen.

Rike hatte ihm kurzerhand mitgeteilt, dass sie es ebenfalls nötig hatte, sich abzureagieren, und war trotz des nassen Wetters auf ihre Ducati gestiegen. Der Teufel wusste, wann sie dann wieder nach Hause kam.

180

»Na, weetst du nix mit di anzufangen?«, fragte Opa und kam durch die geöffnete Terrassentür. Richard lag auf der Couch und sah ihn missmutig an.

»Nein, mir hängt die Geschichte mit den beiden Jungs nach. Rike und ich waren heute Morgen auf der Beerdigung«, erwiderte er und legte seine Hände hinter den Kopf. Knut setzte sich auf die Couch ihm gegenüber und sah seinen Schwiegerenkel in spe an.

»Weiß ich bereits, hat Rike mir schon gesagt«, meinte Opa. »Wenn du mir einen Pharisäer machst, erzähle ich dir eine Geschichte, die dich vielleicht aufmuntert.«

Richard setzte sich auf. »Ich habe keine Sahne und keinen Rum, aber ich mache dir einen Cappuccino. Doch meinen teuren Armagnac schütte ich da nicht rein!«

»Musst du ja auch nicht, wenn du ihn mir in einem angewärmten Cognacschwenker servierst«, konterte Opa.

Faber lachte und holte zwei der großen Cognacschwenker und die Flasche Armagnac aus dem Wohnzimmerschrank, bevor er in die Küche ging. Das Mahlen der Kaffeebohnen und das Zischen des heißen Milchaufschäumers, mit dem Richard die Cognacgläser erwärmte, ließen ihre Unterhaltung für einen Moment verstummen. Erst als er alles mit einem Tablett ins Wohnzimmer getragen und sie angestoßen hatten, ergriff Knut wieder das Wort.

»Es gibt eine Geschichte von O. Henry, das Weihnachtsgeschenk. Kennst du die?«, fragte er und Faber schüttelte den Kopf. »Es geht darin um eine Ehefrau, die aus Geldmangel ihre wunderschönen langen Haare abschneiden lässt und verkauft, um ihrem Ehemann zu Weihnachten eine Uhrenkette für die geliebte Uhr zu kaufen«, erklärte Knut und nickte Faber etwas zu theatralisch zu. »Der Ehemann seinerseits verkauft die heißgeliebte Uhr, um für seine Ehefrau die schönen Haarkämme zu kaufen, die sie vor Kurzem im Schaufenster bewunderte.«

Richard runzelte die Stirn, nippte an seinem Cognac und sagte reichlich ironisch: »Tragisch!«

»Ja, das ist es auch. Doch weißt du, man kann niemanden dafür schuldig sprechen. Weder die Perückenmacherin, die ihre Haare kaufte, noch den Juwelier, der für die Uhr bezahlte. Wenn es überhaupt eine Schuld gibt in der Geschichte, tragen die Ehefrau und der Ehemann sie. Denn es war allein ihre Entscheidung. Sie taten es für ihre Liebe. Verstehst du, was ich dir sagen will?«

»Dass weder ich noch Rike ein schlechtes Gewissen haben sollen wegen der Entscheidung der beiden Teenager, sich selbst zu töten?«, fragte Richard und sah Knut reichlich erstaunt an. »Auweia, Opa, du bist manchmal richtig süß!«, konnte Faber sich nicht verkneifen, auch wenn er versuchte, es nicht zu sarkastisch klingen zu lassen.

»Pass blot up, wordt maal nich frech!«, drohte Opa empört und trank seinen Armagnac aus.

»Oh Mann, Knut«, setzte Richard noch mal an und schüttelte den Kopf. In dem Moment allerdings musste auch er lachen. »Entschuldige, aber ich bin keine fünfzehn mehr. Danke für den Versuch, mich aufzumuntern. Als Seelentröster bist du eine Pfeife!«

»Soso«, meinte Opa etwas beleidigt. »Na, dann beschäftige ich dich anders. Komm, zieh dich warm an. Gummistiefel, Regenjacke und Mütze nicht vergessen«, wies er Faber an und leerte auch seine Kaffeetasse. Dann stand er auf.

»Auch das noch! Nimmst du mich mit zum Krabbenfangen oder was hast du vor?«

»Von wegen, da gibt es etwas, das du dringender lernen musst. Wir gehen jetzt los, boßeln, denn Rike darfst du nur heiraten, wenn du das beherrschst!«

»Gotts verdori«, fluchte Faber, denn das war wirklich das Letzte, worauf er Lust hatte. Außerdem schüttete es mittlerweile in Strömen. »Erzähl mir lieber noch eine deiner aufmunternden Geschichten«, versuchte es Richard im Guten.

»Nix, das hast du dir jetzt selbst verscherzt. Eine Stunde draußen boßeln und die Welt ist wieder in Ordnung! Heev dien Pöter, nu jüüst. Wer Opas Geschichten nicht mag, wird halt nass.«

»Dann kann ich auch in den Garten gehen und dort bei Regen arbeiten«, erwiderte Faber missmutig, war jedoch schon auf halbem Weg zur Treppe, um sich oben umzuziehen.

»Ja, aver mit Grootvaddern boßeln, maakt vööl mehr Spaaß!«, behauptete Knut überschwänglich. Dann aber sah er Richard verschmitzt an und lachte laut über seinen eigenen Witz.

ENDE

182

Ostfrieslandkrimi-Empfehlungen
des Klarant Verlages

Kennen Sie schon die anderen Bände der Ostfrieslandkrimi-Serie **»Faber und Waatstedt ermitteln«** von Elke Nansen?

»Tödliche Krummhörn«, Band 1
Taschenbuch-ISBN: 978-3-95573-707-8
eBook-ISBN: 978-3-95573-708-5

Ein mörderischer Schleier liegt über der ostfriesischen Urlaubsregion Krummhörn. Bei Bauarbeiten wird die mumifizierte Leiche einer jungen Frau entdeckt, mehrere Jahrzehnte lag sie im Fundament des Hotels Deichrose begraben. Hauptkommissar Richard Faber und seine Kollegin Rike Waatstedt von der Kripo Emden werden mit dem Fall betraut. Wer ist die tote Frau, wurde sie ermordet? Eine Identifizierung ist nicht möglich, dennoch ergibt sich schnell ein Verdacht: Silvester 1985 verschwand die Frau des Bauunternehmers Enno Dahlke unter mysteriösen Umständen. Die Ehe war unglücklich, und genau zu dieser Zeit war die Baufirma Dahlke mit der Errichtung des Hotels Deichrose in Ostfriesland beschäftigt ... Je tiefer die Kommissare in der Vergangenheit graben, desto düstere Zusammenhänge kommen ans Licht. Sie stoßen auf ein Netz aus Verzweiflung, Korruption und Gier. Die Liste der Verdächtigen wird immer länger, und der Fall mehr und mehr zum Rätsel ...

»Tödliche Leyhörn«, Band 2
Taschenbuch-ISBN: 978-3-95573-784-9
eBook-ISBN: 978-3-95573-785-6

»Tödliches Ostfriesland«, Band 3
Taschenbuch-ISBN: 978-3-95573-842-6
eBook-ISBN: 978-3-95573-8-433

»Tödliches Pilsum«, Band 4
Taschenbuch-ISBN: 978-3-95573-900-3
eBook-ISBN: 978-3-95573-901-0

»Tödliches Rysum«, Band 5
Taschenbuch-ISBN: 978-3-95573-931-7
eBook-ISBN: 978-3-95573-932-4

»Tödliches Campen«, Band 6
Taschenbuch-ISBN: 978-3-96586-016-2
eBook-ISBN: 978-3-96586-017-9

»Tödliches Wangerooge«, Band 7
Taschenbuch-ISBN: 978-3-96586-077-3
eBook-ISBN: 978-3-96586-078-0

»Tödliches Fehnland«, Band 8
Taschenbuch-ISBN: 978-3-96586-149-7
eBook-ISBN: 978-3-96586-150-3

»Tödliches Wattenmeer«, Band 9
Taschenbuch-ISBN: 978-3-96586-251-7
eBook-ISBN: 978-3-96586-252-4

»Tödliches Marschland«, Band 10
Taschenbuch-ISBN: 978-3-96586-314-9
eBook-ISBN: 978-3-96586-315-6

»Tödliches Rheiderland«, Band 11
Taschenbuch-ISBN: 978-3-96586-423-8
eBook-ISBN: 978-3-96586-424-5

»Tödliches To Huus«, Band 12
Taschenbuch-ISBN: 978-3-96586-500-6
eBook-ISBN: 978-3-96586-501-3

»Tödliches Ostfriesenherz«, Band 13
Taschenbuch-ISBN: 978-3-96586-600-3
eBook-ISBN: 978-3-96586-601-0

»Tödlicher Ostfriesenschwindel«, Band 14
Taschenbuch-ISBN: 978-3-96586-747-5
eBook-ISBN: 978-3-96586-748-2

»Tödliches Ostfriesengold«, Band 15
Taschenbuch-ISBN: 978-3-96586-821-2
eBook-ISBN: 978-3-96586-822-9

»Tödliche Ostfriesengeister«, Band 16
Taschenbuch-ISBN: 978-3-96586-894-6
eBook-ISBN: 978-3-96586-895-3

»Tödlicher Ostfriesenschmaus«, Band 17
Taschenbuch-ISBN: 978-3-96586-982-0
eBook-ISBN: 978-3-96586-983-7

»Tödliche ostfriesische Ferien«, Band 18
Taschenbuch-ISBN: 978-3-68975-113-5
eBook-ISBN: 978-3-68975-114-2

»Tödlicher Irrglaube in Ostfriesland«, Band 19
Taschenbuch-ISBN: 978-3-68975-284-2
eBook-ISBN: 978-3-68975-285-9

»Tödliche ostfriesische Liebe«, Band 20
Taschenbuch-ISBN: 978-3-68975-412-9
eBook-ISBN: 978-3-68975-413-6

Klarant Verlag

Lernen Sie die Ostfrieslandkrimi-Titel des Klarant Verlages
kennen und besuchen Sie uns im Internet unter:

www.ostfrieslandkrimi.de
und
www.klarant.de

Wir schenken Ihnen einen kostenlosen Kurz-Ostfrieslandkrimi.
Einfach den QR-Code scannen:

www.ostfrieslandkrimi-lesen.de

*Einfach QR-Code nutzen und uns direkt auf
www.ostfrieslandkrimi.de besuchen! Wir freuen uns auf Sie!*

Besuchen Sie uns auf Facebook:

www.facebook.com/groups/ostfrieslandkrimifreunde